DER BADISCHE KRIMI

Wolfgang Burger wurde am 3.10.1952 im Südschwarzwald geboren und wuchs in Bad Säckingen auf. Er ist promovierter Ingenieur und arbeitet heute an der Universität Karlsruhe als Leiter eines Forschungslabors. Wolfgang Burger ist verheiratet, hat drei Töchter und lebt in Karlsruhe. Seit 1995 schreibt er Kriminalromane sowie satirische und kriminelle Kurzgeschichten. Romanveröffentlichungen: »Mordsverkehr«, Zebulon Verlag 1998 (NA Espresso 2001); »Marias Sohn«, Elefanten Press 2000; »Projekt Dark Eye«, Espresso Verlag 2001; »Der Mord des Hippokrates«, Leda Verlag 2003.

Wolfgang Burger

Abgetaucht

Emons Verlag

Umschlaggestaltung: Atelier Schaller, Köln
Umschlagzeichnung: Heribert Stragholz
Umschlaglithografie: Media Cologne GmbH, Köln
Druck und Bindung: Clausen & Bosse GmbH, Leck
Printed in Germany 2003
ISBN 3-89705-303-9

www.emons-verlag.de

Für Jojo

Lillis Liebe zu den Bildern

Weil Sandra Bullock beim Reiten wieder mal vom Pferd gefallen war, endete der Unterricht heute schon um Viertel nach elf. Dieses Mal hatte sie sich sogar einen Arm gebrochen, hieß es. Da es zum Essen noch zu früh war, ging Lilli zum Gutenbergplatz, um sich die Zeit zu vertreiben. Dort war heute Wochenmarkt, und da gab es immer eine Menge zu sehen. Ein wenig fand sie es schade, dass ausgerechnet Mathematik ausfiel. Neben Kunst war Mathematik ihr Lieblingsfach, weil man nicht so viel sprechen, sondern vor allem denken musste. Am meisten liebte sie die Geometrie. Ein Fach, das fast ganz ohne Worte auskam, das nur von Bildern lebte.

Um Viertel nach zwölf würde sie zu Fredy gehen und ihren vegetarischen Döner essen. Denn heute war Donnerstag, und Donnerstag war Dönertag. Lilli liebte die Ordnung.

Die feuchte Luft roch nach faulendem Laub und gegrillten Hähnchen, die auf dem Markt verkauft wurden. Man spürte, dass es Winter werden wollte und vielleicht bald Schnee gab. Obwohl Annemie gesagt hatte, dass es hier, in dieser neuen Stadt, nie schneite. Deshalb war Lilli ein wenig traurig, weil Weihnachten nur mit Schnee richtig war. Wie vorletztes Jahr in Erlangen, als sie diesen Aquarellmalkasten mit vierundzwanzig Farben und dazu den ungeheuer dicken Block mit wunderschön weichem Papier bekommen hatte. Aber bei Annemie war man ja nie sicher, ob sie etwas ernst meinte oder nur so dahersagte, um einen zu ärgern, oder weil sie gerade keine Lust hatte nachzudenken.

Eine Weile trödelte Lilli am Brunnen herum, dessen oberer Teil merkwürdigerweise einen Kohlkopf darstellte, und beobachtete Frauen, die mit grimmigen Mienen Körbe und Taschen heimschleppten. Manchmal kamen Tauben angeflogen, um in hastigen Schlückchen zu trinken. Dann flatterten sie eilig wieder davon, als hätten sie dringenden Geschäften nachzugehen.

Eine junge Ratte lugte aus dem Gebüsch. Lilli hielt den Atem an und stand ganz regungslos. Die Ratte war hellbraun, von einer Farbe fast wie ein Reh, schnüffelte aufgeregt und betrachtete Lilli mit wachen, neugierigen Augen. Lilli warf ihr einen halben Keks hin, den sie in der Jackentasche fand. Die Ratte beschnupperte ihn, fraß ihn dann schnell auf und war im nächsten Augenblick wieder im Gestrüpp verschwunden, als hätte sie sich über ihren eigenen Wagemut erschreckt.

Drüben auf dem Markt kauften sich zwei Bauhandwerker in blauen Arbeitshosen Hähnchen, aßen sie gleich neben dem Verkaufswagen und tranken Bier dazu. Dabei erzählten sie sich Geschichten und lachten viel und laut. Lilli aß nie etwas von Tieren. Annemie kochte ja nur am Wochenende, und meist gab es Spaghetti oder etwas anderes, was nicht viel Arbeit machte. Montags und dienstags gab es Aufgewärmtes aus der Mikrowelle, mittwochs eine Pizzaschnitte vom Händler in der Gellertstraße, der so furchtbar schielte und immer nach sauren Bonbons roch. Und donnerstags kaufte Lilli sich einen vegetarischen Döner bei Fredy an der Ecke Schillerstraße, der sie immer sein Sahnetörtchen nannte und tat, als sei er schrecklich in sie verliebt, obwohl sie doch gerade erst elf war.

Am Freitag schließlich traf sie sich mit Annemie in der Stadt. Dort aßen sie dann irgendwas und kauften ein fürs Wochenende. So war es immer, seit sie hier wohnten. Lilli rechnete. Anfang Mai waren sie angekommen, als die Linden noch junge, hellgrüne Blätter hatten. Jetzt war Dezember. Eine lange Zeit am selben Ort. Sonst waren sie nach einem halben Jahr längst wieder umgezogen.

Annemie hielt es ja nirgendwo lange aus. Anfangs war sie immer voller Hoffnung. Der neue Chef war nett, die Wohnung viel schöner als die letzte, die Menschen so freundlich, das Wetter – kein Vergleich. Und nach ein paar Monaten war alles wie immer. Eines Tages kam sie dann freudestrahlend nach Hause, mit einem neuen Malkasten oder einem anderen Geschenk, und Lilli wusste, dass man bald wieder packen würde. Sie versuchte sich zu erinnern, wo sie in den letzten Jahren gewohnt hatten. Bremen fiel ihr ein, Essen, Marburg, Erlangen, zuletzt Ingolstadt und nun also Karlsruhe.

Eine ganz und gar weiße Katze mit rotem Halsband schlich vorbei. Lilli ging in die Hocke. Das Tier kam, um an ihrer Hand zu schnuppern. Lilli liebte Tiere, und die Tiere liebten sie. Selbst Will Smith hatte nach wenigen Tagen Freundschaft mit ihr geschlossen, und der war ja nun wirklich ein ganz besonderes Exemplar von einem Kater. Nick Nolte hatte ihr erzählt, dass Will sich noch mit niemandem vertragen hatte. Aber von Lilli ließ er sich inzwischen sogar auf den Arm nehmen.

Die Katze war zierlich, viel kleiner als Will. Schnurrend rieb sie ihr Köpfchen an Lillis Hand. Dann verlor sie das Interesse und strebte dem Markt zu, wo es vermutlich immer etwas zu fressen gab für sie.

Ein Windstoß schüttelte einen Schwall gelbes Laub aus den Linden und mischte den Gestank des Klohäuschens am anderen Ende des Platzes unter die Düfte des Marktes. Die Blätter wirbelten herum wie ein Schwarm ausgelassener Schmetterlinge, und Lilli merkte, dass sie heute Morgen doch lieber die blaue Winterjacke hätte anziehen sollen und nicht das neue rote Blouson mit den Blumen drauf. Sie stopfte ihre widerspenstigen Locken unter die Kapuze, schwang die Tasche über die Schulter und schlenderte die Goethestraße hinunter.

Ständig musste sie jemandem ausweichen, der ihren Weg kreuzte. Alle schienen es heute eilig zu haben, als ob man sich nach zwölf nicht mehr auf der Straße aufhalten dürfte. Vermutlich, weil bald Weihnachten war und alle so viel zu tun hatten.

An der Ecke zur Körnerstraße glitzerte etwas am Boden. Lilli bückte sich. Es war ein Fingerring mit einem kleinen roten Stein, der funkelte, wenn man den Ring sacht bewegte. Er passte an ihren Finger, als sei er für sie gemacht. Als sie sich wieder erhob, wurde sie von einer Frau auf hohen Schuhen angerempelt, die so süß duftete wie Annemies grauenhafte Freundin damals in Erlangen, diese unerträgliche Yvonne. Diesen Ring würde sie behalten. Und sie würde ihn nicht einmal verstecken müssen. Denn Gefundenes darf man behalten, das gab sogar Annemie zu.

Ein paar Meter weiter betrachtete Lilli die Auslagen im Schaufenster des Bäckers mit der großen gelb leuchtenden Brezel über der Tür und hatte auf einmal fast unerträgliche Lust, sich ein Stück Marmorkuchen zu kaufen. Aber dann würde das Geld nicht mehr für den Döner reichen, und spätestens um vier würde sie wieder hungrig sein. Und man konnte sich ja nie darauf verlassen, dass es zu Hause etwas zum Abendessen gab. Gestern zum Beispiel hatte Annemie angerufen, um ihr fröhlich mitzuteilen, dass sie noch bei einer netten Kollegin bleiben würde, mit der sie sich angefreundet zu haben schien. Dass Lillis Abendbrot deshalb aus Salzstangen und einem Rest zerkrümelter Kartoffelchips bestand und sie kurz vor Mitternacht nach zwei zum Sterben langweiligen Filmen mit knurrendem Magen ins Bett kriechen musste, daran hatte sie keine Sekunde gedacht. Nur aus dem Umstand, dass morgens die üblichen vier Euro auf dem Küchentisch lagen, hatte Lilli geschlossen, dass Annemie irgendwann in der Nacht nach Hause gekommen war. Fünfzig Cent waren für das Frühstück, dreifünfzig für das Mittagessen.

Bei dem Laden gegenüber dem Spielplatz an der Mondstraße blieb Lilli erneut stehen und besah sich die Dinge im Schaufenster. Hier gab es immer die erstaunlichsten Sachen. Schimmernden Schmuck, bunte Papageien aus Holz und geschnitzte Giraffen, manche größer als sie selbst. Annemie hatte ihr einmal erklärt, die kämen aus Afrika, wo arme Menschen sie machten, um ihr Essen damit zu verdienen. Lilli überlegte, ob es auch hier in Deutschland solche Berufe gab, wo man schöne Dinge herstellte, die einem selbst und anderen Freude machten. Annemies Arbeit schien jedenfalls nie Spaß zu machen, so wie sie immer gelaunt war, wenn sie nach Hause kam.

Wie erwartet gab es im Schaufenster wieder etwas Neues: einen ultramarinblauen Frosch mit gelbem Maul und unglaublich großen Füßen. Er war so groß wie ein kleiner Hund und blickte einen so treuherzig an, dass man fast weinen musste, wenn man zu lange hinsah. Lilli versuchte, das Preisschild zu entziffern. Vielleicht war er ja nicht so teuer, und sie konnte ihn noch auf ihren Wunschzettel schreiben. Aber das Anhängerchen lag verkehrt herum. Sie spielte mit dem gefundenen Ring, den sie an die linke Hand gesteckt hatte, und sah sich nach weiteren interessanten Dingen um. Immer noch war es nicht einmal zwölf.

Eine Straßenbahn kam die Schillerstraße herunter. Sie war fast leer. Ein Mann in einem Anzug, fast so blau wie der Frosch, rannte hinter ihr her. Er hatte sie wohl an der letzten Haltestelle verpasst und versuchte nun, sie einzuholen. Er hielt auch mühelos Schritt, jemand rief etwas, als würde er ihn anfeuern, und tatsächlich wurde der Mann noch ein bisschen schneller. Da waren auch noch mehr Schritte zu hören, und dann erkannte Lilli, dass zwei andere Männer dem einen folgten und dass sie es waren, die nach ihm riefen. Sie konnte nichts verstehen, es schien eine fremde Sprache zu sein. Fredy sprach manchmal so ähnlich, wenn er sich mit seinen zahlreichen Freunden unterhielt, die ständig in seinem Imbiss herumlungerten, ohne jemals etwas zu kaufen. Einer der Verfolger war ein Junger,

Kräftiger, dessen Haare fast so rot waren wie die ihren. Der andere war schon ziemlich alt und hatte Ähnlichkeit mit Walter Matthau.

Der im Anzug schlug einen Haken, als hätte er plötzlich das Interesse an der Straßenbahn verloren, bog in die Goethestraße ein, kam auf Lilli zu und rannte an ihr vorbei. Seine Augen hatten etwas, was sie so noch nie bei einem Erwachsenen gesehen hatte: Sie waren ganz weit und starr, als hätte er Angst. Jetzt erkannte Lilli, dass die beiden anderen den Mann verfolgten. Sie feuerten ihn auch nicht an, sondern verständigten sich untereinander in ihrer unverständlichen Sprache. Der Jüngere lief auf der anderen Straßenseite, der Zweite hastete eben keuchend an Lilli vorbei.

Sie drückte sich an die Wand und sah den Männern nach. Nun hatten sie ihn eingeholt, versuchten ihn zu packen, er riss sich los, machte kehrt, kam wieder zurück. Einer der anderen, der Jüngere, stürzte, fluchte laut, war sofort wieder auf den Füßen, wie ein Tier in höchster Gefahr.

Der im Anzug trug einen Aktenkoffer mit sich, was ihn vielleicht behinderte, denn sie hatten ihn schon wieder, warfen ihn zu Boden, der Jüngere knallte dabei selbst der Länge nach hin, der Aktenkoffer purzelte davon, platzte auf und schlitterte auf die Straße. Der im Anzug brauchte einige Sekunden, bis er wieder auf den Beinen war, der andere blieb liegen. Der Rückspiegel des Autos, neben dem sie hingefallen waren, lag zersplittert auf den Gehwegplatten.

Walter Matthau beachtete seinen am Boden liegenden Freund gar nicht, sondern stürzte sich sofort auf den Koffer. Ein rotes Auto musste bremsen, hupte, aber er sah nicht auf, raffte alles zusammen, stopfte es in den Koffer zurück und rannte davon. Der im Anzug sah ihm ungläubig nach, hatte aber wohl nicht mehr die Kraft, ihm zu folgen. Er hielt sich das Knie, vielleicht hatte er sich wehgetan. Der Mann am Boden hatte die Augen geschlossen und gab keinen Laut von sich. Ein klein wenig Blut kam aus seiner Nase.

Kopfschüttelnd und schimpfend fuhr der Autofahrer wieder an. Dann war es auf einmal still. Nur noch der keuchende Atem des Mannes, der nun keinen Koffer mehr hatte, war zu hören. Wie ein gehetztes Tier sah er um sich, ratlos, verzweifelt, schloss den Mund, öffnete ihn wieder und schien Lilli noch immer nicht bemerkt zu haben, obwohl sie nur drei Schritte von ihm entfernt stand.

Die Finger des Verbrechers am Boden machten zaghafte Bewegungen, als wollte er jemandem heimlich ein Zeichen geben. Ja, natürlich war er ein Verbrecher. Zweifellos war sie eben Zeugin eines Verbrechens geworden. Hinter Lilli quietschte eine Tür.

Aus dem Geschäft mit den Giraffen und dem blauen Frosch trat eine Frau in bunter Bluse und Minirock, und das Erste, was sie sagte, war: »Ja, so eine Scheiße! Noch nicht mal Mittag und schon der erste Besoff…« Da sah sie das Blut.

Ein alter Mann mit Hut und vielen dicken Haaren in den Ohren kam eilig heran, als Nächster hielt ein junger Fahrradkurier auf einem Mountainbike, so gelb wie sein Schopf, und wenig später stand der Gehweg voller Menschen, und alle redeten durcheinander. Als Lilli einmal den Blick von dem am Boden Liegenden löste, war der Mann im Anzug verschwunden. Bald hörte sie in der Ferne den Krankenwagen, und als die Glocken der nahen Bonifatius-Kirche zwölf schlugen, kam auch die Polizei.

Niemand beachtete Lilli. Sie hatte sich so neben die Frau aus dem Laden gestellt, dass alle dachten, sie gehörte zu ihr. Diesen Trick hatte sie einmal in einem amerikanischen Thriller mit Bruce Willis gesehen. Sonst hätte man sie bestimmt weggeschickt. Zwei Männer mit roten Kreuzen auf den Rücken stellten ihre silbernen Koffer ab und gingen neben dem Verletzten in die Hocke. Lilli war sehr gespannt, ob er tot war. Seit Minuten hatte er sich kein bisschen bewegt, und in Filmen waren Menschen meistens tot, wenn sie aus dem Kopf bluteten.

Jemand stöhnte: »Also, der sieht aber gar nicht gut aus.«

Der alte Mann mit Hut, der seinen Platz in der ersten Reihe hartnäckig gegen vordrängende Neuankömmlinge verteidigte, sagte: »Wenn Sie meine Meinung hören wollen, das könnte ein Schädelbruch sein. Und mit so etwas ist nicht zu spaßen!«

Eine Frau mit Kopftuch fragte leise: »Weiß man denn, was da passiert ist?«

»Besoffen«, sagte die Frau aus dem Laden gleichgültig und zündete sich eine Zigarette an. »Hier hat öfter mal 'ne Schnapsleiche auf der Straße gelegen. Nur nicht so früh, natürlich.«

Auf der Schillerstraße hielt ein weiteres Auto mit quietschenden Reifen, und ein sehr fetter Mann quälte sich heraus. Er schwenkte einen Fotoapparat in der Hand und grüßte die Polizisten, die abseits standen und warteten, bis die Sanitäter ihre Arbeit getan hatten.

»Was haben wir heute Schönes?«, brüllte er lachend. »Endlich mal was Gescheites oder wieder nur geklautes Gemüse?«

»Da hat doch einer wieder unseren Funk mitgehört.« Der ältere Polizist schüttelte grinsend den Kopf. »Pech gehabt. Nur 'ne Schnapsleiche, wie's scheint.«

»Der ist nicht betrunken«, sagte einer der Sanitäter. »Und es sieht auch nicht so aus, als wäre er von allein hingefallen. Diese Schrammen hier ...«

»Na, ich knips für alle Fälle ein paar Bildchen«, seufzte der Dicke enttäuscht. »Kann ja nie wissen, wozu sie mal gut sind.«

Die Sanitäter klappten ein Bett auf Rädern auf und hoben den Bewusstlosen vorsichtig hoch. Jemand stupste Lilli an die Schulter. Es war eine freundliche ältere Frau mit dunklen Augen und unzähligen Falten am Hals.

»Gehört das dir?«

Sie hielt ein schmales weißes Ringbuch in der Hand, dessen Vorderseite ein atemberaubend schönes Bild zierte. Lilli griff ganz automatisch zu.

»Hat da neben deiner Tasche gelegen. Solltest besser aufpassen auf deine Sachen«, sagte die Frau mit warmem Lächeln. »Siehst ja, was für Menschen sich hier rumtreiben.«

Mit gellenden Signalhörnern fuhr der Krankenwagen davon. Die Polizisten begannen lustlos herumzufragen, ob jemand den Unfall beobachtet hatte. Lilli betrachtete ratlos das Ringbuch. Durfte sie das nun behalten? Es gehörte dem Mann mit dem Aktenkoffer, aber der war nicht mehr da. Die Frau hatte es ihr gegeben wie ein Geschenk, aber der gehörte es nicht. Also war es nicht gestohlen, nicht gefunden und auch nicht wirklich ein Geschenk. Als sie wieder aufsah, war die Frau gegangen.

Auf dem Bild waren Rehe in einem lichten Wald zu sehen, in klaren, strahlenden Farben, wie leuchtende Kristalle. Dieses Bild war zugleich Kunst und Geometrie. Und es war zweifellos das Schönste, das sie je gesehen hatte.

Langsam zerstreute sich der Menschenauflauf. Die Frau im Minirock war inzwischen ebenfalls verschwunden. Die Polizisten machten Fotos, und Lilli hörte, wie der eine zum anderen sagte:

»Ist ja wohl nichts für die Kripo, oder?«

»Man wird sehn. Schreiben wir erst mal den Bericht.«

***

Am frühen Nachmittag erhielt Kriminaloberkommissarin Birgit Malmberg von ihrem derzeitigen Vorgesetzten, Hauptkommissar Gerlach, den Auftrag, sich um diesen merkwürdigen Überfall in der Goethestraße zu kümmern, bei dem man bisher nicht einmal wusste, wer von den drei Beteiligten Täter und wer Opfer war. Förster, der eigentliche Leiter der Ermittlungsgruppe, lag seit Wochen im Krankenhaus. Hellmann, der Leiter des Dezernats für Gewaltverbrechen, hatte Gerlach erst vor kurzem die Vertretung übertragen, worüber der nicht immer glücklich zu sein schien.

Ihr Kollege Thomas Petzold, den sie seit einigen Monaten als so etwas wie ihren neuen Lebensabschnittsgefährten ansah, und sein Bürogenosse Schilling trieben sich seit Stunden auf dem Weihnachtsmarkt herum in der Hoffnung, Kleinkriminelle auf frischer Tat zu ertappen. Wie vor Weihnachten üblich, überrollte eine Welle von Taschendiebstählen die Stadt, und man versuchte, die Bevölkerung zu beruhigen und die Täter zu verunsichern, indem man verstärkt Polizei einsetzte. Teils uniformiert, teils in Zivil.

Blieben Hirlinger und Birgit. Und Hirlinger, mit dem sie zu ihrem Leidwesen das Büro teilen musste und der eben vor sich hin grummelnd Akten auf seinem Schreibtisch von links nach rechts räumte, war für so etwas nicht zu gebrauchen. Seine Sache war die Vernehmung halsstarriger Ganoven, bei der er regelmäßig sagenumwobene Erfolge erzielte. Zarter besaitete Gemüter erinnerten sich bei ihm nach fünf Minuten nur noch an den Umstand, dass man das Recht auf Hinzuziehung eines Anwalts hatte. Auch wenn man ihnen gar nichts vorwarf.

Birgit Malmberg überflog die spärlichen Unterlagen. Immerhin gab es drei Zeugenaussagen, allesamt schlampig von zwei Streifenpolizisten zusammengetragen, deren Gedanken eindeutig mehr beim kommenden Mittagessen als bei der Aufklärung des Raubs gewesen waren.

Da hatte eine Apothekenhelferin, vielleicht weil gerade nichts zu tun war, hinausgesehen, als die drei vorbeirannten. Sie hatte eine recht ordentliche Beschreibung der Männer gegeben. Hier war vielleicht noch mehr zu holen, wenn man mit Geduld nachfragte.

Der zweite Zeuge, ein pensionierter Musiker, behauptete, die beiden Verfolger hätten eine östliche Sprache gesprochen, Russisch vermutlich. Von der Tat selbst hatte er nichts berichten können, weil er erst später hinzugekommen war, als längst alles vorbei war.

Das letzte Protokoll in der Mappe war nur wenige Zeilen lang. Es enthielt die Aussage der Inhaberin von »Chantals Lädchen« in der Goethestraße, vor dem einer der drei wenig später besinnungslos und schwer verletzt am Boden gelegen hatte. Sie hatte einen langen Nachnamen, der eine Menge Konsonanten enthielt. Leider schien sie jedoch kaum mehr als vorbeihuschende Schatten gesehen zu haben. Irgendwelches Geschrei habe sie auch gehört. Das war alles.

Birgit rief im Klinikum an und erfuhr, dass der Verletzte nach wie vor ohne Bewusstsein war. Es bestand Verdacht auf Schädelbasisbruch, an eine Vernehmung war vorläufig nicht zu denken.

Dann machte sie sich auf den Weg in die Weststadt, um diesen Bagatellfall, bei dem es sich vermutlich wie so oft um eine unglücklich ausgegangene Streiterei handelte, möglichst heute noch abheften und vergessen zu können.

»Nein«, sagte die junge Apothekenhelferin mit fliehendem Kinn und zum Himmel strebender Nase kopfschüttelnd. »Gehört hab ich nichts. Ist ja auch gerade 'ne Straßenbahn vorbeigefahren, und da ist das ganz schön laut hier. Erst hab ich gedacht, die wollen die noch einholen, so wie die geflitzt sind. Aber wie die zwei dann geguckt haben …«

Birgit schätzte das Alter der Zeugin auf um die zwanzig, aber sie hatte die Stimme eines vierzehnjährigen Mädchens. Das Gesicht war trotz der Jahreszeit voller Sommersprossen.

»Können Sie die Kerle beschreiben?«, fragte sie.

»Gehen wir nach hinten«, antwortete die Frau eifrig. »Da können wir sitzen.«

Im Hinterzimmer der Apotheke, das offenbar als Lagerraum für sperrige Waren diente, dampfte eine Teekanne auf einem Stövchen. Ein kleines Radio spielte leise Musik. Auf dem Tisch lag eine aufgeschlagene Zeitung. Es roch nach Kräutern und Zimt.

»Tee?«

Birgit nickte dankbar und legte ihren Block auf den Tisch. Die Frau kramte eine zweite Tasse aus einem Regal, blies den Staub heraus und schenkte ein.

»Hab ich aber doch schon.«

»Was?«, fragte Birgit.

»Na, sie beschrieben, diese Asi-Typen.«

»Manchmal fällt einem später noch was ein.«

»So machen die das im Fernsehen auch immer«, sagte die Zeugin ernst nickend. Sie hatte zahllose Piercings an den Ohren. Löcher in den Nasenflügeln verrieten, dass auch dort Schmuck vorgesehen war, der aber wohl bei der Arbeit nicht erlaubt wurde. Birgit ließ zwei Stücke braunen Kandis in den Tee plumpsen. Es knisterte leise. Das Radio spielte »Question of Faith« von der Lighthouse Family.

»Der Erste, der hat 'nen krass schrägen Anzug angehabt. Blau, hellblau. Ziemlich abgefahren, das Teil. Sonst hat der gar nicht mal so übel ausgesehen.«

»Brille?«

Zögernd schüttelte sie den Kopf.

»Sonst irgendwas?«

Ebenso zögernd hob sie die Schultern. »Das Hemd ... weiß nicht. Komisch irgendwie. Die Farbe, mein ich.«

»Krawatte? Würde zum Anzug ja passen.«

Die Augen der jungen Frau wurden schmal. In den Augenwinkeln bildeten sich Fältchen, über der Nase eine tiefe Kerbe. Vielleicht war sie doch nicht mehr so jung, wie sie auf den ersten Blick gewirkt hatte.

»Eher nicht.«

Birgit machte sich Notizen. »Und die anderen?«

»So 'n junger, sportlicher Mucki-Buden-Typ und dann ein älterer, Mitte vierzig vielleicht. Der hat ganz schön Mühe gehabt hinterherzukommen.« Sie nahm einen vorsichtigen Schluck aus ihrer Tasse. »Der Junge, der hat Jeans angehabt. Haben nicht besonders gut gesessen. Bluejeans. Und 'ne Lederjacke. Schwarz. Auch nicht mehr die Jüngste. Und Slipper. Schwarze Lederslipper, solche mit glatten Sohlen. Hab mich noch gewundert, wie der auf denen so laufen kann. Der andere? Sportschuhe, weiße, glaub ich. Also weiß, als die neu waren, mein ich. Und auch Jeans. Und 'ne Jacke. Aber kein Leder. Ziemlich verpeilt geguckt hat der.«

»Irgendwelche Besonderheiten? Lassen Sie sich ruhig Zeit.«

»War alles bisschen gammlig an denen. Echt voll die Asi-Typen eben.«

»Was können Sie über die Gesichter sagen?«

Die Türglocke schlug an, die Frau erhob sich und strich ihren weißen Kittel glatt. »Kundschaft, Sie entschuldigen. Der Chef und die Chefin sind beide krank, die Grippe, und da muss ich ...«

Birgit hörte, wie sie einer heiser krächzenden Frau erklärte, Hustensaft würde normalerweise sowieso nichts helfen, und all diese teuren Erkältungsmittelchen könne sie voll vergessen. Sie riet ihr, viel Obst zu essen, das Bett zu hüten und heißen Tee mit Honig zu trinken. Birgits Blick fiel auf die Zeitung, in der die Frau vermutlich las, wenn nichts zu tun war. Sie war schon mehrere Tage alt. Die Zeugin kam zurück.

»Die Gesichter«, sagte sie gedehnt und füllte ihre Tasse wieder auf. »Der Junge, na ja. Breites Gesicht und rote Haare. So irisch, irgendwie. Der Ältere, der ... da hab ich das Gefühl, den kennst du irgendwoher.«

»Woher?«, fragte Birgit aufmerksam.

»Tja, wenn ich das wüsste.«

»Denken Sie darüber nach.« Birgit klappte ihren Block zu und legte eine Visitenkarte auf den Tisch.

»Kriminaloberkommissarin«, las die Zeugin mit großen Augen. »Doll. Dacht immer, das gibt's nur im Kino.«

»Es gibt inzwischen eine Menge Frauen bei uns.« Birgit erhob sich und reichte ihr die Hand. »Vielen Dank für den Tee. Und falls Ihnen noch etwas einfällt ...«

»Ich weiß, ich weiß: Rufen Sie an, zu jeder Tages- und Nachtzeit, verlassen Sie nicht ohne unsere Erlaubnis die Stadt, Sie haben das Recht auf einen Anwalt ...«

»Na, so aufregend ist die Geschichte nun auch wieder nicht«, sagte Birgit lachend.

Die Apothekenhelferin begleitete sie zum Ausgang. Plötzlich verharrte sie mitten in der Bewegung. »Da war eventuell noch 'ne zweite Bahn«, sagte sie nachdenklich und sah auf die regennasse Straße hinaus mit einem Blick, als würde sie auf etwas horchen. »Doch, ich glaub, da ist noch 'ne zweite Bahn gewesen. Da drüben.«

Plötzlich entspannte sich ihr Gesicht, und sie fuhr mit ausgreifenden Gesten fort: »Die Eins, die ist also von da aus der Stadt gekommen, abgebogen und hat dann hier vor dem Haus gehalten. So machen die das ja immer. Erst halten sie drüben, mitten auf der Straße, und dann, zwanzig Meter weiter hier gleich noch mal. Weiß die Hölle, wozu das gut sein soll. Und in dem Moment, als die um die Ecke war, da ist drüben 'ne andere Bahn abgefahren. Stadteinwärts. Und ...«

Birgit klappte ihren Block wieder auf.

»Und ich könnte mir einbilden, die Jungs sind aus der anderen Bahn raus, über die Straße ... Ja, ich glaub, da haben sogar ein paar

Autos bremsen müssen … Vielleicht hat der Erste gedacht, er kriegt die Eins noch und hängt die anderen ab?«

Sie trat zur Seite, um neue Kundschaft eintreten zu lassen. Eine abgekämpfte, friesisch aussehende Frau mit drei triefnäsigen Kindern im Gefolge.

Birgit ging zur Haltestelle wenige Meter weiter und notierte die Abfahrtzeiten. Eine Minute später zog die Mutter mit den drei Kindern im Schlepptau vorbei. Birgit entnahm dem Gemecker der Kleinen, dass die doofe Tante in der Apotheke ihnen anstelle von teuren Medikamenten, die sowieso nichts helfen würden, zu ordentlich heißer Milch mit Honig geraten hatte.

Sie überquerte die südlichen Fahrspuren der Kaiserallee, um an der anderen Haltestelle nach Bahnen zu sehen, die dort ungefähr zur selben Zeit hielten. In Frage kam eigentlich nur die Linie zwei aus Daxlanden.

Birgit Malmbergs zweiter Zeuge war ein gedrungener Mann Anfang siebzig mit rundem Gesicht und unangenehm durchdringender Stimme. Er trug eine schlecht gebügelte Tuchhose, ein angegilbtes Hemd mit offenem Kragen und hielt sich sehr aufrecht. Er machte den Eindruck eines Mannes, der trotz seines Alters noch regelmäßig Sport treibt und mächtig stolz darauf ist. Sein Gesicht leuchtete vor Begeisterung, als er sie in seine muffige, dunkle Wohnung im Stil der fünfziger Jahren bat, die nur wenige Meter von der Apotheke entfernt lag. Sein Name war Kolovrath, und aus seinen übergroßen Ohren wuchsen beeindruckende Haarbüschel. Auch hier lief ein Radio. Hier hörte man klassische Musik. Bach, vermutete Birgit.

»Wer ist denn da, Siegbert?«, rief ein brüchiges Stimmchen aus einem entfernten Zimmer.

»Besuch für mich!«, rief Kolovrath nervös und führte Birgit in einen Raum, dessen Einrichtung man vor einem halben Jahrhundert als vornehm bezeichnet hätte. Er wies auf einen Sessel, in dem sie schier versank, und setzte sich auf die Couch. Es roch nach Kohl und überbackenem Käse.

»Siegbert!«, rief die klägliche Stimme wieder. »Wer ist denn da?«

»Niemand«, antwortete er augenrollend. Dann beugte er sich vor. »Sie kommen also wegen dieser Schläger, die hier heute Vormittag ihr Unwesen trieben? Fein, dass die Polizei die Sorgen von uns Steuerzahlern und ehrlichen Bürgern auch einmal ernst nimmt!«

»Ehrlich gesagt, wir wissen noch nicht mal, was eigentlich genau passiert ist. Deshalb bin ich hier. Um mir ein Bild zu verschaffen. Wann sind Sie zu dem – sagen wir mal – Tatort gekommen?«

»Ich hatte die schon vorher gesehen! Diese Burschen haben mich hier, direkt vor unserer Haustür, praktisch überrannt! Ich will mir lieber nicht vorstellen, was hätte geschehen können, wenn ich gestürzt wäre«, erklärte Kolovrath empört. »Man sieht es mir vielleicht nicht an, aber ich bin ja nun schon über die Siebzig, und obwohl ich regelmäßig schwimme und laufe, bricht man sich in meinem Alter doch leicht etwas bei einem unglücklichen Sturz. Und dann wäre es mir möglicherweise ergangen wie ihr ...« Er wies auf den Flur hinaus und senkte die Stimme. »Seit ihrem Oberschenkelhalsbruch liegt sie da nun. Seit zwölf Jahren. Sie ist sechsundneunzig!«

»Siegbert!«, rief es wie bestellt. »Wann ist das Essen fertig?«

»Wir haben siebzehn Minuten nach drei, Mutter. Und wir haben bereits gegessen, wenn du dich bitte erinnern würdest!« Seine Stimme klang jetzt ungeduldig. Sekundenlang sah er auf seine Hände, die ebenso wie das Gesicht für die Jahreszeit ungewöhnlich braun waren. Er zwang sich ein Lächeln ab.

»Was darf ich Ihnen anbieten, Fräulein? Einen Cognac vielleicht? Ach nein, Sie dürfen ja sicherlich nicht ... Einen Kaffee? Ich mache einen ganz vorzüglichen Cappuccino, sagt man allgemein.«

»Danke.« Birgit setzte demonstrativ den Stift auf den Block. »Am besten, Sie erzählen einfach alles noch mal von vorn.«

Kolovrath sah zum Fenster und stieß die Luft durch die Nase. »Nun«, sagte er in sachlichem Ton. »Um neun Minuten nach halb zwölf habe ich die Wohnung verlassen, um zum Markt zu gehen. Dort wollte ich einen Blumenkohl erstehen, für das Mittagessen. Sie haben da einen streng ökologisch arbeitenden Bauern aus dem Kraichgau und ... Nun ja. Es dürfte also elf Uhr vierzig gewesen sein, als ich die Haustür öffnete.«

»Elf Uhr vierzig?«, fragte Birgit erstaunt.

»Ein System. Man muss ein System haben, einen Plan. Sonst verliert man leicht die Orientierung, wenn man wie ich keiner geregelten Beschäftigung mehr nachgeht. Man verirrt sich in der Zeit, sozusagen. Donnerstags gehe ich zwanzig vor zwölf auf den Markt, um zwölf bin ich zurück und koche. Heute natürlich nicht, da war es später. Und um Viertel vor eins wird dann gegessen. Überbackenen Blumenkohl mit Schinken, falls dieses Detail für Sie von Belang sein sollte.«

»Habe ich als Kind mit Leidenschaft gegessen«, sagte Birgit lächelnd.

»Was Sie nicht sagen«, erwiderte Kolovrath. »Ich selbst habe seinerzeit jede Art von Kohl gehasst. Aber in meiner Jugend, da gab es natürlich sieben Tage in der Woche Kohl und –«

»Siegbert?«

»Was?«, schrie er nervös.

»Komm doch bitte mal!«

Er schlug auf die Couch und verschwand mit einem Gesicht, als sei er im Begriff, seine alte Mutter zu erwürgen. Birgit trat ans Fenster. Das Glas war streifenfrei sauber, die Fensterbank ohne ein Stäubchen, der abgenutzte, aber offensichtlich echte Perser frisch gesaugt. Dennoch roch es hier alt. Nach alten Möbeln, alten Menschen, verblassenden Erinnerungen an ein Leben, das vor langer Zeit zum Stillstand gekommen war. Hier verbrachten Menschen ihre Tage in einer Zwischenzeit zwischen einem Leben, das keines mehr war, und dem Tod, der nicht kommen wollte. Fotos an der Wand zeigten einen optimistisch lächelnden Mann in verschiedenem Alter, immer im dunklen Anzug und mit einer Oboe in den Händen. Aus einem großen, sichtlich liebevoll gepflegten Aquarium glupschten gelangweilte bunte Fische. Das Radio spielte inzwischen Vivaldi.

Birgit hörte die weinerliche Stimme der alten Frau und die vor unterdrückter Wut lauter und lauter werdende des Sohnes. Endlich kam er zurück. Das Lächeln in seinem Gesicht war erloschen.

»Sind Sie das?« Birgit wies auf die Fotos. »Mit der Oboe?«

Kolovrath nickte zerstreut. »Zuletzt erster Oboist, hier am Staatstheater.«

»Ist das ein schöner Beruf?« Birgit versank wieder in ihrem Sessel. »Als Kind hab ich nämlich mal Cello gespielt. Aber – nun ja – das ewige Üben.«

Kolovrath lächelte müde. »Wie sagte schon Karl Valentin: Kunst ist schön, macht aber viel Arbeit. Und wenn Sie vier Stunden lang eine Wagner-Oper heruntergepustet haben, dann verstehen Sie, was er damit sagen wollte. Außerdem sitzen die Oboen unmittelbar vor dem Blech, und wenn die, wie bei Wagner nun mal üblich, ordentlich zu tun haben, ich kann Ihnen sagen …«

Draußen fuhr eine Straßenbahn vorbei. Birgit sah auf die Uhr – sie war auf die Minute pünktlich.

Inzwischen hatte Kolovrath sich wieder gesammelt. »Nichts Böses ahnend trete ich also auf den Bürgersteig, nicht ohne sicherheitshalber nach links und rechts zu sehen. Oft fahren da nämlich Kinder auf ihren Fahrrädern und zwar wie der Teufel, oder Verrückte auf diesen neuartigen Rollschuhen. Diese Vorsicht hat mich zweifellos vor einem Unfall gerettet. Der Erste, der hatte einen Ausdruck, der hat mich gar nicht mal wahrgenommen!«

»Angst?«

»Schon möglich, so wie die anderen hinter ihm her waren. Ich sehe dem noch nach, und da kommen auch schon die Verfolger.«

»Könnten Sie die Männer beschreiben?«

Seine Aussage deckte sich weitgehend mit der der Apothekerin.

»Hat einer der Männer etwas in der Hand gehalten?«

»Der Erste. Einen Aktenkoffer.«

Birgit nickte. »Und die anderen?«

Kolovrath zuckte die Schultern, ohne den Blick von der grünen Marmor-Tischplatte zu heben.

»Siegbert!«, rief es. »Das ist doch nicht etwa diese Hedwig?«

Kolovrath sank in sich zusammen. »Hedwig«, presste er heraus, »war meine Verlobte. Acht Wochen vor dem Hochzeitstermin ist sie mir weggestorben. An einer Grippe. Siebenundfünfzig war das.«

Lange Sekunden war nur das Ticken der Wanduhr und das Blubbern des Aquariums zu hören.

»Wie ist das«, fuhr er schließlich leise fort. »Sie sollten so etwas ja wissen. Man müsste doch mildernde Umstände bekommen?«

Fragend runzelte Birgit die Stirn. Kolovrath legte die Hände auf die Knie. Er saß, als müsste er in der nächsten Sekunde aufspringen, und sah an ihr vorbei zur Wand.

»Wenn ich ein Kind töte, dann vernichte ich vielleicht achtzig Jahre Menschenleben. Wenn ich jemanden ermorde, der fast hundert ist, mit Sicherheit nur einige wenige. Im einen Fall bekommt der Täter fünfzehn Jahre, da dürfte er doch im anderen höchstens eines oder zwei ...«

»Nach dem Gesetz ist beides Mord«, erwiderte Birgit ernst. »So oder so. Es wäre Mord.«

»Natürlich.« Mit einer fahrigen Bewegung strich er sich ein paar weißgraue Haare aus der Stirn. »Natürlich.« Für Sekunden schien er mit den Gedanken weit weg zu sein. »Was das zum Beispiel jeden Abend für ein Kampf ist, bis sie endlich ihre Tabletten nimmt. Als wollte man ihr Gewalt antun ...«

Ein Ruck ging durch ihn. Er sah Birgit an. »Haben Sie noch Fragen?«

Sie überflog ihre Aufzeichnungen. »Eine noch. Sie haben ausgesagt, die Männer hätten Russisch gesprochen?«

Kolovrath nickte.

»Sprechen Sie denn Russisch?«

»Wir hatten einmal einen Pianisten aus Leningrad. Guter Mann übrigens. Und nach dem zehnten oder zwölften Wodka sprach der nur noch Russisch. Ich weiß also, wie sich das anhört.«

»Aber Sie selbst sprechen kein Russisch?«

»Auf jeden Fall war es eine östliche Sprache. Das klingt natürlich alles ähnlich für unsereinen. Obwohl ...«

»Obwohl?«

»Zwischenzeitlich habe ich mit Frau Balkewitz gesprochen, aus dem zweiten Stock. Sie hatte das Fenster offen und meint, es sei vielleicht eher Kroatisch gewesen. Oder Serbisch.«

Birgit notierte sich den Namen.

»Denken Sie, es macht Sinn, mit Frau Balkewitz zu reden? Vielleicht hat sie etwas beobachtet?«

Kolovrath schüttelte traurig den Kopf. »Sie ist ja leider praktisch blind, die Gute.«

Birgit zückte ein Kärtchen und sagte ihr Sprüchlein auf. Kolovrath starrte auf seine Hände und schwieg lange.

»Ich hätte damals ausziehen sollen, wie ich es vorhatte. Vor acht Jahren, als ich in Pension ging, da wollte ich ausziehen. Endlich.«

Mit hängenden Schultern begleitete er Birgit zur Tür und gab ihr stumm die Hand. Als sie schon halb unten war, rief er: »Hallo! Mir ist eben noch etwas eingefallen!« Er beugte sich über das Geländer. »Den älteren der Verfolger, den habe ich kurze Zeit später wiedergesehen. Vorne, an der Ecke.«

»Aha«, sagte Birgit. »Und?«

»Da hatte er den Aktenkoffer unter dem Arm und ist zurückgerannt, Richtung Kaiserallee.«

Damit war es immerhin Raub. Vielleicht war die Sache doch nicht so harmlos, wie sie gehofft hatte.

Von Kolovraths Wohnung zu »Chantals Lädchen«, vor dessen Schaufenstern das Ganze sich abgespielt hatte, waren es nur wenige Schritte. Birgit wartete, bis drei Teenager ihre Halskettchen ausgesucht und begleitet von viel Gekicher und Gegacker bezahlt hatten. Dann wandte die Ladenbesitzerin, Chantal mit den vielen Konsonanten, sich ihr zu. Sie hatte schwarzes kurz geschnittenes Haar, trug einen ebenso schwarzen leicht verfusselten Pullover und einen für Birgits Geschmack zu kurzen hellgrauen Rock. Der Lippenstift war braunrot, und sie schien sehr schlechter Laune zu sein.

»Hab ich doch alles Ihren Kollegen schon erzählt. Ich hab nichts gesehen, außer dass da draußen einer hingefallen ist. Erst hab ich gedacht, wieder mal Jungs aus der Kneipe nebenan. Da gibt's ja genug, die nie wissen, wann der Hals voll ist.«

»Gehört haben Sie auch nichts?«

»Vorher war da irgendwelches Geschrei. Und Gerenne, ja, das auch. Aber als ich dann hingesehen hab, war alles schon vorbei.« Mit einer hektischen Bewegung wies sie nach draußen. »Die sind erst da runter, und dann wieder zurück. Und hier, ausgerechnet vor meinem Laden, muss es den Knallkopf dann natürlich hinhauen! Als ob man als Geschäftsfrau nicht schon genug Ärger am Hals hätte heutzutage, wo kein Mensch mehr Geld ausgeben will!«

»Sonst war niemand auf der Straße?«

»Und jetzt hat mir die Stadt auch noch die Parkplätze gegenüber weggemacht! Nur damit dieser dämliche Spielplatz ein bisschen größer wird! Als ob's hier nicht schon laut genug wäre. Und wo, bitte schön, sollen meine Kunden wohl in Zukunft ihr Auto lassen? Das ist doch wirklich ...« Sie stutzte. »Doch. Warten Sie mal. Doch. Ich glaub, da war ein Kind. Hat da am Fenster gestanden.«

»Mädchen oder Junge?«

»Keine Ahnung. Mädchen, Junge. Keine Ahnung.«

»Können Sie es beschreiben?«

Sie lachte nervös auf. »Sehen diese Kids denn nicht alle gleich aus? Oben ein Kopf mit Haaren und am anderen Ende Füße. Mit Stiefeln dran vermutlich, bei diesem Wetter. Dazu wahrscheinlich Jeans.«

»Jeans?«

»Tragen die nicht alle Jeans?«

»Welches Alter?«

»Gott!« Wieder lachte sie. »Woher soll ich das denn wissen? Ich hab selber keine Kinder. Zehn, fünfzehn, was weiß ich. Hab kein Auge für so was.«

»Kleidung? Haarfarbe?«

»Irgend 'ne Regenjacke hab ich gesehen, bild ich mir ein. Und die

Kapuze war oben, wenn ich mich nicht täusche. Deshalb hab ich auch die Haare nicht gesehen.« Sie schüttelte den Kopf und senkte den Blick. »Aber ich hab da kaum hingeguckt. Hier stehen ständig Kids vor den Fenstern. Wir haben preiswerten Schmuck im Sortiment, extra für die Teenies. Sonst kommt ja kaum noch jemand, seit die Stadt mir nun auch noch die Parkplätze –«

»Welche Farbe hatte die Jacke? Und die Jeans?«

Theatralisch seufzend hob die Zeugin die Hände. »Grün. Blau. Lila. Die Jeans werden wohl blue gewesen sein.«

Inzwischen stand neue Kundschaft wartend im Hintergrund, zwei ungeduldige Teenager. Es war nicht zu übersehen, dass die Frau wünschte, Birgit möge nun endlich verschwinden.

»Würden Sie das Kind wiedererkennen? Wenn es in den nächsten Tagen noch mal hier auftauchen sollte?«

Unwilliges Kopfschütteln. »Hab wirklich kein Auge dafür. Bin kein so 'n Muttertier.«

»Und die Männer, was können Sie zu denen sagen?«

»Als ich rauskam, war da nur noch der Rothaarige am Boden.«

»Meinen Sie, das Kind könnte was gesehen haben?«

»Erst mal finden, den Knirps, nicht wahr?« Sie lachte kalt und wandte sich demonstrativ den wartenden Mädchen zu. Das Lächeln kostete sie sichtlich Mühe.

Birgit steckte ihr Blöckchen ein und trat auf den Gehweg hinaus. Zwei Meter rechts vom Eingang war ein schwärzlicher Fleck auf den Betonplatten. Vermutlich eingetrocknetes Blut. Sie sah sich noch ein wenig um und machte sich dann aufatmend auf den Weg zur Straßenbahnhaltestelle. Erst als sie schon halb vorbei war, bemerkte sie die kleine Bäckerei neben dem Haus, in dem Kolovrath wohnte. Sie machte kehrt und präsentierte der sonnig lächelnden Bäckersfrau ihre Frage.

»Natürlich«, erklärte die strahlend. »Klar hab ich die Kerle gesehen.«

Sie schilderte wortreich, wie die Männer vorbeigerannt waren. Auch den alten Herrn Kolovrath habe sie selbstverständlich gesehen und vielleicht eine halbe Minute später dann den ältesten der drei, wie er mit dem Aktenkoffer unterm Arm wieder zurückrannte. Gedacht habe sie sich bei alldem natürlich nichts.

»Irgendeine Kabbelei unter jungen Ausländern, nicht wahr? So was sieht man doch alle Tage. Und diese Südländer sind halt immer so temperamentvoll, nicht wahr? Das macht sie ja im Grunde auch so sympathisch, finden Sie nicht?«

»Südländer?«, fragte Birgit aufmerksam.

»Araber.« Das Lächeln der Bäckersfrau wurde noch eine Spur breiter. »Letztes Jahr, da haben wir nämlich Urlaub gemacht, in Ägypten. Den ganzen Nil von Luxor bis Kairo runter. Richtigen Urlaub, zum ersten Mal seit acht Jahren! Und von da kenne ich natürlich die Sprache. Das war Arabisch.«

»Der eine soll rothaarig gewesen sein.«

Die Frau lachte gemütlich. »Rothaarig? Haben Sie schon mal rothaarige Araber gesehen?«

In der Tür fiel Birgit ein, dass sie Petzold versprochen hatte, frisches Brot fürs Abendessen zu besorgen. Sie machte noch einmal kehrt.

Als sie ins Präsidium zurückkam, waren Schilling und Petzold wieder da. Birgit ging durch die immer offen stehende Verbindungstür ins Nachbarbüro hinüber, um Hallo zu sagen. Die beiden saßen schweigend und untätig an ihren Schreibtischen. Schilling hielt den Blick gesenkt und schien wütend zu sein.

Erst als sie sich zu Petzold hinunterbeugte, um ihm einen kräftigen Kuss auf den Mund zu drücken, bemerkte sie sein schlecht unterdrücktes Grinsen. Und dass Schilling ständig an seinem Kinn herummassierte. Nach einigem Hin und Her erfuhr sie endlich, dass die beiden sich einen besonders raffinierten Trick ausgedacht hatten, um Taschendiebe zu schnappen: Schilling hatte sich an einem der Glühweinstände unters gut gelaunte Volk gemischt und deutlich sichtbar ein Portemonnaie in der Manteltasche getragen, das natürlich leer war. Petzold hatte ihn aus einiger Entfernung beobachtet, bereit, jeden Moment zuzugreifen. So hatten sie einige Stunden herumgestanden, ohne dass irgendwer Interesse an Schillings Geldbeutel zeigte. Als er schließlich frustriert seinen längst eiskalten Glühwein bezahlen wollte, war seine Brieftasche verschwunden. Er hatte sich auf einen jungen Mann gestürzt, der sich gerade mit auffallender Eile entfernte, und der hatte ihm nach kurzem Gerangel einen kräftigen Kinnhaken versetzt. Petzold war es nur mit Mühe gelungen, Schilling vor weiterem Unheil und Prügeln von aufgebrachten Glühweintrinkern zu bewahren, indem er sich vor ihn stellte und seinen Dienstausweis in die Luft hielt. Brieftasche samt Inhalt blieben verschwunden. Und gerade eben hatte Schilling festgestellt, dass er während der Rauferei auch noch das Portemonnaie verloren hatte.

»Sogar der Dienstausweis ist weg«, erklärte Petzold, ohne sich die geringste Mühe zu geben, seine Schadenfreude zu verbergen.

»Ab nächste Woche geh ich wieder in meinen Karatekurs«, knurrte Schilling und nahm endlich die Hand vom Kinn. »Und Gott gnade dem, der mir als Nächster blöd daherkommt!«

***

Wie üblich hatte Will Smith sehnsüchtig hinter der Wohnungstür gewartet, um dann ganz gleichgültig zu tun und nur mal kurz an Lillis Beinen entlangzustreichen. Sie gab ihm sein Futter, holte ein paar Sachen aus seiner neuen Spielzeugkiste, tollte eine Weile mit ihm herum und streichelte hin und wieder sein glänzendes schwarzes Fell.

Erst nachdem er sich ausgetobt hatte, ließ er sich auf den Arm nehmen und begann zu schnurren. Sie kraulte ihm die Ohren und erzählte ihm von ihren aufregenden Erlebnissen am Vormittag. Dann sang sie ihm noch das neue Weihnachtslied vor, das sie im Musikunterricht gelernt hatten. Will Smith hielt still und hörte aufmerksam zu.

Oben traf sie zu ihrer Überraschung Annemie im Flur. Sie war im Morgenmantel und barfuß und erklärte ihr mit der Hand an der Stirn, sie sei heute nicht arbeiten gegangen, weil sie solche Kopfschmerzen habe. Dann schleppte sie sich mit müden Schritten in ihr Zimmer und schloss die Tür.

Lilli setzte sich im Schneidersitz aufs Bett, stülpte den Kopfhörer über, drehte die Lautstärke des Fernsehers hoch und sah sich den Thriller an, den sie in der vergangenen Nacht aufgezeichnet hatte. Der Film spielte in Moskau, wo es ganz unglaublich viel Schnee gab. Abgesehen davon war er jedoch langweilig. Ständig kamen Menschen ums Leben, wurden erschossen, erstochen, überfahren. Einem zog man sogar bei lebendigem Leib die Haut ab, weil er nicht verraten wollte, wo die Atombomben versteckt waren. Aber Lilli wusste schon nach zehn Minuten, wer die Bösen waren und dass sich der mutige amerikanische Polizist, der eigentlich nur hatte Urlaub machen wollen, am Ende in seine ebenso schöne wie mürrische russische Kollegin verlieben würde.

Lilli spulte die Kassette zurück und zog das erbeutete Ringbuch aus der Schultasche. Noch einmal betrachtete sie lange das Bild auf dem Umschlag. Es strahlte einen tiefen Frieden aus. In der Welt dieser Rehe gab es keine Jäger, keinen Winter und keinen Hunger. So musste das Paradies für Tiere aussehen, der Himmel, in den sie kamen, wenn sie im Leben nichts Böses getan hatten. Lilli überlegte, ob Tiere überhaupt im Stande waren, etwas Böses zu tun. Nick Nolte behauptete immer, Will Smith habe nur Gemeinheiten im Kopf, aber Lilli glaubte das nicht. Letzte Woche hatte er dann ja auch gesagt, seit sie sich um ihn kümmere, sei Will gar nicht mehr wiederzuerkennen.

In der Hoffnung auf weitere schöne Bilder schlug Lilli das Ringbuch auf. Aber sie wurde enttäuscht. Es enthielt nur Erwachsenenkram. Briefe mit unverständlichem Inhalt, so genannte »Zollbescheinigungen« und »Frachtbriefe«. Erst ganz hinten kamen ziemlich kleine Fotos von einem Gemälde. Es war ein sehr altes Bild aus der Zeit, als die Maler noch nichts von Perspektive wussten, und zeigte einen dümmlich dreinblickenden Heiligen in rotem Mantel und mit einem riesengroßen goldenen Kreis um den Kopf. Er hielt einen langen, am Ende gebogenen Stab in der Linken. Die Rechte hatte er zum Segen erhoben. Sie klappte den Ordner zu. Das konnte sie besser.

Eine Weile wog sie ihren Fund unschlüssig in den Händen. Den sollte Annemie vielleicht besser nicht zu Gesicht bekommen. Er war nicht geklaut, aber auch nicht wirklich gefunden. Lilli beschloss, ihn zu verstecken. Sie hatte auch schon eine Idee, wo.

***

»Ich hab überhaupt nicht gesagt, dass wir nie zusammenziehen sollen. Ich mein doch nur, man soll sich so was gründlich überlegen.« Petzold gähnte. »Am Ende gibt's dann nur wieder Stress und Geheule und man muss seinen Krempel auseinander dividieren und alles. Kennt man doch.«

»So was kennst du? Ich wusste gar nicht –«

»Steffi.« Petzold war das Thema unangenehm. »Hab ich dir doch erzählt ... Und überhaupt, zwei Bullen und auch noch Kripo ... Denk doch nur mal an unsere idiotischen Arbeitszeiten.«

»Ich meinte ja nicht, dass wir nun gleich und sofort ...« Birgit streckte sich auf der Couch aus. »Aber man wird doch wohl mal drüber nachdenken dürfen.«

Petzold erhob sich. »Was zu trinken?«

»Nicht wieder diesen algerischen Rotwein bitte!«

»Wie wär's mit Grappa? Hab hier noch 'ne Flasche von diesem Unternehmertyp letztes Jahr. Der uns den großen BMW zusammengefahren hat.«

»Dieser Yuppie mit der abgebrannten Software-Firma?«

»Die Hälfte gehört dir.« Petzold zeigte ihr die Flasche. »Für Sie und Ihre hübsche blonde Kollegin, hat er geschrieben. Weil wir ihm und seiner Frau das Leben gerettet hätten. War bestimmt nicht billig. Mir schmeckt das Zeug aber nicht.«

»Was ist das eigentlich, Grappa?«

»Den machen sie aus Trester, hab ich mal gehört.«

»Was ist das?«

»Dieser stinkende Abfall, der bei der Weinherstellung übrig bleibt, wenn der Saft aus den Trauben gepresst ist.«

»Na, danke.« Birgit schüttelte sich. »Gummibärchen hast du nicht zufällig im Haus?«

»Ich denk, du willst keine mehr essen?«

»Nur mal fragen. Zur Sicherheit.«

Schulterzuckend stellte er die Flasche weg. »Ich hätte noch 'nen Bardolino in der Küche. Steht aber schon 'ne Weile rum. Willst du den versuchen?«

»Warum hast du eigentlich nie ordentlichen Wein? Wo du doch Badenser bist? Ich dachte immer, ihr sauft hier unten Wein wie die Russen Wodka.«

»Wie oft muss ich es dir noch erklären: Das heißt Badener, nicht Badenser. Zu euch Berlinern sagt man schließlich auch nicht Berlinser.«

»Potsdam, großer Bär«, korrigierte sie ihn schläfrig. »Solltest du langsam mal wissen. In Berlin habe ich nur mal eine Weile gearbeitet.«

»Hab immer gedacht, Potsdam ist so 'ne Art Vorort von Berlin.«

»Umgekehrt ist es richtig, großer Bär. Genau umgekehrt.«

Er ging in die Küche und kam mit einem Bier und dem Rotwein zurück. Der Wein schien ihr zu schmecken.

»Warum trinkst du dein Bier nicht aus einem Glas wie normale Menschen?«

»Es heißt Flaschenbier, weil man es aus der Flasche trinkt.«

»Dann mach die Flasche doch wenigstens nicht immer mit den Zähnen auf.«

»Siehst du, so fängt's an«, seufzte er. »Erst darf man in seinen eigenen vier Wänden nicht mehr rauchen, dann soll man das Bier nicht mehr aus der Flasche trinken, und am Ende muss man die Zeitung ordentlich zusammenfalten, bevor man sie ins Altpapier schmeißt. Besser, du behältst erst mal deine Wohnung. Und wir sehn, wie sich alles entwickelt.«

»Ich habe doch überhaupt nicht gemeint, dass ich nun gleich meine Wohnung kündigen will und alles …«

»Warum willst du sie denn bitte schön nicht kündigen, wenn wir zusammenziehen? Willst du etwa so 'ne Beziehung mit Hintertür und doppeltem Boden?«

»Aber davon ist doch gar keine Rede … Ich meine, man kann doch wenigstens mal …«

Zu Petzolds Erleichterung klingelte es an der Tür.

»Wer mag das sein?«, fragte Birgit stirnrunzelnd. »Um acht?«

»Besser die Türklingel als das Telefon«, brummte er im Hinausgehen.

Vor der Tür stand die junge dunkelhaarige Frau aus der Dachwohnung, die erst vor wenigen Monaten eingezogen war und ihn schon hin und wieder angepumpt hatte. Bisher wusste er nicht viel mehr über sie, als dass sie Heinemann hieß, graugrüne Augen und eine kleine, ziemlich schüchterne Tochter hatte.

»Hi«, sagte sie mit einem verkrampften Lächeln. »Du hast nicht zufällig bisschen Brot für mich? Blöderweise ist nichts mehr im Kühlschrank, und ich hab's irgendwie verpennt einzukaufen. Tut mir echt Leid, wenn ich störe, aber …«

»Schon okay«, sagte Petzold wenig begeistert. »Komm rein.«

Sie folgte ihm in die Küche. Er öffnete den Kühlschrank. »Bedien dich. Das Brot ist da unten.«

»Ich heiße übrigens Annmarie.« Sie reichte ihm eine schmale, kühle Hand und lachte grundlos und ein wenig schrill.

»Thomas.«

Ohne zu fragen fand sie ein Messer in der obersten Schublade, schnitt zwei dicke Brotscheiben ab und nach kurzem Zögern noch eine dritte. »Meine Kleine hat einen tierischen Hunger. Und ich bring's auch morgen bestimmt wieder.«

Petzold wies auf den Kühlschrank. »Butter, Käse, Wurst. Bedien dich.«

Mit fahrigen Bewegungen begann sie, Brote zu schmieren. Sie

hatte eine mädchenhafte Figur, zerbrechlich wirkende Fesseln über breiten, offensichtlich uralten Filzlatschen und eine leicht brüchige Stimme. Sie roch nach nichts.

»Käse, danke. Wurst isst sie nicht. Sollte sowieso nicht so viel essen, pummelig wie sie ist. Die ist wieder mal total sauer auf mich, bloß weil ich vergessen hab, was einzukaufen. Sie kann einen echt fertig machen.« Sie deutete mit dem Messer auf Petzold. »Vor vier Wochen, nur mal so als Beispiel, da hab ich vergessen, ihr Cola mitzubringen, obwohl ich's versprochen hatte. Da ist die aber so was von stinksauer geworden! Sie hat so lange nicht mehr mit mir gesprochen, bis ich mich schriftlich entschuldigt hab. Stell dir das mal vor, schriftlich!«

»Sie ist viel allein, was?« Petzold lehnte sich an den Schrank. Annmarie trug verwaschene Jeans und ein rotes T-Shirt, das jede Einzelheit ihres Oberkörpers nachzeichnete. Einen BH schien sie nicht für nötig zu halten bei ihren kleinen Brüsten. Die Fingernägel waren lackiert, das Gesicht ungeschminkt. Sie stellte die Butter zurück und lachte wieder auf ihre abgehackte Art, als könnte es hier verboten sein.

»Was soll ich machen? Muss doch arbeiten. Von irgendwas muss der Ofen ja rauchen.«

»Sie ist ja auch schon elf«, sagte Birgit, die unbemerkt hereingekommen war. »Da muss sie nicht mehr von morgens bis abends betütert werden. Und sie kommt ganz gut zurecht, finde ich. Wir sind übrigens froh, dass sie sich um den Kater kümmert, wenn wir beide im Dienst sind.«

»Das Vieh ist seither wie ausgewechselt«, bestätigte Petzold lebhaft.

»Lilli hat immer schon gut mit Tieren gekonnt«, murmelte Annmarie abwesend. »Jedenfalls besser als mit Menschen.«

Wie gerufen kam nun auch noch der Kater, machte einen Buckel und musterte den Besuch misstrauisch. Dann schnupperte er vorsichtig an Annmaries Füßen, entdeckte offenbar einen vertrauten Geruch und entspannte sich. Sie stapelte die Brote aufeinander. Petzold hielt ihr die Wohnungstür auf.

»Wir könnten abends mal ein Glas Wein zusammen trinken«, schlug Birgit vor. »Wo wir doch jetzt Nachbarn sind.«

»Okay«, lautete die gleichgültige Antwort. »Warum nicht.«

»Wo gibt's denn so was«, schnaubte Petzold und ließ sich wieder aufs Sofa fallen. »Wozu schafft sie sich ein Kind an, wenn sie es anschließend verhungern lässt? Wundert mich kein bisschen, dass der Vater sie hat sitzen lassen.«

»Hast du mein Halskettchen irgendwo gesehen? Das mit dem silbernen Medaillon?« Birgit griff zur Fernbedienung.

Petzold schüttelte den Kopf. »War's denn wertvoll?«

»Nicht besonders. Mehr ein Erinnerungsstück. Alte Geschichte. Gestern Abend war es auf einmal weg, als ich zu Hause war.«

Auf dem Fernsehapparat erschien das Bild. Die Nachrichten waren bereits bei den weniger wichtigen Ereignissen angelangt. In einem belebten Einkaufszentrum in Haifa hatte sich eine sechzehnjährige Palästinenserin in die Luft gesprengt. Es hatte sieben Tote und neunundzwanzig Verletzte gegeben. Ein Säugling, dessen junge Eltern zu den Toten zählten, war von der Druckwelle aus den Armen seiner Mutter in die Gemüseauslagen geschleudert worden. Erst nach Stunden fand man das Kind wimmernd, aber wohlbehalten unter einem Berg Tomaten. Scharon versprach Vergeltung und noch viel mehr Waisenkinder.

»Was 'n Glück, dass dieser Wahnsinn so weit weg ist«, sagte Petzold.

Birgit fasste sich wieder an den Hals. »Der Verschluss ist schon lange nicht in Ordnung. Sie wird wieder auftauchen. Bisher habe ich sie jedes Mal irgendwann wiedergefunden.«

»Was sind das für alte Geschichten?«

»Ach.« Sie wich seinem Blick aus.

In Santander hatte die ETA einen hohen Polizeibeamten mitten auf einer verkehrsreichen Kreuzung in seinem Wagen erschossen. Er war mit seiner Familie auf dem Weg ins Kino gewesen und hinterließ drei hübsche Kinder und eine vor Entsetzen verstummte glutäugige Schönheit. Der spanische Ministerpräsident drohte harte Gegenmaßnahmen an.

»Hat mir wer geschenkt, als ich damals bei der Polizei angefangen habe«, murmelte Birgit, als der Wetterbericht begann. »Ich hänge halt dran. Hätte sie ja wirklich mal reparieren lassen können.«

Petzold hob die Schultern und leerte seine Flasche. Er ging in die Küche zum Kühlschrank.

»Für manches Kind ist es besser, gar keinen Vater zu haben als den, dem es sein Leben verdankt«, sagte sie, als er mit einer neuen Flasche zurückkam.

»Welches Kind?«

»Lilli. Wer weiß, was ihr Vater mit ihr angestellt hat.«

Petzold schlug mit der flachen Hand auf den Tisch. »Wieso muss er denn gleich was mit ihr angestellt haben? Vielleicht hat er sie einfach nur sitzen lassen? Würd mich kein bisschen wundern bei der Zicke. Oder er ist gestorben? So was gibt's. Wieso, bitte schön, muss er denn gleich was mit ihr angestellt haben?«

»Du glaubst nicht, was ich für Sachen erlebt habe.«

»Diese drei Jahre bei der Sitte haben dein Weltbild komplett versaut.« Er nahm einen großen Schluck. »Du siehst in Männern nur noch Sittenstrolche oder Vergewaltiger oder Zuhälter.«

Oben hörte man leichte Schritte und laute Stimmen. Offenbar gab es wieder einmal Streit.

»Sie ist so still«, murmelte Birgit. »Viel zu still. Ein Kind in ihrem Alter sollte doch voller Leben sein.«

»Nicht jeder Mensch quasselt so viel wie ihr Berliner.«

»Potsdam, nicht Berlin. Wann wirst du es endlich begreifen?« Birgit machte ein paar matte Dehnungsübungen im Liegen. »Irgendwas stimmt mit dieser Lilli nicht. Irgendwas muss da mal gewesen sein. Ich werde sie zum Abendessen einladen. Nächste Woche vielleicht. Es macht dir doch nichts aus?«

Das Wetter sollte bleiben, wie es seit Wochen war: bewölkt, windig, hin und wieder Regen. Für Samstagnachmittag wurden vorübergehende Aufheiterungen angesagt. Mit weißer Weihnacht war nicht zu rechnen.

***

Lilli weinte nicht. Lilli weinte fast nie. Aber sie war so maßlos wütend, dass sie stundenlang nicht einschlafen konnte. Den Ring hatte Annemie ihr vom Finger gerissen und mit Gezeter und Geschrei in den Küchenmüll gepfeffert. Dann war sie mit rotem Kopf in ihrem Zimmer verschwunden und nicht wieder aufgetaucht. Dort saß sie nun vermutlich vor ihrem PC und schrieb E-Mails. Oder sie telefonierte. Manchmal hörte man sie den ganzen Abend telefonieren. Und dann durfte man sie auf gar keinen Fall stören. Letzte Woche hatte Lilli gewagt, an ihre Tür zu klopfen, als ihr plötzlich so schlecht wurde. War das ein Theater gewesen.

Von unten hörte sie die Stimmen von Nick Nolte und Meg Ryan und dazwischen den Fernseher.

Wegen etwas so Harmlosem wie einem winzigen Fingerring konnte Annemie einen solchen Krach machen. »Und wenn er tausendmal nicht geklaut ist, du schleppst mir keinen Müll von der Straße ins Haus! Wenn du unbedingt einen haben musst, dann kauf dir eben einen oder wünsch ihn dir zu Weihnachten! Was weiß denn ich, wer dieses Drecksding schon alles angefasst hat?«

Erwachsene waren manchmal schwer zu begreifen. Aber Lilli wusste schon, was sie tun würde. Ihre Taktik war nicht der brüllende Widerstand, sondern die stille Opposition. Damit erreichte man viel mehr als mit Gezanke und Trotz, das wusste sie schon lange. Wurde wirklich Zeit, dass Papa endlich aus Australien zurückkam. Er brauchte auch gar nicht all die Reichtümer mitzubringen, von denen Annemie immer sprach. Dann würde es Annemie bestimmt besser gehen, und sie würden auch nicht mehr alle paar Monate umziehen müssen. Dass sie heute nicht zur Arbeit gewesen war, ließ nichts Gutes ahnen. So fing es meistens an.

Lilli fand es schade, dass sie sich überhaupt nicht daran erinnern konnte, wie Papa aussah. Es war schon so unglaublich lange her, dass er weggefahren war, und Annemie zeigte ihr nie ein Bild von ihm.

Um Viertel vor zwölf klackte der Videorekorder, der an der anderen Wand unter dem kleinem Fernseher stand. Leise summend begann er, ihren Nachmittagsfilm für morgen aufzuzeichnen. Annemie konnte den Videorekorder nicht einmal bedienen. Sie benutzte ihn nie, weshalb sie auch nichts von Lillis heimlichem Hobby wusste. Lilli hörte ihn noch eine Weile summen. Als unten der Fernseher ausgeschaltet wurde, schlief sie ein.

Am Freitag piepste der Wecker wie immer um Viertel nach sieben, und Lilli sprang ohne Zögern aus dem Bett. Zwanzig Minuten später verließ sie sorgfältig gewaschen und gebürstet die Wohnung. Wie sie es sich vorgenommen hatte, trug sie nicht das rote Blouson, sondern die gefütterte blaue Jacke, obwohl die seit neuestem ein wenig eng saß unter den Armen. An ihrer linken Hand funkelte ein billiger Ring mit einem kleinen roten Glitzerstein.

Beim Bäcker am Gutenbergplatz kaufte sie das übliche Mohnbrötchen und aß es auf den letzten Metern zur Schule. Genau um Viertel vor acht betrat sie das Klassenzimmer, in dem es schon jetzt nach verschwitzten und nachlässig gewaschenen Kindern roch, nach

Bohnerwachs, feuchter Tafel und Kreidestaub. Niemand begrüßte sie. Lilli setzte sich auf ihren Platz in der vorletzten Reihe. Sie saß allein am Tisch. Niemand wollte neben ihr sitzen. In der ersten Stunde hatten sie Religion.

Herr Schröder, der ein kleines bisschen Ähnlichkeit mit Heinz Rühmann als Pater Brown hatte, erzählte von der hungernden, hochschwangeren Maria, die von ihrem Mann auf einem Eselchen durch diesen kalten, windigen Ort gezerrt wurde auf der Suche nach einer billigen Unterkunft und einem bisschen Wärme für das Baby, das jede Stunde zur Welt kommen konnte. Später sollten sie ein Bild zu der Geschichte malen. Lillis Werk misslang in ihren Augen gründlich, obwohl sie die Szene doch so genau vor Augen gehabt hatte, dass ihr selbst im überheizten Klassenzimmer kalt geworden war.

Dann und wann betrachtete sie heimlich den neuen Ring. Den würde Annemie nie wieder zu Gesicht bekommen, das war klar. Am Ende der Stunde besah sich Herr Schröder die Ergebnisse ihrer Arbeit und lobte Lillis Bild überschwänglich. Er nahm es sogar mit nach vorne und hielt es hoch, damit alle es sehen konnten. Lilli sah zu Boden und fühlte die bösen Blicke der anderen, die sie dafür hassten, dass sie so gut malen konnte. Anschließend packte sie das Blatt hastig in ihre Tasche, damit niemand eine Chance hatte, es zu zerreißen oder zu zerkritzeln.

Nachmittags traf sie sich mit Annemie in der Stadt. Sie bummelten ein wenig herum, aßen irgendwo im Stehen Zimtkringel mit Vanillesoße. Wieder behauptete Annemie, hier würde es niemals Schnee geben. Schon gar nicht an Weihnachten. Lilli wollte zu gern auf den Weihnachtsmarkt, aber Annemie hatte keine Lust.

***

Ein richtig gemütlicher Samstagnachmittag hatte es werden sollen. Gegen Mittag war sogar die Sonne durchgebrochen. Ein leichter Wind hatte den Nebel vertrieben. Das Bier war gut gekühlt und die heiße Erbsensuppe mit Speck und Würsten in einem olivgrünen Isoliertopf bestens verwahrt. Dundee hatte sogar daran gedacht, ein paar ordentliche Zigarren zu organisieren. Dundees wirklicher Name war Klaus Stürzenbach, was aber kaum noch jemand wusste, seit er behauptet hatte, einmal am frühen Morgen ein leibhaftiges Krokodil an der Leine gehabt zu haben. Mindestens drei Meter lang und stark wie ein Ochse, und natürlich war die Schnur gerissen. Nun ist eine abgerissene Schnur kein Beweis für irgendwas, niemand hatte ihm die Geschichte geglaubt, und deshalb hatte er seither immer diese kleine Kamera an der Angel, die er mit dem Daumen auslösen konnte.

Manuel Kraus, genannt »Kräusen«, hatte den Schnaps nicht vergessen. Ihre geheime Stelle am Altrheinarm südlich von Leopoldshafen war frei von störenden Konkurrenten und Spaziergängern mit plärrenden Blagen, der Kahn stand nicht übermäßig voller Wasser, sodass sie bereits nach zehn Minuten mit dem Schöpfen fertig waren, ihre Ausrüstung einluden und losschipperten.

Ferdinand Dümmer, der keinen Spitznamen brauchte, weil er mit einem zur Welt gekommen war, packte die Ruder mit seinen schweren Händen und zog durch. Wegen der Sonne und der vorausgegangenen körperlichen Tätigkeit war den drei Männern, die alle nicht mehr die Jüngsten und Schlankesten waren, warm geworden. Nach einigen kräftigen Zügen, die sie vom Ufer und aus dem Schatten der Weiden brachten, legten sie eine erste Pause ein und ließen die Flasche mit Topinambur kreisen, von dem Dümmer behauptete, dass er in angemessenen Dosen eine geradezu sagenhafte Förderung der Manneskraft bewirke.

»Da wird deine Bärbel heut Nacht jauchzen und quieken, wenn du sie dir mal wieder ordentlich zur Brust nimmst.« Er wischte sich mit dem Handrücken über den Mund. »Die wird glatt vergessen, dass du nächstes Jahr sechzig wirst.«

»Ich sag dir, was die glauben wird«, erwiderte Kräusen und nahm die Flasche mit großer Behutsamkeit an sich. »Die wird denken, meine Freundin hat mir den Laufpass gegeben.«

Dundee lachte, ohne den Blick von der Flasche zu lassen. »Du hast doch zeitlebens noch keine Freundin gehabt!« Nickend zählte er Kräusens Schlucke mit.

»Erklär das meiner Alten! Seit Jahren hat sie diese fixe Idee, ich hätte heimlich ‘ne andere.« Endlich reichte Kräusen den Schnaps weiter. »Letztens hat mir doch tatsächlich einer von den Kollegen ein Haar von unserer Sekretärin an den Mantelkragen gemacht, diese Rothaarige, ihr wisst schon. Ich kann euch sagen, hat nicht viel gefehlt, und ich hätte nach der Polizei telefonieren müssen.«

Dundee betrachtete den Flüssigkeitspegel in der Flasche mit gerunzelter Stirn. Dümmer ergriff wieder die Ruder. »Wollen sehen, dass wir vor vier draußen sind. In der Dämmerung beißen sie am besten.«

»Kennt ihr übrigens den, wo die Frau zum Arzt kommt ...«

Dundee drückte Kräusen hastig die Flasche in die Hand, aber der erzählte den Witz dennoch zu Ende. Wider alle Erwartung war es ein neuer. Mit viel Gewieher und Geschaukel ging es auf den lang gezogenen See hinaus, eine ehemalige Rheinschleife, die im Zuge der Begradigung des Stroms im neunzehnten Jahrhundert vom Rhein abgeschnitten worden war. Auf den letzten hundert Metern wurden sie still. Dann hob Dümmer sachte die Ruder aus dem Wasser und ließ den Kahn treiben. Sie befestigten die Köder an den großen Haken, warfen die Angeln aus und steckten mit andächtigem Gemurmel ihre Zigarren an. Von nun an wurden die Witze nur noch flüsternd erzählt, und das Lachen wurde auf Zischer durch die Zähne reduziert.

Kräusen war der Glückliche des Tages. Ein Hecht von mindestens acht Pfund, wenn nicht zehn oder sogar zwölf, der sich nicht leicht geschlagen gab und seinen Bezwinger schwer ins Schwitzen brachte. Anlässlich der Kapitulation wurde das Bierfässchen geöffnet und Suppe ausgeteilt.

»Kennt ihr den, wo zwei Angler am Wasser sitzen, und da kurvt immer so ein blöder Windsurfer vor den Leinen rum?«

Erwartungsvoll ließen Kräusen und Dundee die Gläser sinken. Surfer waren die natürlichen Feinde der Angler. Es war klar, dass es mit dem Kerl kein gutes Ende nehmen würde.

»Die streiten also 'ne Weile mit dem rum, aber der grinst sich nur eins und kommt jetzt erst recht ganz nah ran. Und natürlich kein Fisch weit und breit. Schließlich wird's denen zu bunt, einer packt 'nen dicken Ast, und als der Arsch das nächste Mal rankommt, da wirft der dem das Ding an die Birne ... Oh, Moment, ich glaub fast, da hat was gebissen ...«

Dümmer schob die Zigarre in den Mundwinkel, packte die Angel fester und begann vorsichtig einzuziehen. »Ziemlich lahmer Kerl, das.«

»Hast du überhaupt schon mal was anderes gefangen als alte Autoreifen oder rostige Fahrräder? Also, ein Fisch ist das jedenfalls nicht. Wie geht das dann weiter mit diesem Surfer?«

»Na, der kriegt also das Ding an die Rübe und säuft ab wie ein Senkblei.« Mit gleichmäßigen Bewegungen kurbelte Dümmer weiter. »Die anderen klatschen in die Hände und freuen sich. Aber dann taucht der Typ nicht mehr auf. Nach 'n paar Minuten wird ihnen langsam mulmig, und dann gehn sie schließlich ins Wasser, um ihn rauszufischen.«

Zug um Zug kam der Haken näher. »Nee, wenn ihr mich fragt, das ist ganz bestimmt kein Fisch, was da dranhängt«, sagte Kräusen mit fachmännischer Miene.

»Und dann finden sie den am Ende, schleppen ihn ans Ufer und fangen gleich an mit künstlicher Beatmung, wie man es machen soll. Wird aber nix. Sie blasen und pumpen, bis sie blau sind, aber der kommt einfach nicht wieder zu sich. Und denen wird natürlich noch viel mulmiger.«

»Schöne Scheiße«, sagte Dundee, ohne den Blick von dem Punkt zu nehmen, wo die starke Schnur im Wasser verschwand.

»Ja«, brummte Dümmer. »Und wie sie dann nicht mehr können, da richten sie sich auf und gucken sich den Kerl genauer an. Mensch, japst da der eine, das ist ja der Falsche! Guck mal, der hat ja Schlittschuhe an!«

»Pfui Teufel.« Dundee spuckte ins Wasser. Das Objekt, das Dümmer geangelt hatte, war nun nur noch wenige Meter entfernt. Erwartungsvoll beugten die Männer sich vor. Der Kahn neigte sich bedenklich. Plötzlich kippte er zurück, fast schwappte das Wasser über den anderen Bootsrand. Der Kopf eines Menschen erschien an der Wasseroberfläche. Dundees Kamera klickte. Ein Mann, die Haut weiß wie Hefeteig, Algen in den dunklen, wirren Haaren, ein albernes Zweiglein im Mundwinkel und zwei kleine, nah beieinander liegende schwarz glänzende Löcher in der Stirn. Ein schiefes Grinsen verzerrte sein Gesicht. Fast, als hätte der Tote Dümmers Witz gehört. Aber er schien der Einzige zu sein, der darüber lachen konnte.

***

Ihre Bereitschafts- und Wochenenddienste versuchten Petzold und Birgit wenn möglich so zu legen, dass sie ihre Freizeit zusammen verbringen konnten. Diesen Samstag und Sonntag hatten sie frei. Zurzeit war es erfreulich ruhig im Polizeipräsidium, wenn man von den Taschendiebstählen absah. Die große Zeit der Familiendramen begann am Heiligen Abend, wenn stille Mütter adretter Kinderchen das blitzende Tranchierbesteck plötzlich von der gebratenen Gans ab- und ihrem Gatten zuwandten. Wenn sturzbesoffene, nach tagealtem Schweiß stinkende Väter ihre Kinder krankenhausreif schlugen, weil sie sich ein wenig zu laut über ihre Geschenke freuten. Oder ein wenig zu leise. Oder einfach nur so, weil man an Weihnachten so unerträglich viel Gelegenheit hatte, sich auf die Nerven zu gehen.

Zusammen räumten sie in Petzolds Wohnung herum, versuchten einen Schweinebraten mit Rotkohl nach einem alten Berliner Rezept zu kochen, den man am Ende sogar essen konnte, und diskutierten, was Birgit gern ändern würde, falls sie möglicherweise irgendwann doch hier einziehen sollte.

Sie schlug vor, den alten Rotweinfleck an der Wohnzimmerwand einfach durch ein großes Bild zu verdecken. So könnte man das Neustreichen des Zimmers noch eine ganze Weile hinausschieben. Schließlich kochten sie Kaffee und ließen sich auf der Couch nieder.

»Sieh mal, haben die nicht hübsche Sachen?« Birgit zeigte Petzold einen Möbelprospekt, der aus der Sonntagszeitung gefallen war. »Dein schreckliches Wasserbett und diese komischen Blechschränke, also wirklich …«

»Ich denke, du willst nun doch nicht hier einziehen?«

»Nur für den Fall des Falles«, erklärte sie. »Sieh mal, ist das nicht hübsch?« Sie wies auf eine Schrankwand aus massivem Kiefernholz, die zweitausendsiebenhundert Euro kosten sollte.

Petzold stöhnte auf. »Und wer soll das bezahlen?«

»Ich habe nicht gesagt, dass wir es gleich kaufen sollen. Ich meine nur, rein theoretisch, falls wir irgendwann … Dann muss auf jeden Fall ein neues Schlafzimmer her. Du verscherbelst deine alten Sachen, wir streichen die Wände in einer Farbe, von der man kein Sodbrennen kriegt, und richten alles ganz neu ein, ja? Was meinst du, großer Bär, so ein richtig knuddeliges Kuschelzimmer. Von mir aus dürfen auch ruhig wieder Spiegel an den Schränken sein …« Sie rückte näher. »Wie viel kriegst du wohl für das Wasserbett, was meinst du?«

»Du könntest auch erst mal Steffis Zimmer nehmen. Dann hättest du dein eigenes Reich«, schlug er vor. »Das andere kann man später immer noch sehen. Das heißt aber nicht, dass ich einverstanden bin!«

»Steffis Zimmer?«

Petzold bekam einen Hustenanfall. »Ihr Arbeitszimmer.«

»Du erzählst wenig von ihr.« Sie fummelte an seinen Haaren und zupfte seinen Schnurrbart zurecht.

»Was gibt's da groß zu erzählen? Sie baut Straßenbrücken und solche Sachen und lebt mit irgend 'nem Typ vom ZKM zusammen, mit dem sie andauernd Stress hat. Früher hat sie noch hie und da angerufen und mich voll gejammert.«

»Wie lange wart ihr zusammen?«

»Vier Jahre. Lief anfangs ganz okay. Dann haben wir diese Wohnung hier gemietet und alles nett eingerichtet. Und dann war sie eines Tages weg und ... He, was ist das denn?«

»Was?«

Petzold sah zur Decke. »Wasser! Da kommt Wasser von oben!« Schon war er auf dem Weg zur Tür. »Bin gespannt, was sie diesmal angestellt hat.«

Wenig später war er schwer atmend wieder da. »Ihren Putzeimer hat sie umgeschmissen. Aber sie hat's schon aufgewischt, sagt sie. Und es sei zum Glück sauberes Wasser gewesen.«

Eine Weile betrachteten sie einträchtig den feuchten Fleck an der Decke. Er schien nicht größer zu werden.

»Hatte sie einen anderen?«, fragte Birgit.

Petzold hob die Schultern. »Ehrlich, ich weiß es nicht mal. Erst war alles Friede, Freude, Zwiebelkuchen. Und dann war ihr auf einmal alles zu eng und endgültig und so weiter.« Er zerwühlte ihr die Frisur. »Nicht mal der Teufel weiß ja, was in euch Weibern vorgeht.«

Oben hörte man Lillis leichte Schritte. Dann den Fernseher.

»Würdest du das Wasserbett denn verkaufen? Mir zuliebe? Ich kann das Ding nun mal nicht ausstehen.«

Sie streckte sich aus, legte ihren Kopf in seinen Schoß und blinzelte ihn verführerisch an. Petzold strich ihr halblanges Schwedenhaar wieder glatt, das sie immer so schneiden ließ, dass es sich morgens mit zehn Fingern in fünf Sekunden in Form bringen ließ.

»Könnte Schilling fragen. Vielleicht hat der Verwendung dafür«, sagte er ausweichend.

»Sieh mal, mein Fall!« Aufgeregt deutete Birgit auf die erste Seite der Zeitung. »Doll, was? Und gleich hier um die Ecke! Wir leben seit neuestem praktisch in der Bronx! Ist das nicht aufregend?«

Sogar ein Foto war abgedruckt, auf dem man den bewusstlosen Räuber von einer Menschentraube umringt am Boden liegen sah.

»Jetzt müssen sie schon aus 'ner kleinen Keilerei 'nen halben Bandenkrieg konstruieren«, brummte Petzold. »High Noon in der Weststadt! – Was für ein Quatsch!« Er warf die Zeitung auf den Couchtisch.

»Besser, die Presse muss Bagatellen zu Staatsaffären aufblasen, als dass wir draußen im Regen rumtappen dürfen, weil wirklich was passiert ist«, seufzte Birgit versonnen. »Von mir aus darf es gern noch eine Weile so ruhig bleiben.« Dann gluckste sie plötzlich. »Hast du nicht erzählt, Schillings Christel steht auf Naturkram und Gesundheitslatschen? Da glaub ich kaum, dass ausgerechnet die deine coolen Hightech-Möbel haben wollen.«

»Fragen kann man immer.« Petzold wies auf die Zeitung. »Wie geht's dem Idioten eigentlich?«

»Meinem talentierten Straßenräuber? Freitagabend war er noch bewusstlos. Aber heute haben wir Sonntag. Und da interessiert mich das alles eigentlich nicht die Bohne.«

»Wie kommst du voran mit deinen Ermittlungen?«

»Ermittlungen?«, schnaubte sie. »Sagtest du Ermittlungen? Der eine Täter liegt im Koma, der zweite ist verschwunden, und das mutmaßliche Opfer hat sich dünne gemacht! Was soll man da wohl ermitteln, bitte schön?«

»Sobald er wieder zu sich kommt, ist der Fall ruckzuck gelöst. Solche Sachen sind gut für die Statistik. Aufgeklärter Raubüberfall, wann hat man das schon mal.« Petzold blätterte um. Auf Seite drei war ein kurzer Bericht über einen Leichenfund bei Leopoldshafen am Samstagnachmittag. Die Identität des unbekleideten Mannes um die dreißig war nicht bekannt. Die Kriminalpolizei bat um Hinweise.

Er zeigte Birgit den Artikel. Sie schob seine Hand weg.

»Igitt! Wasserleichen finde ich eklig!« Sie bettete ihren Kopf wieder in seinen Schoß. »Was meinst du, Bärchen, wenn wir unser Weihnachtsgeld zusammenlegen, und du kriegst doch bestimmt auch noch was für deine Möbel ...«

»Das Weihnachtsgeld brauch ich fürs Auto. Der Auspuff. Irgendwann demnächst geht 'ne Dichtung durch, haben sie in der Werkstatt gesagt.«

»Du könntest ja den Porsche gleich mit verkaufen?«

Petzold schnappte nach Luft. »Fang bloß nicht damit an! Da bin ich ziemlich empfindlich!«

»Außerdem kann man so was selbst reparieren. Ist viel billiger. Und ich helfe dir auch.«

»Du?«

»Wenn du wüsstest, was ich an meinem Motorrad schon alles geschraubt habe!«

»Erstens ist ein Velosolex kein Motorrad, und zweitens ist es ein Unterschied, ob man an einem Moped die Zündkerze rausschraubt oder an einem luftgekühlten Sechszylinder die Auspuffkrümmerdichtungen wechselt.«

»Und wenn du deine Spielzeugautochen verkaufen würdest?«, fragte sie mit einem schnellen Blick auf die Vitrine mit seinen kostbaren, über viele Jahre gesammelten Modellautos.

»Denk nicht mal dran.«

Verträumt zupfte sie an seinem Schnurrbart. »Mein großer Bär und seine kleinen Autos. Was meinst du, soll ich dir vielleicht einen Bartschneider zu Weihnachten schenken?«

Mit Schrecken fiel ihm ein, dass er noch nicht einmal eine Idee hatte, was er ihr schenken könnte. Er nahm sich vor, demnächst ernsthaft über das Thema nachzudenken.

»Hat Hirlinger nicht erzählt, er hätte einen Nachbarn, der Autos repariert? Nach Feierabend? Da würdest du doch eine Menge sparen, und vom Rest könnten wir dann …«

»Okay. Werd drüber nachdenken.« Petzold erhob sich, um das Thema zu beenden und die Zeitung zum Altpapier zu bringen. Er faltete sie ordentlich und ließ den Möbelprospekt gleich mit verschwinden.

Birgit folgte ihm auf Strümpfen, umarmte ihn von hinten und kuschelte sich schnurrend an ihn. »Wir könnten so ‘ne kleine Stereoanlage kaufen für unser neues Schlafzimmer. Vor kurzem habe ich bei Tchibo eine gesehen für neunundvierzig Euro, stell dir vor. Und dazu ein paar richtig schnulzige Schmuserock-CDs und Kerzen und alles. Ans Fenster stellen wir ein kleines Tischchen und zwei Stühle oder einen bequemen Sessel, so einen ganz gemütlichen mit hoher Lehne. Ich kenne da ein paar Stellungen …«

Langsam wanderten ihre Hände auf seinem Bauch abwärts. Petzold grauste bei der Vorstellung, die Möbel die Treppe wieder hinunter zu bugsieren, die er vor noch gar nicht so langer Zeit eigenhändig hinaufgeschleppt hatte.

»Weißt du was, großer Bär? Mir ist auf einmal ganz schummrig zumute. Ich fürchte fast, ich muss mich noch mal ein wenig hinlegen«, hauchte es heiß in seinen Nacken. »Vielleicht gewöhne ich mich mit der Zeit doch an das Geglucker und Geschaukel? Wer weiß, vielleicht wenn wir öfter üben?«

Er sah in den Nebel hinaus, der zwischen den Bäumen hing. Schließlich wandte er sich um und zog sie an sich. »Was soll man sonst schon machen bei diesem Mistwetter.«

Mit einem dramatischen Seufzer rollte sie die Augen. »Das ist es, was ich in der ersten Sekunde an dir so unwiderstehlich fand: Dieser Charme! Dieses Feingefühl!« Sie packte ihn an der Hand und zog ihn den Flur entlang. »Und dass das klar ist zwischen uns: Ich will ein riesenriesengroßes Bett. Mindestens zwei Meter breit und vor allem: keine Ritze in der Mitte, hörst du mir auch gut zu? Auf gar keinen Fall darf es eine Ritze haben!«

***

»Was ist das denn?« Petzold stand in der Bürotür und starrte das blitzende Ding an, das neben dem Registerschrank an der Wand lehnte.

»Das, werter Herr Kollege, ist eine Stevens F5 mit Shimano Dura-Ace-Schaltung, siebenundzwanzig Gängen, Full-Suspension-Alu-Rahmen und voll verstellbarer Shock-Works-Federung«, erklärte Schilling mit vor Besitzerstolz leuchtenden Augen.

»Ich hätte gewettet, das ist ein Fahrrad.«

»Knallkopf«, war die freundliche Antwort. »Das ist natürlich unsere neue Kaffeemaschine.«

Petzold hängte seine Jacke an den Garderobenständer und betrachtete den neuen Einrichtungsgegenstand misstrauisch. »Nicht dass es mich irgendwie stören würde, aber ... soll das jetzt immer hier stehen?«

»Hast du 'ne ungefähre Ahnung, was so ein Teil kostet, Mann? Die Maschine wiegt mit allem Zubehör keine zehn Kilo!«

»Zubehör? Es hat ja nicht mal Schutzbleche!«

»Du verstehst mal wieder überhaupt nichts.« Seufzend schenkte Schilling sich von seinem frisch gebrühten und nach alter Seegrasmatratze duftenden Tee ein. Dann griff er zum Telefon. »Hast du zufällig die Nummer des Archivs im Kopf?«

»Dreiundvierzig neunzig. Dein Zahlengedächtnis wird von Tag

zu Tag schlimmer. Muss an deinem komischen Tee liegen.« Petzold blätterte seine Post durch. »Irgendwas passiert übers Wochenende?«

Schilling wählte. »Wasserleiche bei Leopoldshafen.«

»Hab davon gelesen. Weiß man schon was?«

Mit dem Hörer am Ohr lehnte Schilling sich zurück und sah zur Decke. »Noch nicht mal identifiziert.«

Petzold ging hinüber ins Nachbarzimmer, wo Birgit gähnend ein mehrseitiges Fax zu entziffern versuchte, das offensichtlich von Interpol stammte. Die Kaffeemaschine blubberte schon. Während er wartete, gab er Birgit noch ein paar schnelle Guten-Morgen-Küsse.

Hirlinger war wie üblich noch nicht da. Zurzeit gab es jeden Tag andere Probleme mit dem Verkehr. Die versäumte Dienstzeit glich er dadurch aus, dass er abends etwas früher ging, worüber niemand traurig war. Er arbeitete ohnehin kaum etwas und schien seine Hauptaufgabe darin zu sehen, das Betriebsklima zu vergiften. Vor allem die Tatsache, dass er nach über dreißig Dienstjahren das Büro plötzlich mit einer Frau teilen musste, hatte er noch immer nicht verwunden. Es ging das Gerücht, er habe sich mit einer offiziellen Beschwerde an die Polizeipräsidentin gewandt, was ihm aber nicht gut bekommen sei.

Petzold füllte seinen Becher mit der dampfenden schwarzen Brühe, warf zwei Süßstoff-Pillen hinein und setzte sich wieder an seinen Schreibtisch.

»Hör mal, du hast nicht zufällig Verwendung für ein Wasserbett?«, fragte er so laut, dass Birgit es hören musste.

Schon war Schillings Grinsen wieder da. »Warum sollte ich?«

»Na, für euch als junges Paar, da ist so was doch genau das Richtige.« Er senkte die Stimme. »Ist echt ein ganz besonderes Feeling, auf so 'nem Teil. Die Frauen werden alle ganz verrückt davon und –«

»Stimmt nicht«, tönte es aus dem Nachbarbüro. »Nicht alle.«

Schilling winkte ab. »Vergiss es, okay? Wir haben ein wunderbares Schlafzimmer. Erste Sahne, echt Massivholz geölt und alles. Und erst letztes Jahr angeschafft.« Er warf ein Schreiben in den Ausgangskorb. »Sehr günstig übrigens«, fügte er schadenfroh grinsend hinzu. Es war ursprünglich Petzolds Schlafzimmer gewesen, das dieser unbedingt zugunsten seines Wasserbetts hatte loswerden wollen.

Petzold nickte befriedigt. Er hatte es versucht. Mehr konnte Birgit nicht verlangen.

***

»Hör mal, Elisabeth …«

Lilli schrak hoch. Sie war noch dabei, ihre Stifte nach Farben sortiert im Mäppchen zu verstauen, während alle anderen längst schreiend und johlend nach draußen in die große Pause gestürmt waren. Dass die Englischlehrerin zurückgeblieben war, hatte sie nicht bemerkt. Frau Siebels setzte sich neben sie.

»Was heißt ›sehen‹ auf Englisch?«

»To see«, flüsterte Lilli, ohne aufzusehen. Die Stifte waren jetzt alle im Mäppchen, und sie wusste nicht mehr, was sie mit ihren Händen anfangen sollte.

»Und warum hast du das vorhin nicht gesagt, als ich dich aufgerufen habe?«, fragte die Lehrerin mit ihrer leisen, vollen Stimme.

»Weil …«, antwortete Lilli, ohne den Blick zu heben.

»Einen hübschen Ring hast du.« Die Lehrerin hatte sich ein wenig zurückgelehnt und sprach noch leiser als zuvor. Lilli wusste schon, warum: Sie wollte testen, ob sie sie verstand. Alle dachten, nur weil sie ein Hörgerät trug, sei sie taub oder dumm. Dabei hörte sie sehr gut. Wenn sie wollte. Das war nämlich das Schöne an so einem Hörgerät: dass man es ausschalten konnte, wenn man seine Ruhe haben wollte.

»Ein Geschenk?«

Lilli schüttelte den Kopf.

»Und so viele hübsche Buntstifte!«

Lilli nickte.

»Du malst gern, nicht wahr?«

Frau Siebels nahm einen karminroten Kugelschreiber in die Hand. Offenbar ein billiges Reisemitbringsel. Das Bildchen darauf zeigte einen Seehafen, die Stadt hinter den Kränen und Schiffen schien nicht weiter erwähnenswert zu sein. Mühsam entzifferte sie die verblassten Goldbuchstaben. »Larne? Warst du da mal? In Ferien?«

»Weiß nicht.«

»Wo ist das denn? Hab ich nie gehört.«

Schulterzucken.

»Und von wem hast du den?«

»Hab ich schon immer.«

»Hübsch. Wirklich.« Sachte legte die Lehrerin den Stift wieder an die Stelle zurück, von wo sie ihn weggenommen hatte.

»Er schreibt aber nicht. Er ist kaputt.«

»Das Bild da an der Wand, das mit der schwarzen Katze, ist das nicht von dir? Es ist wunderschön!«

Lilli nickte.

»Man könnte meinen, sie lebt, wie sie einen so ansieht.«

»Es ist aber ein Kater«, flüsterte Lilli mit erstickter Stimme.

»Elisabeth, sieh mich jetzt bitte mal an.« Die Lehrerin beugte sich vor und fasste sie am Arm. »Es gibt hier Kinder, die sagen, du stiehlst. Eine Mutter hat mich gestern angerufen. André vermisst seinen Füller. Einen ganz neuen Waterman. Weißt du etwas darüber?«

Lilli schüttelte heftig den Kopf und hielt den Blick gesenkt.

Nach einigen schweigenden Sekunden riss die Lehrerin ein Blatt aus ihrem roten Kalender und schrieb etwas auf.

»Deine Eltern sollen mich mal anrufen«, sagte sie leise, aber bestimmt und erhob sich. »Und du gehst jetzt besser auch an die frische Luft.«

Lilli folgte der Frau, die von hinten ein wenig Ähnlichkeit mit Cher hatte mit ihren wilden schwarzen Locken.

In der Tür blieb Frau Siebels zurück. Lilli bahnte sich ihren Weg durch die tobenden Kinder im Hof, ohne nach rechts oder links zu sehen. André, der seinen Füller vermisste, schubste sie unter dem beifälligen Lachen der Umstehenden. Lilli wandte sich ohne Eile um und trat ihn wortlos und mit Kraft gegen das Schienbein.

Als Lilli nach der sechsten Stunde ins Freie trat, standen zwei Polizeiautos mit eingeschalteten Blaulichtern vor der Schule. Ihr erster Gedanke war, dass jemand die Polizei wegen des verschwundenen Füllers alarmiert hatte. Sie zwang sich zur Ruhe und mischte sich unter die ungewöhnlich stumm dastehenden Kinder. Weglaufen wäre natürlich das Falscheste gewesen, was sie tun konnte. Zwei Polizisten unterhielten sich mit einem Lehrer, dessen Namen sie nicht kannte. Schon nach wenigen Sätzen hatte sie verstanden, dass es nicht um einen Füller ging. Ein Kind war verschwunden. Ein Mädchen aus der 7c.

***

»Es könnte ja auch genau andersrum sein«, sinnierte Petzold beim Essen in der Kantine. »Hast du mal daran gedacht, dass der Typ mit dem Aktenkoffer in Wirklichkeit der Dieb sein könnte?«

Birgit ließ die Gabel sinken. »Du meinst, sie sind ihm nach, um ihm das Teil wieder wegzunehmen?«

»Weiß man's?« Petzold schubste eine Mohrrübe in der klebrigen Sauce herum. »Wozu klaut man überhaupt einen Aktenkoffer? Handtaschen, Brieftaschen, Geldbeutel, okay. Aber Aktenkoffer? Klingt irgendwie nach Spionage und Agentenroman. Irgendwelche hochgeheimen Konstruktionspläne, militärische Sachen oder so.«

Langsam schob Birgit einen Bissen in den Mund. »Wenn nur dieser Kerl im Krankenhaus endlich aufwachen würde.«

»Keine Vermisstenmeldung? Irgendwo muss der doch jetzt fehlen.«

Birgit schüttelte den Kopf. »Das kann dauern. Die sind aus dem Ausland, so wie sie gesprochen haben.«

»Drogen«, murmelte Petzold und zerhackte die Mohrrübe. »Was ist mit Drogen? Könnte ein geplatzter Deal gewesen sein. Der Abnehmer wollte nicht zahlen, der Stoff hat nichts getaugt.«

»Toyota.« Lächelnd strich Birgit sich eine Locke aus der Stirn.

»Ich weiß«, seufzte Petzold. »Nichts ist unmöglich.«

Schilling saß dabei und kaute schweigend. Er war als Erster fertig und verschwand grußlos.

»Was hat er denn?«, fragte Birgit leise.

»Ist immer noch stinkig. Wegen dieser Sache mit seiner Brieftasche.«

»Hat er den Verlust seines Dienstausweises endlich gemeldet?«

»Er traut sich nicht. Hat vermutlich Schiss, dass er bei der Weihnachtsfeier durch den Kakao gezogen wird.«

Am Nachbartisch machten Kollegen Witze über die Wasserleiche. Petzold schnappte auf, dass der Mann nicht besonders hübsch ausgesehen hatte. Schusswunden deuteten auf eine regelrechte Hinrichtung hin. Außerdem schien er vor seinem Tod gefoltert worden zu sein.

»Sag mal, bin ich irgendwie durchsichtig?«, fragte Birgit und warf das Besteck auf das Tablett. Der Appetit schien ihr plötzlich vergangen zu sein.

Petzold sah sie verwundert an und schnitt ein großes Stück Fleischkäse ab. »Wieso?«

»Hirlinger«, stöhnte sie. »Der macht mich noch ganz krank mit seiner Sturheit. So langsam könnte er sich doch mal damit abfinden, dass es bei uns auch Frauen gibt. Hast du übrigens gewusst, dass er eine Schnapsflasche in seinem Schreibtisch versteckt?«

»Eine?«, fragte Petzold. »Er wird doch nicht krank sein?«

»Und jetzt sitzt er wieder da unten und mampft sein Leberwurstbrot. Was ein Glück, dass ich nicht zusehen muss.« Sie schüttelte sich. »Und wenn er vom Klo kommt, dann stinkt er immer so nach Rauch. Da könnte er auch gleich im Büro …«

»Wenn Förster wieder gesund ist, braucht Gerlach seinen Schreibtisch wieder. Und dann musst du sowieso umziehen.«

»Weiß man denn inzwischen, was ihm fehlt? Wird er überhaupt wiederkommen?«

Petzold spülte den letzten Bissen mit einem Schluck Mineralwasser hinunter. »Weißt du was? Ziehst du einfach zu uns. Sitzen wir eben zu dritt im Büro. Schilling kann sein Fahrrad im Flur parken.«

»Wenn ich neben dir sitze, kann ich aber nicht richtig denken«, sagte sie mit verträumtem Lächeln. »Das ist nicht gut für die Dienstmoral.«

»Ach, so was legt sich«, sagte Petzold.

»Aber doch hoffentlich nicht so bald, Süßer!«, gurrte sie mit schmachtendem Blick und trat ihn unter dem Tisch gegen das Schienbein.

Um halb drei platzte Gerlach herein. Schon sein Schritt verriet, dass er schlechte Nachrichten brachte.

»Leute, stellt euch auf Überstunden ein. Eine Entführung.« Er wartete, bis auch Petzold und Schilling da waren. »Ein dreizehnjähriges Mädchen.«

»Seit wann?«, fragte Birgit.

»Ist heute Mittag nicht heimgekommen.«

Petzold sah auf die Uhr. »Drei Stunden erst! Die wird bei ‘ner Freundin sein. Oder macht ‘nen kleinen Bummel über den Weihnachtsmarkt.«

»Leider nein.« Gerlach wirkte ungewöhnlich angespannt, vielleicht, weil er selbst Kinder in ähnlichem Alter hatte. »Wir haben eine glaubwürdige Zeugenaussage, dass sie in ein Auto gestiegen ist. Die Zeugin will was von ›Mutter‹ und ›Krankenhaus‹ aufgeschnappt haben. Und die Beschreibung ist hundertprozentig. Größe, Alter, rote Regenjacke, Jeans mit Blümchen drauf, alles stimmt. Die Mutter sitzt aber daheim und ist kerngesund.«

»Wo?«, fragte Birgit leise.

»Ecke Yorck- und Sophienstraße. Fünfzig Meter von der elterlichen Haustür. Das Kind ist vom Lessinggymnasium gekommen.«

»Mist!« Petzold rammte die Fäuste in die Taschen. »Das klingt nach Stress.«

»Was ist mit dem Wagen?«, fragte Schilling.

»Mercedes. Vermutlich C-Klasse. Dunkelgrün oder blau. Jedenfalls dunkel. Kennzeichen unbekannt. Von hier war er nicht. Da ist die Zeugin sich sicher.«

»Was weiß man über die Familie?«, fragte Birgit mit kleinen Augen. »Scheidung? Streitereien um das Sorgerecht?«

»Überhaupt nichts. Gebildete, gut situierte Eltern. Nicht übermäßig wohlhabend, nicht berühmt, nichts.« Eine Weile starrte Gerlach mit mahlendem Kiefer auf sein Blatt. Schließlich faltete er es klein zusammen. »Beschreibung ist raus. Aber vorläufig noch nicht an die Presse. Wir warten noch ein paar Stunden. Wenn sie bis zehn nicht wieder aufgetaucht ist, gehen wir an die Öffentlichkeit. Das reicht noch für die Zeitungen von morgen.«

Birgit und Petzold tauschten einen Blick. Er hob die Schultern, ohne die Hände aus den Taschen zu nehmen. »Die meisten tauchen von allein wieder auf.«

Birgit testete die Bruchfestigkeit des Stifts in ihrer Hand. Schilling studierte die Flecken an der Wand, und Hirlinger bohrte mit dem kleinen Finger im Ohr.

»Kinder«, knurrte er. »Das geht einem immer tierisch auf die Eier.«

Birgits Stift zerbrach. Schweigend verschwanden Petzold und Schilling in ihrem Büro. Um wenigstens irgendetwas zu tun, griff Birgit schließlich zum Telefon und wählte die Nummer des Klinikums. Der junge Mann war weiterhin ohne Bewusstsein, der Verdacht auf Schädelbasisbruch noch nicht ausgeräumt.

Um halb fünf kam Gerlach wieder, nur um müde zu verkünden, dass es nichts Neues gab.

»Wie geht's eigentlich Förster?«, fragte Birgit.

»Wird nächste Woche entlassen. Scheint so weit alles okay zu sein mit seinem Magen. Aber dann ist er noch länger krankgeschrieben.«

»Darfst du noch 'ne Weile Chef spielen«, brummte Petzold.

Gerlach warf ihm einen wütenden Blick zu und schluckte die Antwort hinunter.

»Ich finde, wir haben jetzt lange genug gewartet«, sagte Birgit. »Wir sollten es wenigstens ans Fernsehen geben, für die Abendnachrichten.«

Gerlach schüttelte den Kopf. »Dafür ist es noch zu früh. Ist ja schließlich kein Kleinkind.«

»Was macht ihr für ein Theater? Petzold hat Recht. Neunundneunzig Prozent tauchen früher oder später wieder auf«, maulte Hirlinger.

»Nicht, wenn Wildfremde sie in einem Auto verschleppt haben«, versetzte Birgit. Sie spielte inzwischen mit einem neuen Kuli.

»Wie viele Personen saßen in diesem Auto?«

»Zwei, angeblich. Möglicherweise ein Mann und eine Frau.«

»Immerhin ein Lichtblick«, murmelte Birgit. »Sittlichkeitstäter tun's in der Regel allein.«

»Toyota«, sagte Petzold mit verhaltenem Grinsen.

»Ha, ha«, fauchte sie. »Sehr witzig, wirklich!«

Der Abend verlief eintönig. Birgit und Petzold sprachen über alles Mögliche und dachten ständig an das Eine. Das Telefon, auf das sie ebenso sehnsüchtig wie angstvoll warteten, klingelte nicht ein einziges Mal. Um halb elf verabschiedete Birgit sich wortkarg, um mit ihrem uralten Velosolex, das sie hartnäckig als »Motorrad« bezeichnete, weil es schließlich zwei Räder und einen Motor habe, in die Südstadt zu tuckern und in ihrer kleinen Einzimmer-Dachwohnung zu schlafen. Sie habe das Bedürfnis, mal eine Nacht allein zu sein. Und auf einem Wasserbett wolle sie gerade heute wirklich nicht nächtigen.

Petzold drückte sie lange an sich. Schließlich gab sie ihm einen langen, traurigen Kuss und ging.

Sekunden später stand sie wieder in der Tür.

»Das ist das Schlimmste an unserem Job, dass man meistens gar nichts machen kann. Man hängt rum, weiß, irgendwo da draußen geschieht vielleicht gerade jetzt was ganz Entsetzliches, und man kann einfach nichts tun.«

Er gab ihr noch einen zweiten Kuss. »Ist eigentlich deine Kette wieder aufgetaucht?«

»Was? Nein. Das interessiert mich momentan eher weniger.«

Um halb vier klingelte das Telefon in der Ladestation neben Petzolds Bett. Es war der lange Ketterer, der immer so brüllte, dass man einen Hörschaden riskierte, wenn man unvorsichtig war.

»Die kleine Malmberg? Die ist doch bei dir?«

Petzold verzog das Gesicht und nahm das Telefon ein Stück vom Ohr weg. »Nein.«

»Hab gedacht, ihr wohnt jetzt zusammen?«

»Mal so, mal so.«

»Egal. Der Gerlach, also der hat gesagt, ich soll ihr was ausrichten. Kannst du's ihr weitererzählen, wenn du sie triffst? Du triffst die doch bestimmt mal wieder? Hab nämlich absolut keine Lust, die halbe Nacht –«

»Worum geht's denn?«, fragte Petzold gähnend.

»Dieses Mädchen. Also, das ist wieder da. Und es sei okay, soll ich noch sagen.«

***

Am Dienstagvormittag fuhr Birgit ins Krankenhaus. Sie hatte Gerlach so lange gelöchert, bis er ihr seufzend den merkwürdigen Entführungsfall übertrug, dessen Opfer nach wenigen Stunden wieder freigelassen wurde, ohne dass irgendwelche Forderungen gestellt worden wären oder die Entführer auch nur Kontakt mit den Eltern aufgenommen hatten. Der Name auf der Akte lautete Marlit Riedmüller. Das Mädchen lag zur Beobachtung in der Klinik. Man hatte zwar keinerlei Verletzungen an ihr gefunden, aber sie hatte einen leichten Schock erlitten.

»Muss das denn wirklich sein?«, fragte die offensichtlich übernächtigte und verständlicherweise erschöpfte Mutter. »Ich finde das ehrlich gesagt nicht so gut, wenn Marlit sich nun gleich wieder aufregen muss.«

»Ich möchte Ihrer Tochter nur ein paar einfache Fragen stellen. Zehn Minuten. Höchstens.«

»Ich weiß aber nicht …«

»Bitte.«

Hannah Riedmüller schüttelte nachdenklich ihren Kopf mit zwei schweren braunen Zöpfen. »Nein. Ich glaube nicht, dass ich das erlauben möchte.« Plötzlich veränderte sich ihr Gesichtsausdruck. Sie straffte sich. »Gehen Sie. Bitte.«

»Frau Riedmüller, irgendwo da draußen laufen zwei Menschen frei herum, die Ihre Marlit verschleppt und zwölf Stunden lang festgehalten haben. Ist Ihnen das denn gleichgültig?«

»Überhaupt nicht. Das ist mir keineswegs gleichgültig. Aber für mich ist jetzt allein wichtig, wie es meinem Kind geht. Und deshalb werde ich nicht zulassen, dass Marlit nun auch noch von der Polizei gequält wird.« Das Kopfschütteln wurde noch eine Spur entschiedener. »Gehen Sie. Bitte gehen Sie.«

Birgit versuchte, ihrer Stimme einen beruhigenden Klang zu geben. »Ich verstehe Ihre Haltung ja. Aber Sie müssen auch meine verstehen. Hier liegt eine Straftat vor, eine sehr schwere Straftat. Und wir sind nun mal von Amts wegen verpflichtet, die Täter ihrer Strafe zuzuführen. Dass ich hier bin, ist nicht mein Privatvergnügen. Es ist meine Pflicht.«

Weder Haltung noch Miene der Mutter veränderten sich. Birgits Ton wurde eine Spur schärfer: »Und nun lassen Sie mich bitte meine Arbeit tun. Je eher wir beginnen, desto eher sind wir fertig.«

Hilfesuchend wandte Hannah Riedmüller sich an die übergewichtige und nicht weniger übernächtigt wirkende Ärztin, die betreten dabei stand und der Unterhaltung stumm folgte. »Was sagen denn Sie dazu? Kann man in diesem Lande die Polizei nicht einmal mehr daran hindern ... Muss man sich hier inzwischen alles bieten lassen?«

Die Ärztin hob unglücklich die Schultern und senkte den Blick. »Vom medizinischen Standpunkt aus gesehen steht einem kurzen Gespräch nichts im Wege ...«

»Vielleicht hätten wir für unsere Tochter doch besser eine andere Klinik wählen sollen.«

Die Ärztin lief dunkelrot an und suchte schnaufend eine passende Erwiderung. Birgit mischte sich wieder ein. »Bitte, Frau Riedmüller, nun dramatisieren Sie die Sache doch nicht. Ein paar einfache Fragen nur, und schon bin ich wieder verschwunden. Es ist doch niemandem geholfen, wenn –«

»Doch. Meiner Tochter ist geholfen, wenn sie nicht noch mehr gequält wird. Sie braucht Ruhe. Sie muss das vergessen. So rasch wie möglich alles vergessen. Alles andere ist für mich jetzt sekundär«, fauchte Frau Riedmüller, wich zwei Schritte zurück und versperrte mit ausgebreiteten Armen die Tür zum Krankenzimmer.

Birgit sog scharf die Luft ein. »Hören Sie. Es ist für mich überhaupt kein Problem, telefonisch die erforderlichen Genehmigungen einzuholen, und in einer halben Stunde sind zwei uniformierte Kollegen hier, die die Sache dann auf ihre Weise erledigen. Wollen Sie das wirklich? Glauben Sie im Ernst, das wäre die bessere Lösung für Ihre kleine Marlit?« Noch während sie sprach, wurde ihr klar, dass das keineswegs so einfach war. Hier lag keine Gefahr im Verzug, was ihr als Polizistin immerhin einige Sonderrechte eingeräumt hätte. Das Hausrecht lag bei der Ärztin, und die konnte sie vermutlich sogar hinauswerfen lassen, wenn es ihr zu bunt wurde.

Birgit beschloss, aufs Ganze zu gehen. Sie sah der Mutter in die Augen. »Und nun entscheiden Sie sich bitte. Meine Zeit ist knapp, und ich habe nicht die geringste Lust, mich hier weiter mit Ihnen herumzuzanken.«

»Ja, wo sind wir denn hier?« In Frau Riedmüllers Gesicht flammten rote Flecken auf, ihre Augen bekamen einen gefährlichen Glanz. »Sind wir schon wieder so weit? Ist das hier ein KZ? Sind Sie von der Gestapo? Eine gewisse Ähnlichkeit mit einer arischen Aufseherin könnte man ja durchaus konstatieren«, fauchte sie. »Ist Ihnen zufällig bekannt, ob Ihre Mutter vielleicht beim BDM …?«

Birgits Augen wurden klein. Sie zückte ihren Dienstausweis und hielt ihn ihrer Kontrahentin unter die Nase.

»Ich fordere Sie hiermit letztmalig auf, mir Zutritt zu diesem Raum zu gewähren. Anderenfalls sehe ich mich gezwungen …« Sie beendete den Satz nicht, weil die einzige mögliche Fortsetzung gelautet hätte: »… unverrichteter Dinge wieder abzuziehen.«

Die Mutter warf der Ärztin einen gehetzten Blick zu, aber die sah angestrengt woanders hin. Schließlich gab sie widerstrebend die Tür frei. »Das wird ein Nachspiel haben, das schwöre ich Ihnen!«, zischte sie, als Birgit gefolgt von der beängstigend schwitzenden Ärztin das Krankenzimmer betrat.

Marlit Riedmüller war kaum ansprechbar.

»Ein Mann und eine Frau«, antwortete sie matt auf Birgits Frage, wer im Wagen gesessen hatte.

»Du hast beide nicht gekannt?«

Ein kaum wahrnehmbares Kopfschütteln ersetzte die Antwort.

»Was für ein Auto war das? Kennst du dich mit Autos aus?«

»Ein BMW, glaub ich.«

»Kennst du dich aus mit Autos?«

»Tante Friede hat auch einen BMW.«

»Welche Farbe?«

»Grün. Oder blau.«

»Blaugrün vielleicht?«

Das Mädchen reagierte nicht.

»Und was ist dann passiert?«

»Die hat mir was ins Gesicht gedrückt, was Weiches. Hat ganz eklig gerochen, und dann ...«

Birgit wartete geduldig, aber es kam nichts mehr.

»Es war also die Frau, die dich angesprochen hat?«

Nicken.

»Was hat sie zu dir gesagt?«

»Dass Hannah ... schlimm krank ist.«

»Und deshalb bist du dann in das Auto gestiegen?«

»Dabei ist es doch verboten«, hauchte Marlit mit tränenerstickter Stimme. »Ich darf das doch nicht. Hannah hat immer gesagt ... Und ich hab ... Ist sie jetzt sehr böse auf mich?«

»Nicht die Bohne. Das wäre ja noch schöner, was?« Birgit versuchte ein Lachen. »Und dann bist du ohnmächtig geworden?«

Keine Reaktion.

»Wann bist du wieder aufgewacht?«

Ein schwaches Schulterzucken.

»Wo? In einem Haus? Kannst du vielleicht das Zimmer beschreiben?«

»Kein Zimmer. Ein Keller. Dreck. Überall. Und so alter Kram.«

»Was war dann?«

»War nur so eine ganz kleine Lampe an der Wand und Spinnweben und eine ganz dicke, eklige Spinne! Und sonst hab ich nicht so viel sehen können, weil die Lampe nur so klein war. Und es war auch ganz still.«

»Hast du Angst gehabt?«

Diesmal war das Nicken des Mädchens heftig.

»Da hätte ich aber auch Angst gehabt. Du warst sehr tapfer.«

»Gar nicht. Hab ja die ganze Zeit geweint.«

»Dass jemand weint, heißt noch lange nicht, dass er nicht tapfer ist«, erklärte Birgit entschieden und war sich nicht sicher, ob dieser Satz einen Sinn hatte. Auf Marlit schien er jedenfalls tröstlich zu wirken, ein Hauch von Lächeln flog über das blasse Gesichtchen. Birgit drehte den Kuli zwischen den Fingern. Jetzt musste sie die Frage stellen, vor der sie sich am meisten fürchtete.

»Aber irgendwann ist doch wohl jemand gekommen?«

Wieder schwaches Nicken.

»Wer?«

»Die Frau.«

Birgit atmete auf. »Kannst du die beschreiben?«

Kopfschütteln.

»Wie groß war die? Guck mal: Größer oder kleiner als ich?« Birgit erhob sich.

Kopfschütteln.

»Was hat sie angehabt?«

»Blau.«

»Etwas Blaues?«

Nicken. »Weiß nicht.« Kopfschütteln.

»Was hat sie gemacht?«

Mit gequälter Miene schloss Marlit die Augen. »Erst hat sie mich dauernd so komische Sachen gefragt. Dann hat sie mich angeschrien. Aber ich hab doch gar nicht gewusst, was die von mir will.« Lange sahen die großen dunklen Augen zur Decke. »Dann ist der Mann gekommen. Und dann haben sie gestritten.«

»Gestritten?«

»Ich kann das nicht vertragen, wenn Menschen sich streiten.«

»Worüber?«

»Weiß nicht. Hab doch nichts verstanden.«

»War es wegen der Sprache? Haben sie ausländisch gesprochen?«

Ein schwaches Nicken. Dann begann die blasse Unterlippe zu zittern, die Hände krampften sich in die Bettdecke. Die Ärztin, die im Hintergrund an einem Schrank gelehnt hatte, gab Birgit ein Zeichen. Sie nickte und steckte ihren Stift ein.

»Es ist noch zu früh«, sagte die Ärztin an der Tür. »Geben Sie ihr noch ein, zwei Tage.«

»Dann kann es zu spät sein.«

»Das ist dann wohl nicht zu ändern«, erwiderte die Frau müde. »Die Gesundheit des Kindes muss für uns an erster Stelle stehen.«

Die Mutter drängte herein und streifte Birgit mit einem Blick, als wäre sie die eigentliche Urheberin des Dramas. »Sie werden von mir hören!« Die schwere Tür fiel mit dumpfem Klang ins Schloss.

»Und es ist definitiv nichts gewesen?« Birgit malte mit der Fußspitze Achten auf den fettig glänzenden Linoleumboden. Eine der Neonröhren an der Decke flackerte.

»Keine einschlägigen Verletzungen. Kein Sperma, nicht mal blaue Flecken.« Die Ärztin nahm ihre Brille ab und begann, sie mit einem Zipfel ihres weißen Kittels zu putzen.

Birgit sah auf. »Immerhin etwas.«

»Sie wird darüber hinwegkommen«, sagte die Ärztin ruhig und drückte Birgit die Hand. »Kinder sind noch fähig, vieles zu vergessen.«

Birgit war schon einige Schritte gegangen, als sie sich noch einmal umwandte. »Eine Frage noch. Ab welchem Alter beginnt eigentlich die Erinnerung eines Menschen? Ich meine, ab wann kann man sich später an Erlebnisse erinnern?«

Die Ärztin überprüfte sorgfältig die Sauberkeit ihrer Brillengläser. »Das hängt von verschiedenen Faktoren ab. Im Allgemeinen sagt man, etwa beim dritten Geburtstag liegt die Grenze. Ereignisse davor werden in der Regel nur sehr selten erinnert. Meist dann, wenn sie besonders eindrucksvoll waren. Das gilt natürlich im positiven wie im negativen Sinne.«

Birgit nickte aufmerksam.

»Allerdings ...«, fuhr die Ärztin in ihrer gedehnten Sprechweise fort.

»Allerdings?«

»Manche besonders beängstigenden Erlebnisse ist der Mensch im Stande, auch viel später noch zu vergessen. Ein Selbstschutz, wenn Sie so wollen. Um sich nicht ununterbrochen mit dem Furchtbaren auseinander setzen zu müssen, mit dem er ohnehin nicht fertig wird.«

»Verdrängen, nennen das die Psychologen, nicht wahr?«

»Einerseits eine gute Sache, denn ohne könnten wir wohl kaum überleben. Andererseits ist die Erinnerung immer noch da und gärt im Unterbewussten und richtet dort womöglich Unheil an.«

Birgit dachte natürlich an Lilli. »Was sind die Folgen? Wie kann sich so etwas später äußern?«

»Ganz unterschiedlich.« Die Ärztin sah hinaus in den Nieselregen. »Hyperaktivität, verstärkte Aggressivität, oft auch gegen sich selbst. Oder das Gegenteil, die Person verschließt sich gegenüber ihrer Umwelt. Bastelt sich ihre eigene kleine, gut verschlossene Welt. Verabschiedet sich einfach von der Wirklichkeit, wenn Sie so wollen.«

***

Am Dienstag fiel schon wieder die letzte Stunde aus, weil Frau Doktor Fröhlich, an der außer ihrem Namen rein gar nichts Lustiges war, in einer anderen Klasse Sandra Bullock vertreten musste.

Die Luft war noch kälter geworden. Die Wolken lagen wie eine graue Platte auf der Stadt, es war ganz windstill, und ein paar letzte Blätter taumelten träge von den Linden. Und obwohl heute wieder Markttag war, roch es nur nach Abgasen und Verwesung. Gemächlich ging Lilli zum Kohlkopf-Brunnen und wartete dort auf die Ratte. Nach einer halben Stunde kam diese plötzlich und lautlos aus dem Gebüsch und fraß begeistert den Käsewürfel, den Lilli ihr mitgebracht hatte. Dann leckte sie sich sorgfältig die Vorderpfoten ab und verschwand, nicht ohne sich noch einmal umzusehen und Lilli mit einem schnellen Blick für die leckere Mahlzeit zu danken. Man konnte sich einbilden, sie hätte sogar geblinzelt.

Lilli schwang die Schultasche über die Schulter und machte sich auf den Weg in die Goethestraße, um den blauen Frosch noch einmal anzusehen. Vielleicht ergab sich ja eine Chance, ihn zu bekommen, ohne dafür zu bezahlen.

Sie entdeckte Walter Matthau sofort. Er stand auf der anderen Straßenseite, nur schlecht hinter der Hecke des Spielplatzes versteckt, und hatte eine Zeitung unter den Arm geklemmt. Sie beobachtete sein Spiegelbild eine Weile in der Schaufensterscheibe. Heute war er ganz anders angezogen als am Donnerstag. Er trug einen dunkelbraunen Mantel und hatte einen ziemlich albern aussehenden Hut tief ins Gesicht gezogen. Wie einer dieser tollpatschigen Detektive in einem lustigen Film.

Natürlich wusste sie, was er von ihr wollte. Das Buch wollte er, das aus dem Koffer gefallen war. Aber er würde es nicht bekommen, denn es gehörte ihm nicht. Lilli war noch immer nicht klar, wessen Eigentum es nun eigentlich war, aber eines war sicher: Walter Matthau hatte kein Recht, es zu bekommen.

Innen ging die Frau mit dem kurzen Rock am Fenster vorbei. Sie sah müde aus und bemerkte Lilli nicht. Nein, den Frosch zu stehlen war wohl unmöglich, solange die im Laden war. Dazu hätte man Helfer gebraucht, Freunde.

Jemand hatte den Frosch ein wenig verrutscht, sodass man heute das Preisschild lesen konnte: vierundzwanzig Euro neunzig. Eine Menge Geld. Lilli überlegte, dass Annemie den Betrag vielleicht akzeptabel finden würde, wenn sie dafür auf alles andere verzichtete. Dass sie den Discman bekommen würde, hatte sie ohnehin nie geglaubt. Den konnte sie also getrost von der Liste streichen. Und die Bon-Jovi-CDs somit auch. Den kleinen Hund, einen richtigen, lebendigen Hund, hatte sie sowieso mehr aus Jux aufgeschrieben, und neue Winterstiefel würde sie irgendwann so oder so bekommen, wenn die alten zu klein wurden. Mehr Wünsche waren ihr nicht eingefallen.

Lilli nahm ihre Tasche wieder auf und schlenderte weiter die Goethestraße entlang. Wie sie erwartet hatte, folgte Walter Matthau ihr in einigem Abstand. Sie spazierte die Schillerstraße hinunter bis zur Apotheke an der Ecke, folgte dort ein Stück der breiten, lauten Kaiserallee stadteinwärts und bog in die Lessingstraße ein. Ihr Verfolger gab sich alle Mühe, sich zu verstecken, sprang in Hauseingänge, wenn sie sich umsah, bückte sich hinter parkende Autos, knotete zehnmal seine Schuhbänder neu.

Nun war es also so weit. Wieder und wieder hatte Annemie ihr eingeschärft, wie sie sich zu verhalten hatte, falls sie einmal das Gefühl haben sollte, verfolgt zu werden.

»Auf keinen Fall kommst du mir nach Hause, hörst du? Du gehst in die ganz falsche Richtung, und wenn du es mit der Angst bekommst, dann flitzt du in das nächste Geschäft und lässt mich anrufen. Ich hol dich dann irgendwie da ab. Aber auf gar keinen Fall kommst du mir nach Hause, verstanden?«

Seit sie denken konnte, musste Lilli immer diesen Brustbeutel mit sich herumtragen, in dem sich ein Zettel mit Annemies jeweiliger Telefonnummer befand sowie ein großer Geldschein als »Notgeld« für alle Fälle.

Aber sie hätte den Mann natürlich auch ohne diese Ermahnungen nicht zu ihrer Wohnung geführt. Denn das versuchte er ja gerade: herauszufinden, wo sie wohnte, um dann mit Annemie zu sprechen wegen des verschwundenen Buchs. So machten es die Erwachsenen ja immer. Wenn es schwierig wurde, redeten sie nie mit den Kindern, sondern immer mit den Eltern. So führte sie ihn noch ein Stück die Sophienstraße hinunter, blieb in der Nottingham-Anlage lange vor den Plakaten des Sandkorn-Theaters stehen. Gern wäre sie einmal ins Theater gegangen, aber Annemie hatte weder Sinn noch Geld für so etwas.

Ein wenig wunderte sie sich selbst darüber, dass sie kein bisschen

Angst empfand. Aber er sah so harmlos aus. Und traurig auch. Vielleicht, weil sein Freund krank war. Vergewaltigen würde er sie bestimmt nicht. Oft genug hatte sie solche Männer schon im Fernsehen gesehen, und so einer war Walter Matthau nicht.

Lilli hatte nur eine ungenaue Vorstellung davon, was Vergewaltigung bedeutete. In Filmen wurden solche Szenen nie so gezeigt, dass man erkennen konnte, was die Männer mit den Mädchen oder Frauen taten. Sie wusste nur, dass es ziemlich wehtat und man ein Kind davon bekommen konnte.

Zur sichtlichen Verwirrung ihres Verfolgers machte Lilli nun kehrt, ging ganz nah an ihm vorbei und bog wieder in die Sophienstraße ein. Jetzt machte er keinen Versuch mehr, sich zu verstecken, wenn sie hin und wieder zurücksah. Schließlich waren sie wieder vor dem Laden mit dem Frosch angekommen, und Lilli begann, das Ganze langweilig zu finden. Einige Meter weiter stand eine Politesse in blauer Uniform und mit einem hübschen Käppi auf dem kastanienbraunen Lockenkopf und schrieb die Nummer eines Autos auf. Mit ihrem Verfolger im Schlepptau ging Lilli zu ihr und zupfte sie am Ärmel. Die Frau wandte sich um, ihre grimmige Miene glättete sich zu einem Lächeln.

»Entschuldigung«, sagte Lilli leise und sah zu Boden, obwohl sie sich fest vorgenommen hatte, der Frau in die Augen zu sehen. Wie man es machen sollte, wenn man mit Erwachsenen sprach.

»Gehört der Volvo hier deinem Papa? Er parkt nämlich vor einer Einfahrt!«

Lilli schüttelte den Kopf. Dann zwang sie sich aufzusehen. »Da hinten«, sie wies die Straße hinunter, »in der Schillerstraße, da parkt nämlich einer in der zweiten Reihe, und wenn doch gleich die Bahn kommt …«

Die Politesse ging in die Hocke und ergriff Lillis Hand. »Gut, dass du mir das sagst, Kind. Dass die Straßenbahn durchkommt, ist ganz wichtig. Ich werd mich drum kümmern, sobald ich mit dem hier fertig bin.« Plötzlich sprach sie lauter und langsamer. Sie hatte der Hörgerät bemerkt. »Ich werd ihm einen ordentlichen Strafzettel verpassen, dass er das so bald nicht wieder macht, ja?«, sagte sie immer noch lächelnd.

Lilli zog ihre Hand weg und ging. Walter Matthau war verschwunden.

Noch in Jacke und Stiefeln rannte Lilli die Treppe hinunter, um Will Smith von dem dummen Mann mit dem Hut zu erzählen. Aber Will war heute zappelig und wollte nicht zuhören. Später schob sie einen Teller Nudeln mit Tomatensauce in die Mikrowelle und die Kassette mit dem Spätfilm der letzten Nacht in den Rekorder. Der Film hieß »Stirb langsam« und war so spannend, dass sie öfters das Kauen und Schlucken vergaß. Als er zu Ende war, betrachtete sie noch einmal das Bild mit den Rehen auf der Vorderseite des Ringbuchs, das Walter Matthau so dringend haben wollte. Wenn sie groß war, würde sie auch gern so malen können. Wer so schöne Dinge machen konnte, musste bestimmt mit niemandem sprechen, wenn er nicht wollte. Der durfte zu Hause bleiben und malen, bis er keine Lust mehr hatte.

Eine Weile blätterte sie lustlos in dem Buch herum und studierte schließlich noch einmal die Fotos am Ende. Das Gemälde mit dem Heiligen, das sie zeigten, war in einem dicken goldenen Rahmen. Es hing jedoch merkwürdigerweise nicht an der Wand, wie es sich gehörte, sondern lag auf dem Fußboden neben einer kaputten Holzkiste, in der es vielleicht vorher gewesen war. Lilli schlug das Ringbuch zu und überlegte, was sie nun damit anfangen sollte. Schließlich hatte sie eine Idee. Sie heftete das Bild mit Maria und Josef darin ab, das sie in der Schule gemalt hatte. So war das Ding sogar zu etwas nütze.

***

Den restlichen Tag über hatte Birgit sich zwingen müssen, nicht ständig im Städtischen Klinikum anzurufen. Wenn sie es doch tat, hatte sie immer das Gleiche gehört: Marlit schlief, man hatte ihr ein leichtes Beruhigungsmittel gegeben, und ihre Erinnerung verblasste von Minute zu Minute. Inzwischen hatte das kriminaltechnische Labor ihre Kleidung untersucht. Man hatte einiges gefunden: Staub, Holzsplitter, Textilfasern, ein paar Hautschuppen, die mit ziemlicher Sicherheit nicht von ihr stammten. Zwei weitere Zeugen hatten sich gemeldet. Ein derzeit arbeitsloser Buchhändler, der seine Kurzsichtigkeit mühsam zu verbergen suchte, sagte aus, es habe sich bei dem Wagen um einen gelben Chevrolet mit Hamburger Kennzeichen gehandelt. Und es sei auch keineswegs eine Frau ausgestiegen, vielmehr ein kräftiger Kerl mit Goldkettchen am Hals. Eine junge

Briefträgerin, die einem nicht in die Augen sehen konnte, war dagegen nicht in ihrer Überzeugung zu erschüttern, Marlit sei in einen hellen Lieferwagen unbekannten Typs gestiegen. Und zwar lachend und vollkommen freiwillig.

Der verunglückte Räuber, an den Birgit hin und wieder auch noch zu denken hatte, lag unverändert ohne Bewusstsein im selben Krankenhaus wie Marlit. Um überhaupt etwas zu tun, hatte sie Akten aufgearbeitet, Protokolle ins Reine geschrieben, Telefonnotizen einsortiert und zum zehnten Mal den Laborbericht und die Zeugenaussagen studiert, nur um erneut festzustellen, dass nichts davon ihr weiterhalf.

Am späten Nachmittag trat Gerlach ins Zimmer und legte ihr ein Formular auf den Schreibtisch. »Füll das bitte mal aus. Es liegt eine Dienstaufsichtsbeschwerde gegen dich vor.«

Stöhnend lehnte sie sich zurück. »Lass mich raten: die Mutter?«

»Der Vater. Kommt aber aufs Gleiche raus.«

»Und was wirft man mir vor?«

»Eine ganze Menge. Amtsanmaßung, Hausfriedensbruch, Nötigung. Ihr Anwalt stellt sich auf den Standpunkt, das Krankenzimmer sei Teil der Privatsphäre.«

»Aber das ist doch Unsinn, nicht?«, fragte Birgit unsicher.

Gerlach wiegte den Kopf. »Schon ein bisschen heikel.« Einen Moment sah es aus, als wollte er ihr die Hand auf die Schulter legen. Stattdessen steckte er sie in die Tasche. »Mach dir keine Gedanken. Die Leute sind runter mit den Nerven. In ein paar Tagen lassen sie vielleicht mit sich reden.«

»Ich bin auch ziemlich runter mit den Nerven!« Birgit nahm das Formular in die Hand, um es zu überfliegen.

»Du musst versuchen, die Sachen mit mehr Abstand zu sehen. Du darfst dich da nicht so reinziehen lassen.«

Birgit ärgerte sich darüber, dass das Papier in ihren Händen zitterte. »Ich werde noch wahnsinnig!« Wütend knallte sie es auf den Schreibtisch. »Zwei vollkommen idiotische Fälle ohne jeden Sinn, ohne die geringste Spur. Und jetzt auch noch so was hier!«

***

Als Annemie abends nach Hause kam, hatte Lilli ihre Hausaufgaben gemacht, den Wunschzettel aktualisiert und den Videorekorder für die Nacht programmiert. Annemie war heute sehr still. Sie rauchte und trank zu viel, saß lange schweigend neben Lilli auf dem Bett und starrte in den Fernseher, ohne ein einziges Mal zu lachen. Dabei war der Film so komisch, dass Lilli sich ständig die Tränen von der Backe wischen musste. Sie kugelte sich wieder und wieder, wenn die Bankräuber ein Fluchtauto stahlen, dem schon an der nächsten Ecke das Benzin ausging, und unterwegs ein ums andere Mal ihre Beute verloren, die dabei weniger und weniger wurde.

Irgendwann verschwand Annemie wortlos in ihrem Zimmer.

Auch am Mittwoch war Walter Matthau wieder da. Lilli hatte erwartet, dass die Männer sich abwechseln würden, aber vielleicht war der andere ja wirklich tot oder noch krank. Wieder hatte er sich verkleidet, heute trug er einen Anzug, der ihm überhaupt nicht passte, und einen Bart, den er sich natürlich angeklebt hatte. Er wartete vor der Schule, versuchte ohne jedes Talent, sich hinter dem Brunnen zu verstecken, beobachtete aufmerksam, wie sie die Ratte fütterte, die heute schon auf sie gewartet zu haben schien. Anschließend ließ er sich wie am Tag zuvor geduldig spazieren führen. Ein wenig erinnerte er sie an die Bankräuber in dem Film gestern Abend. Er folgte ihr nach Mühlburg, wo sie sich mit großer Ausdauer Schaufenster ansah. Später ging es durch die Bachstraße und die Hildapromenade zum Haydnplatz, wo sie unter argwöhnischer Bewachung den großen Brunnen umrundete und ein paar verschrumpelte Kastanien hineinwarf.

Dann begann es plötzlich zu regnen. Lilli klappte die Kapuze hoch und bummelte weiter. Ihre Jacke war wasserdicht, und an den Füßen trug sie gut imprägnierte Stiefel. Schließlich hatte sie am Abend zuvor den Wetterbericht gesehen, was ihr Verfolger offenbar versäumt hatte. Er guckte jetzt so unglücklich wie die Bankräuber im Fernsehen, als der letzte Rest ihrer Beute im Müllauto verschwand. Er hatte ja keinen Schirm, heute nicht einmal einen Hut, und bald war er völlig durchnässt. Am Mühlburger Tor ging schließlich auch noch sein Schnurrbart ab. Ein wenig tat er ihr Leid. Aber als sie sich umwandte, um ihn mit einem Lächeln zu trösten, war er nicht mehr zu sehen.

So würde er nie herausfinden, wo sie wohnte. Und dann konnte er auch nicht mit Annemie über das verschollene Ringbuch sprechen, und ihr blieb eine Menge Streit erspart.

Lilli atmete auf und machte größere Schritte. Ein bisschen war ihr gegen Ende doch unheimlich geworden. Und jetzt hatte sie plötzlich Hunger.

***

Am Mittwochnachmittag fuhr Birgit zum zweiten Mal ins Städtische Klinikum in der Moltkestraße, um noch einmal mit Marlit zu sprechen. Sie hoffte, dass die kämpferische Mutter sich inzwischen ausgeschlafen und beruhigt hatte und man vielleicht mit einem ruhigen Gespräch und einer Entschuldigung auch gleich diese lästige Dienstaufsichtsbeschwerde aus der Welt schaffen konnte. Zu ihrer Überraschung erfuhr sie jedoch, dass Marlit bereits am Vortag gegen den ausdrücklichen Rat der Ärzte die Klinik verlassen hatte. Eine gütig lächelnde Schwester erzählte Birgit kopfschüttelnd, die aufgebrachte Mutter habe vorgehabt, mit ihrer Tochter zu verreisen, damit die Polizei keine Möglichkeit mehr habe, ihr Kind weiter zu quälen.

»Das arme Ding war völlig verstört, als die es fortgeschleppt hat. Richtig hysterisch war die Frau. Angst und Bange konnte einem werden um das Kindchen.«

Birgit presste ihre Akte an die Brust und trippelte einige Sekunden mit ihren kurz geschnittenen Fingernägeln darauf herum. Dann verabschiedete sie sich und fuhr mit dem Lift zwei Stockwerke tiefer. Dort erlebte sie die zweite Überraschung des Tages.

»Na, weg ist der Herr«, schnaubte die ungehaltene Stationsschwester, von deren Damenbart Birgit nur schwer den Blick lösen konnte. »Hat man Sie denn nicht benachrichtigt?«

Birgit ließ ihre Mappe sinken. »Wie weg?«

»Abgehauen. Verduftet. Getürmt. Die Sorte mögen wir hier nämlich ganz besonders gern. Keine Papiere, keine Versicherung, keinen Cent in der Tasche, und sobald sie wieder bis drei zählen können, heißt es hasta la vista. Ich sag nur: Ausländer!«

»Wann genau ist er verschwunden?«

»Wissen wir nicht. Haben's erst gemerkt, als er heute Vormittag zum Röntgen sollte und das Frühstück immer noch da gestanden hat. Wird wohl irgendwann in der Nacht die Fliege gemacht haben.«

»Seit wann war er wieder bei Bewusstsein?«

»Gestern, am späten Nachmittag. Heute sollten die ersten Tests gemacht werden. Reflexe, Sehtest, Gleichgewicht, das übliche Programm. Da war ja immer noch der Verdacht, dass die Schädelbasis angeknackst war. Und da kann 'ne Menge nachkommen, bis hin zur Gehirnblutung und ex, wenn man schon denkt, der ist übern Berg. Aber nix da, der Herr hat's ja nicht nötig. Ich hoffe nur, er hat noch ein paar Tage hübsch Migräne davon. Damit er uns nicht so bald vergisst.«

»Sie sagten, er sei Ausländer gewesen. Haben Sie mit ihm gesprochen?«

»Gesprächig war der ja nicht gerade. War auch noch ziemlich weggetreten, als ich ihn zum letzten Mal gesehen hab. Aber der Akzent, das war schon klar, dass der nicht von hier ist.«

»Haben Sie eine Idee, was seine Muttersprache war?«

Die Schwester zog eine Grimasse. »Auf jeden Fall kein Franzose oder Italiener oder so. Vielleicht Amerikaner? Obwohl Englisch, nee, das war's wohl auch nicht.« Sie hob die Hände. »Irgendwo, ziemlich weit weg. Kasachstan, Tadschikistan, weiß der Teufel.«

Zurück im Präsidium suchte Birgit noch im Stehen die Telefonnummer der Familie Riedmüller aus der Akte. Aber dort meldete sich nur ein Anrufbeantworter, der sie bat, für Karsten, Hannah oder Marlit nach dem Ton eine hübsche Nachricht zu piepen.

***

Am Donnerstag war Walter Matthau wieder ohne Bart, dafür aber mit einer idiotischen blonden Perücke. Vielleicht, weil die bei Regen nicht so einfach abgehen konnte. Lilli hatte sich während der Schulstunden einen Plan zurechtgelegt. Sie hatte keine Lust, wieder ewig mit einem Verfolger im Nacken herumzuspazieren.

Zunächst wurde die Ratte gefüttert, die inzwischen jede Scheu verloren hatte. Dann ging es auf direktem Weg zu Fredys Döner-Bude, wo sie, von ihrem offensichtlich hungrigen Verfolger neidisch beobachtet, ihre an Donnerstagen übliche Mahlzeit zu sich nahm. Anschließend steuerte sie das kleine Schreibwarengeschäft an der Ecke des Gutenbergplatzes an, wo sie immer ihre Hefte und Stifte kaufte.

Sie wartete neben der Kasse, bis die Frau mit einem Kunden fertig war, der im Lotto zweiundsiebzig Euro gewonnen hatte und nicht aufhören konnte zu überlegen, was er mit dem vielen Geld nun machen würde. Walter Matthau drückte sich hinten bei den Glückwunschkarten herum. Inzwischen hatte er es aufgegeben, sich zu verstecken.

»Ich muss mal«, wisperte Lilli, als der Lottokönig endlich verschwunden war. »Ziemlich eilig.«

»Niemand zu Hause bei dir?«

Lilli schüttelte verlegen den Kopf.

»Na, dann komm mal mit«, seufzte die Frau und führte sie nach hinten. Lilli betrat die winzige, ungeheizte Toilette, in der es nach Pfirsichen roch. Sie hörte, wie die Schritte der Frau sich entfernten. Dann schlüpfte sie durch den Hinterausgang, spähte um die Ecke, von wo man den Eingang sehen konnte. Aber der Mann war einfach zu dumm. Diese Szene kam nun wirklich in jedem zweiten Krimi vor.

Lilli wandte sich nach links, bog sicherheitshalber noch um ein paar Ecken, bis sie schließlich fast zu Hause war. Nun war sie sicher, dass der Trick geklappt hatte, und atmete auf. Ein bisschen unheimlich war es schon, ständig verfolgt zu werden. Auch wenn der Beschatter nur ein harmloser Trottel war.

An der letzten Ecke vor dem Haus in der Uhlandstraße, wo sie wohnte, lief sie ihm in die Arme. Er war mindestens so erschrocken wie sie, wurde sogar ein wenig rot, als ob er sich schämte. Lange Sekunden standen sie sich reglos gegenüber. Er öffnete den Mund einen Spalt, als wollte er etwas sagen, schloss ihn aber wieder mit mutlosem Blick.

Lilli überlegte, ob sie ihm ganz fest auf den Fuß treten sollte. Oder besser dorthin, wo im Fernsehen Frauen in höchster Not Männer traten? Aber dazu waren ihre Beine wohl zu kurz. Sollte sie einfach losschreien, so laut sie nur konnte? Sie konnte sich zu nichts entschließen, und Walter Matthau ging es offenbar ebenso. Schließlich machte sie einfach kehrt und ging weg. Als sie sich nach ein paar Metern umsah, erblickte sie nur noch seinen gebeugten Rücken, der sich langsam entfernte. Nein, der würde es als Verbrecher nie zu etwas bringen. Das war klar.

In der folgenden halben Stunde durchkreuzte Lilli das Viertel in alle möglichen Richtungen, aber Walter Matthau tauchte nicht wieder auf. Vielleicht hatte er nun endlich eingesehen, dass er das Buch nicht bekommen würde. Lilli war erleichtert, als sie das Haus betrat. Jetzt hatte sie doch ordentlich Angst gehabt. Und ihr Vorrat an Tricks ging zur Neige.

***

»Ich sag dir was: Die Menschheit wird verrückt«, schimpfte Birgit, als sie um kurz vor sechs nach Hause fuhren. »Kinder werden ohne jeden Sinn entführt und ein paar Stunden später wieder zu Hause abgeliefert, als wäre nichts gewesen. Andere wiederum klauen Aktenkoffer und brechen sich fast den Hals dabei. Der, dem der Koffer gehört, türmt, und der Zweite, der was über die Geschichte erzählen könnte, schleppt sich mehr tot als lebendig aus dem Krankenhaus, bevor wir ihm eine einzige Frage stellen können. Sag, kann es nicht mal wieder einen ganz normalen Mord geben? Wo man sich einbilden könnte, das hätte einen Sinn, was man tut? Halt bitte da vorne. Ich will noch Baguettes fürs Abendessen kaufen.«

»Sei doch einfach zufrieden, dass das Mädchen gesund und frei ist.« Petzold setzte den Blinker und parkte am Straßenrand. »Und vergiss die anderen Idioten. Wenn keiner einen Aktenkoffer vermisst, gibt's auch nichts zu tun für uns.«

»Aber kein Mensch macht sich doch die Mühe, nur so aus Jux und Dollerei ein Kind zu entführen!«

»Vielleicht haben sie es sich anders überlegt? Wollten Geld erpressen und haben begriffen, dass die Eltern keines haben? Hat's alles schon gegeben. Dass das Kind vom Hausmeister statt das vom Millionär gekidnappt wird, zum Beispiel.«

»Was ist dieser Karsten Riedmüller eigentlich von Beruf?«

»Architekt. Und ich finde wirklich, wir sollten nach Feierabend nicht ständig an unseren Job denken«, brummte Petzold.

Birgit stieg aus. »Du stehst übrigens im absoluten Halteverbot.«

»Polizisten dürfen das.«

Birgit verschwand in der Bäckerei und kam kurze Zeit später mit drei Weißbroten unterm Arm zurück.

»Manchmal frage ich mich, ob ich den richtigen Job habe«, seufzte sie.

»Gerlach hat Recht. Du nimmst dir alles viel zu sehr zu Herzen.«

»Ich kann das nicht«, stieß Birgit hervor. »Man kann doch solche Geschichten bei Dienstschluss nicht einfach zwischen zwei Aktendeckel klemmen und vergessen!« Sie schluckte. »Und jetzt auch noch diese gefolterte Wasserleiche! Wenn es etwas gibt auf der Welt, was ich noch mehr hasse als Wasserleichen, dann sind das gefolterte Wasserleichen!«

»Wozu kaufst du eigentlich so viel Brot?«

»Heute Abend kommt deine hübsche Nachbarin zum Abendessen. Wein und Käse habe ich besorgt, während ihr euch auf dem Weihnachtsmarkt vergnügt und Glühwein getrunken habt.«

»He! Das ist harte Arbeit! Vor allem, wenn's regnet. Und wir tun auch nur so, als wären wir besoffen. Das gehört zur Tarnung.«

Sie schmiegte den Kopf an seine Schulter. »Weiß ich doch, großer Bär, weiß ich doch. Soll ich dir was sagen? Ich glaube fast, ich hätte Lust, mich mal wieder eine Nacht auf deinem Wasserbett rumschaukeln zu lassen. Wie gesagt, vielleicht gewöhne ich mich doch noch dran mit der Zeit?«

»Hi!« Annmarie Heinemann drückte Birgit mit verlegenem Lächeln ein zerknautschtes Sträußchen in die Hand und Petzold eine billige Flasche Rotwein.

Der Tisch war schon gedeckt. Birgit hatte französischen Käse und Durbacher Spätburgunder besorgt. Das Baguette duftete, und Petzolds Magen knurrte.

Beim Essen stellten sie rasch fest, dass es kaum einfacher war, eine Unterhaltung mit der Mutter zu führen als mit der Tochter. Lilli sagte nichts außer »bitte« und »danke« und hob den Blick nicht vom Teller. Als sie satt war, fragte sie Annmarie flüsternd, ob sie aufstehen dürfe, und verschwand dann sichtlich erleichtert mit dem Kater im Gefolge im Flur.

»War sie immer so? Ich meine, dass sie nicht spricht?«

Annmarie hob gleichgültig die Schultern. »Schon. Irgendwie.«

»Was ist mit ihren Ohren?«

»Unfall. Als sie noch klein war. Rechts ist sie taub, links geht's noch ein bisschen. Aber sie braucht eben dieses blöde Hörgerät.«

»Ein Unfall?«, hakte Birgit wie beiläufig nach.

»Hm.«

»Und wie kommt sie in der Schule zurecht?«, fragte Petzold. »Stell ich mir irgendwie kompliziert vor, wenn man nicht gut hört.«

Er beobachtete, wie Annmarie sich von der Käseplatte auf den Teller lud. Die Fingernägel waren heute lila lackiert und mit Flitter bestäubt. An mehreren Stellen war der Lack abgebröckelt und nachlässig ausgebessert.

»Schriftlich ganz okay. Mündlich ist natürlich nicht so ihr Ding. Sie hört aber ganz gut mit dem Gerät. Sie spricht nur nicht gern.«

»Mit dem Kater redet sie viel, wenn sie nicht weiß, dass man ihr zuhört«, sagte Birgit lächelnd. »Hast du mal an eine Therapie gedacht? In ihrem Alter kann man doch bestimmt noch eine Menge machen.«

Annmarie sah in ihr Glas. »Hast du 'ne Ahnung, was so was kostet?«

Sie trug einen weiten Pulli von einer schwer definierbaren Farbe zwischen Grau und Braun und zerschlissene Bluejeans. Sie schien es nicht für nötig befunden zu haben, sich für diesen Abend herauszuputzen.

Birgit ließ nicht locker: »Aber es gibt doch Krankenkassen?«

»Ich halt nichts von diesem Zinnober mit Therapie und so«, erwiderte Annmarie unwillig. »So was gibt sich oft von allein, wenn sie in die Pubertät kommen. Hat ihr Lehrer in Ingolstadt auch gesagt.«

»Da habt ihr früher gewohnt?«, fragte Birgit sofort.

Annmaries Antwort kam sehr zögernd. »Für 'ne Weile.« Das Thema war ihr sichtlich unangenehm.

Im Flur tollte der Kater hinter etwas Klapperndem her. Petzold füllte die Gläser neu, und Birgit fand einen weniger heiklen Gesprächsstoff.

»Sie kann gut mit Tieren. Pedro ist ganz vernarrt in sie.«

»Pedro heißt er? Wusst ich ja gar nicht.« Ein verrutschtes Lächeln erschien auf ihrem Gesicht. »Sie nennt ihn ›Will Smith‹.«

»Wie der Schauspieler?«, fragte Birgit verdutzt. »Wieso das?«

»Na ja, weil er schwarz ist vermutlich. Und wegen der Ohren. Ist so 'n Fimmel von ihr. Sie gibt allen und jedem Namen aus Filmen. Manchmal denk ich, sie guckt ein bisschen viel in die Glotze.« Sie hielt Petzold das leere Glas hin und dankte mit einem abwesenden Nicken fürs Nachschenken. »Weißt du übrigens, wie sie dich nennt?« Ihr Lachen geriet eine Spur zu laut. Nach Petzolds Zählung war es das dritte Glas, das sie eben leerte. »Nick Nolte. Nicht übel, was?«

Nun lachte auch Birgit. »Doch, das passt. Und ich? Hat sie für mich auch einen Namen?«

»Meg Ryan. Aber …«

Birgits Miene verfinsterte sich. »Ja, ich weiß. Die ist wohl ein bisschen schlanker als ich.«

»Und du? Wie nennt sie dich?«, fragte Petzold.

»Annemie. Immer schon.« Sie schwenkte ihr Glas und beobachtete den Wein. »Sie ist übrigens ganz glücklich über das Geld, das sie bei euch verdient. Ich kann ihr ja nicht so viel Taschengeld geben.«

»So haben wir alle was davon. Pedro ist wirklich wie ausgewechselt, seit sie sich um ihn kümmert.« Petzold nahm sich ein Stück vom Camembert, der genau die richtige Reife hatte. »Früher hat er jeden Monat 'nen Sachschaden wie ein mittlerer Zimmerbrand verursacht. So gesehen mach ich sogar noch ein gutes Geschäft dabei.«

Er schenkte sich ein wenig von dem Spätburgunder ein. Der Wein schmeckte nicht übel. Er machte sein Glas voll und nickte Birgit anerkennend zu.

Annmarie lächelte in ihr Glas. »Vor zwei Wochen hat sie diese Kiste für ihn gebastelt. So 'ne Schachtel, mit Stoff ausgekleidet und außenrum bemalt und alles. Tagelang hat sie dran rumgewerkelt wie verrückt. Wozu ist die? Pennt er da drin?«

»Nein, das ist seine Spielzeugkiste«, erklärte Birgit. »Und sie füllt sich. Sie bringt ihm ständig irgendwelche neuen Sachen mit.«

»Das meiste Geld, das sie von euch kriegt, gibt sie für Katzenspielzeug aus. Sie führt richtig Buch, eine Spalte für Einnahmen und eine für Ausgaben. Zurzeit spart sie für 'ne Leine, damit sie ihn mit nach draußen nehmen kann.« Gedankenverloren starrte sie in ihr schon wieder fast leeres Glas. »Sie ist so unglaublich ordentlich in allem«, fügte sie leise hinzu.

Ganz im Gegensatz zur Mutter, dachte Petzold und fragte sich, ob ihre verwegene Zottelfrisur das Ergebnis einer teuren Frisörsitzung oder eines misslungenen Selbstversuchs war.

»Du arbeitest bei der Stadtbibliothek?«, fragte Birgit, als das Gespräch wieder einzuschlafen drohte.

Ein Schatten zog über Annmaries Gesicht. Fragen zu ihrer Person schien sie nicht zu mögen. »Seit Anfang November. Stinklangweilig. Aber immer noch besser als der Job davor.«

»Was hast du da gemacht?«

Wieder musste Birgit lange auf die Antwort warten. »Papierkram. Bei 'ner Spedition im Rheinhafen.« Sie schauderte. »Bei euch darf man wohl nicht rauchen?«

»Wenn es nicht unbedingt sein muss. Wir gewöhnen es uns gerade ab«, sagte Birgit verlegen.

Annmarie nickte, als hätte sie nichts anderes erwartet.

»Hast du das gelernt?«, fragte Petzold. »Mit den Büchern? Hab immer gedacht, da braucht man 'ne spezielle Ausbildung?«

Annmarie hob die Schultern. »Hab früher mal 'ne Weile als Buchhändlerin gejobbt.« Sie lachte auf. »Hab 'ne Menge gelernt über die Jahre.«

Birgit beschmierte eine Scheibe Baguette mit Kräuterkäse und biss hinein. »Wir würden Lilli gern was zu Weihnachten schenken. Du hast doch nichts dagegen?«

»Warum sollte ich?«, fragte Annmarie verständnislos.

»Hättest du einen Tipp für uns? In ihrem Alter hat man doch bestimmt noch viele Wünsche.«

Petzold wurde heiß. Noch immer hatte er nichts für Birgit.

Annmarie hob ratlos die Schultern. Aber dann kam Bewegung in ihr Gesicht. »Doch, da war was. Vor ein paar Tagen hat sie was von einem blauen Frosch erzählt. Hat sie in irgend 'nem Schaufenster entdeckt. Danach hat sie dann gleich ihren Wunschzettel umgeschrieben. Aber ich hab ja schon den Discman gekauft.«

»Einen blauen Frosch? Gibt's so was?«, fragte Petzold verdutzt. »Und braucht sie dann nicht auch ein Terrarium und alles?«

»Ein Stofftier.« Annmarie schüttelte sich vor Lachen. Sie schien inzwischen ziemlich betrunken zu sein. »So weit kommt's noch, dass sie mir lebende Tiere anschleppt.« Petzold füllte ihr Glas diesmal nur noch halb. »Stellt euch das mal vor, nur so als Beispiel, wie die ist: Sie hat tatsächlich ihren kompletten Wunschzettel neu geschrieben. Sie streicht nichts durch, sie verbessert nichts, nein, das Madamchen schreibt ihn neu und wirft den alten weg. Ulkig, nicht?«

»Ich wäre froh, ich wäre auch manchmal so ordentlich«, seufzte Birgit. »Könntest du für uns rausfinden, wo sie ihn gesehen hat? Den Frosch?«

»Werd's versuchen. Klar. Warum nicht?« Annmarie hielt ihr Glas jetzt ständig in der Hand und trank es in gleichmäßigen kleinen Schlucken leer.

»Ihr seid B… äh, bei der Polizei?«, fragte sie nach längerer Pause mit unsicherer Stimme.

»Stimmt«, sagten Birgit und Petzold gleichzeitig.

»Komischer Job irgendwie, was?«

»Ach«, erwiderte Birgit lächelnd, »es gibt Schlimmeres.«

»Sie kann einem nicht in die Augen sehen«, brummte Petzold, nachdem ihr Besuch gegangen war. »Und sie muss ständig was in den Händen haben.«

Birgit streckte sich auf der Couch aus. »Ich kann es drehen und wenden, wie ich will. Mir fällt nur ein Grund ein, warum sie das Mädchen nicht in Therapie geben will.«

»Und der wäre?« Petzold ging in die Küche, um sich ein Bier zu holen.

»Es könnte dabei etwas ans Licht kommen, was im Dunkeln bleiben soll.«

»Muss was ziemlich Heftiges sein, wenn sie dafür in Kauf nimmt, dass ihre Tochter zur großen Schweigerin heranwächst.«

Ein Mädchen in einem geblümten Kleid hüpft durch einen lichten Wald. Der Boden ist sandig, die Luft sehr warm. Das Mädchen hüpft an der Hand eines Mannes. Es kennt ihn gut. Und eigentlich ist er auch gar kein richtiger Mann. Er ist schon groß und auch ziemlich dick, aber irgendwie doch noch ein Kind. Das Mädchen mag den Mann. Es lacht ihn an, und er lacht zurück und versucht ebenfalls zu hüpfen. Aber es klappt nicht. Er ist zu schwer. In der Ferne glitzert Wasser. Der See. Dort wollen sie hin. Obwohl die Eltern ihr streng verboten haben, allein zum See zu gehen. Aber heute ist sie ja nicht allein. Der Mann ist bei ihr. Und irgendwie ist er doch auch ein Erwachsener. Er weiß, was man darf und was nicht. Es duftet nach Kiefernharz und Sommer.

Ein anderes Mädchen beobachtet die beiden. Es ist blond, trägt eine weiße Bluse und einen Jeansrock und ist einige Jahre älter als das Mädchen im geblümten Kleid. Es döst im Schatten eines Kirschbaums in einem Garten am äußersten Rand der Stadt. Und es langweilt sich.

Der See kommt näher und näher. Das Plätschern und Glucksen des Wassers wird lauter. Plötzlich klingt es bedrohlich. Es wird immer lauter, viel zu schnell lauter. Dann ein schrilles Geräusch.

Petzold fuhr hoch. Das Telefon klingelte. Halb vier vorbei. Neben ihm wälzte Birgit sich leise stöhnend. Offenbar träumte sie schlecht.

Er fand das Telefon neben dem Bett. Wieder war es Ketterer. Hatte wohl die ganze Woche Nachtschicht, der arme Kerl.

»Seit ‘ner geschlagenen Stunde versuch ich jetzt, die kleine Malmberg zu erreichen. Aber unter ihrer Nummer nimmt sie nicht ab. Steckt die etwa bei dir?«, brüllte er.

Petzold brummte zustimmend.

»Wohnt ihr also jetzt doch zusammen?«

»Mal so, mal so.«

»Na, mir kann’s ja egal sein. Hab hier ‘ne ziemlich durchgeknallte Frau in der Leitung, die sie unbedingt sprechen will, und zwar sofort und zack. Hab ehrlich versucht, sie abzuwimmeln, aber die lässt nicht locker. Soll ich ihr die Nummer geben?«

»Okay. Wenn's so dringend ist.«

Er weckte Birgit, drückte ihr das Telefon ans Ohr und legte sich so neben sie, dass er mithören konnte. Sekunden später klingelte es erneut.

»Sie haben doch gesagt, ich soll anrufen, ja?«, sprudelte eine aufgeregte Mädchenstimme, »zu jeder Tages- und Nachtzeit, haben Sie doch gesagt, ja?«

»Möglich.« Birgit zerbiss ein Gähnen. »Worum geht es?«

»Wir kennen uns. Schiller-Apotheke, Sie erinnern sich? Und jetzt stellen Sie sich vor, einer von diesen Kerlen, der ist in der Zeitung!«

»Kerle? Apotheke?«

»In der Badischen Rundschau, ja. Am Montag schon. Am Wochenende haben sie doch diesen Toten aus dem Wasser gefischt. Und von dem war dann ein Foto in der Zeitung, am Montag, weil man doch nicht weiß, wer er ist und so. Und das ist nämlich einer von denen, die letzte Woche hier vorbeigedüst sind!«

Durch Birgit ging ein Ruck. »Welcher?«

»Der mit dem Aktenkoffer. In der Zeitung steht, er ist erschossen worden! Stimmt das?«

»Leider.«

»Wow!« Nach ein paar andächtigen Augenblicken fuhr die Frau fort: »Ich weiß jetzt auch wieder, was für 'ne Farbe sein Hemd gehabt hat. Ist mir wieder eingefallen, als ich das Foto ... Zitronengelb, stellen Sie sich das mal vor! War das 'ne Tunte oder was?«

»Wo sind Sie jetzt?«

»Dreimal dürfen Sie raten. Deshalb hab ich doch auch die ganze blöde Zeitung vor- und rückwärts gelesen, weil das nachts immer so ätzend langweilig ist. Der Chef bringt sie immer mit, wenn er sie nicht mehr braucht, damit ich hier was zu lesen hab.«

»Wie lange müssen Sie arbeiten?«

»Bis acht.«

Birgit warf Petzold einen Blick zu. »Könnten Sie ausnahmsweise ein paar Minuten länger bleiben? Ich besorge Fotos. Bessere Fotos als das in der Zeitung. Ich möchte, dass Sie sich die ansehen. Damit wir ganz sicher sind.«

»No problem. Ich bleib hier, bis Sie kommen«, erwiderte die Frau mäßig begeistert. »Aber später als halb neun wird's nicht, okay? Irgendwann muss ich ja auch mal in die Heia. Am Nachmittag, da hab ich nämlich ein Date. Und da will man ja nicht so gern total verpennt aussehen, nicht wahr.«

Als Petzold am Freitagmorgen erwachte, rumorte Birgit schon im Bad. Minuten später kam sie nackt ins Zimmer gefegt und zog ihm die Decke weg. Seinem Versuch, sie wieder ins Bett zu ziehen, wich sie quietschend aus.

»Nichts da, Arbeit ruft!« Leiser fügte sie hinzu: »Jetzt ist der Pfropfen endlich aus der Flasche, ich fühle es!«

Eine Viertelstunde später hetzte er hinter ihr her die Treppe hinunter. Sie überholten Lilli, die mit ihrer schweren Tasche auf dem Weg zur Schule war. Ernst nickte sie ihnen zu.

»Dein Geld liegt auf dem Küchentisch«, rief Petzold über die Schulter. »Heute ist Zahltag.«

»Hast du dieses Kind jemals lächeln gesehen?«, fragte Birgit atemlos, als sie im Porsche saßen.

»Worüber soll sie lachen bei dieser Mutter?« Petzold ließ den Motor an und sah in den Rückspiegel. »Wird keine so tolle Kindheit gehabt haben.«

»In ihrem Alter sollte sie eigentlich immer noch eine Kindheit haben.« Birgit schlang die Arme um sich. Sie schien zu frieren.

Im Präsidium rannten sie um ein Haar den Hausmeister um, der gottlos vor sich hinfluchend einen riesigen Tannenbaum die Treppe hinaufschleifte. Kurze Zeit später waren sie mit den Fotos wieder auf dem Weg zurück in die Weststadt.

Die junge Frau war sichtlich erleichtert, dass sie nicht länger warten musste. Heute war sie nicht allein in der Apotheke. Ein stilles Ehepaar in den Fünfzigern, vermutlich die Inhaber, sah ihr wohlwollend lächelnd über die Schulter, während sie mit flinken Fingern die Fotos durchblätterte, die das Gesicht des Toten aus verschiedenen Perspektiven zeigten.

»Klaro. Das ist er, der Typ mit dem Aktenkoffer«, sagte sie schließlich und richtete sich auf.

Birgit sammelte die Bilder wieder ein.

»Mir ist da übrigens noch was eingefallen.« Die Apothekerin gähnte herzhaft und sah an Birgit vorbei nach draußen, wo eben eine Straßenbahn um die Kurve quietschte. »Der Jüngere von den anderen, der hat ein blassblaues T-Shirt angehabt.«

»Unter der Lederjacke?«, fragte Petzold.

»Drüber geht ja wohl schlecht. Die Jacke war nicht zugeknöpft, und deshalb hab ich wohl ganz kurz das Shirt gesehen. Das Teil war so blass wie eine Million Mal gewaschen.« Sekundenlang schob sie eine spitze Zunge zwischen den schmalen Lippen hervor. »Aber das ist echt ganz schön schwer. Man fängt an, sich alle möglichen Sachen einzubilden. Und am Ende weiß man nicht mehr, was man gesehen hat und was nur geträumt.« Plötzlich sah sie Birgit erschrocken ins Gesicht. »Haben die zwei den etwa umgebracht?«

»Die Vermutung liegt nahe.«

»Und ich hab die gesehen!«, rief sie erschüttert. »Legen die den einfach um!«

»Ist Ihnen inzwischen eingefallen, woher Sie den einen kennen?«, fragte Birgit. »Den Älteren?«

Die Zeugin senkte den Blick und schüttelte traurig den Kopf. »Nö.«

Draußen sah Birgit auf die Uhr. »Schon halb neun durch. Wir könnten noch schnell nebenan bei diesem Musiker anklingeln. Der ist um diese Zeit bestimmt schon wach. Und wer weiß, vielleicht ist dem inzwischen auch noch was eingefallen.«

»Das muss ja 'ne ganz schön heiße Kiste sein mit diesem Aktenkoffer«, sagte Petzold, während sie die paar Schritte die Schillerstraße hinunterliefen. »Bin wirklich gespannt, was da so Wichtiges drin war.«

Neben dem Eingang des Hauses, das Birgit betrat, lag ein halb zertrümmerter Fernseher, der vermutlich von der letzten Sperrmüllabfuhr übrig geblieben war. Die Haustür stand offen.

Auch die Wohnungstür war nur angelehnt. Birgit klopfte erst zaghaft, dann fester. Die Tür schwang von allein auf. Ein kleiner, sehr gepflegt wirkender Mann in korrektem, farblich zum silbergrauen Haar passenden Anzug trat aus einem Zimmer und musterte sie fragend. Sie zückten ihre Ausweise.

»Wir würden gerne kurz Herrn Kolovrath …« Als Birgit den erschrockenen Ausdruck des Mannes bemerkte, brach sie ab.

»Polizei? Aber weshalb denn Polizei?« Er ließ den Block sinken, den er in der Hand hielt. »Das hier ist doch … Ich meine … Es ist doch nur … na ja, das Übliche eben.«

»Und was ist das, das Übliche?«, fragte Petzold.

Der Mann zögerte einen Augenblick, dann nickte er über die Schulter. »Er sitzt da drin. Nein, lassen Sie die Tür bitte offen. Herr Längle ist nur eben nach unten gegangen, um etwas aus seinem Wagen zu holen.«

Als sie dem Mann ins Wohnzimmer folgten, fiel Petzold auf, dass ihr Führer roch, als sei ihm heute Morgen die Rasierwasserflasche in der Hand explodiert.

Kolovrath saß mit steinernem Gesicht auf der Couch an derselben Stelle, wo er schon vor einer Woche gesessen hatte.

»Sie?«, fragte er nach zwei Schrecksekunden mit schlecht unterdrückter Panik in der Stimme. »Aber wie kommen Sie ...?«

»Der Herr war so freundlich, uns hereinzulassen«, erklärte Birgit.

»Aber woher ...« Kolovraths Hände krampften sich ineinander. Sein Blick irrte ab. »Mein Gott, Sie ist doch noch nicht mal drei Stunden ... Wie können Sie denn ...«

»Ihre Mutter?«, fragte Birgit tonlos, nachdem sie ihre Sprache wiedergefunden hatte. »Mein Beleid.«

Petzold nickte zustimmend, brummte irgendwas, steckte die Hände in die Taschen, zog sie wieder heraus und verschränkte sie schließlich hinter dem Rücken.

»Aber es war ... Mein Gott, was Sie jetzt denken müssen ... Aber es war doch wirklich keine Absicht!« Kolovrath schien mit jedem Wort kleiner und blasser zu werden.

Nun schaltete der Mann sich ein, der sie hereinbegleitet hatte. Er reichte Birgit förmlich die Hand. »Doktor Müller-Kleinschmidt. Ich bin der Hausarzt der Verschiedenen. Frau Kolovrath hat gestern Abend leider versäumt, ihre Herztabletten zu nehmen und, nun ja, so etwas kommt in ihrem Alter schon mal vor. Ich war soeben im Begriff, den Totenschein auszustellen. Gibt es aus Ihrer Sicht ...?«

Birgit sah von einem zum anderen und wusste offenbar nicht mehr, was sie noch sagen sollte. Endlich räusperte Petzold sich und sprach an ihrer Stelle.

»Sie sind der Arzt. Wenn Sie eine natürliche Todesursache feststellen, dann geht uns das hier nichts an. Wir sind in einer ganz anderen Sache hier.«

Birgit nickte dankbar und breitete die Fotos auf dem Couchtisch aus. »Ich weiß, es ist nun wirklich nicht der passende Zeitpunkt. Aber ... Erkennen Sie diesen Mann hier wieder?«

Blinzelnd betrachtete Kolovrath die Bilder. »Es ist der mit dem

Koffer«, murmelte er nach kurzer Zeit. »Der Mund. Die Nase. Eindeutig.«

Birgit schob die Bilder zusammen und steckte sie hastig ein. »Und nochmals mein ... unser Beileid.«

Auf der Treppe trafen sie einen rundlichen, schwarz gekleideten Mann, der eine in dunkelblauem Samt eingeschlagene Mappe unter dem Arm trug. Er blickte ihnen missbilligend nach, weil sie es so eilig hatten.

***

Wie jeden Freitag fuhr Lilli nach der Schule in die Stadt, um Annemie zu treffen. Zuvor wurde natürlich die Ratte gefüttert, die mit ihr inzwischen Freundschaft geschlossen hatte, dann lief Lilli auf Umwegen zur Haltestelle, um sicher zu sein, dass niemand ihr folgte. Auf der Fahrt in die Stadt wechselte sie zweimal die Bahn und beobachtete die Menschen, die mit ihr ein- und ausstiegen. Aber weder Walter Matthau noch sein Freund waren zu sehen. Sie hatten wohl endlich die Hoffnung aufgegeben, das Buch von ihr zu bekommen.

An der Herrenstraße stieg sie aus, vertrieb sich noch eine halbe Stunde mit der Besichtigung weihnachtlich dekorierter Schaufenster und trabte dann zur Stadtbibliothek, vor deren Seiteneingang Annemie sie schon erwartete. An Freitagen hatte sie immer schon um ein Uhr Schluss. Auch heute sah sie müde und traurig aus. Lilli hoffte sehr, dass nicht schon wieder ein Umzug drohte.

»Hi, Lilli.« Annemie begrüßte sie mit einem erschöpften Lächeln, trat die Zigarette aus und ergriff ihre Hand. Zusammen schlenderten sie über den Friedrichsplatz, umrundeten den großen Brunnen, erreichten nach Minuten den Weihnachtsmarkt. Lilli schlug vor, sich alles anzusehen und an einem der Stände etwas zu essen. Aber Annemie mochte den Weihnachtsmarkt nicht. Sie mochte so vieles nicht. Immerhin versprach sie, irgendwann mit ihr hinzugehen. Irgendwann, ganz bestimmt. Vielleicht abends, wenn es dunkel und ganz besonders gemütlich war. Und dann würde Lilli auch ein Tütchen von diesen gemein lecker duftenden gebrannten Mandeln bekommen. Ein ganzes Tütchen, nur für sie allein. Und Zuckerwatte auch. Ganz bestimmt.

Sie überquerten den Marktplatz und betraten das Lokal, wo man für einen festen Preis so viele Nudeln essen durfte, wie man nur konnte. Lilli hatte das Frühstück ausfallen lassen, um mittags möglichst hungrig zu sein. Nebenbei hatte sie so noch fünfzig Cent gespart, die sie für andere Dinge verwenden würde.

An anderen Freitagen machten sie sich manchmal einen Spaß daraus, um die Wette zu essen. Aber heute hatte Annemie keinen Appetit, und Lilli schlemmte allein.

Anschließend durchstöberten sie die Kaufhäuser und besahen sich tausend Dinge, die sie weder brauchten noch sich leisten konnten, und probierten Kleider an, die sie niemals haben wollten. Lilli sah eine Frau mit dicker Brille wieder, die ihr schon in der Straßenbahn aufgefallen war. Aber die Frau bemerkte Lilli nicht, sondern wühlte mit wütender Miene in einer Kiste voller Herrensocken.

Im Lauf des Nachmittags besserte sich Annemies Stimmung. Einmal nannte sie Lilli sogar ihr Honigkuchenpferdchen, und das tat sie nur zu ganz besonderen Anlässen. Nach Hause gingen sie später zu Fuß, die ganze lange Strecke die Sophienstraße entlang. Annemie ließ Lillis Hand keine Sekunde los, und eine Weile hüpften sie sogar zusammen und sangen das Lied von den Igeln, die ganz, ganz vorsichtig sein müssen, wenn sie sich küssen wollen.

Lilli überlegte, dass manche Menschen vielleicht ein wenig länger brauchten als andere, bis sie sich darüber freuen konnten, dass sie ein Kind hatten. Oder dass das Kind erst ein gewisses Alter erreichen musste.

Annemie hörte auf zu hüpfen, weil sie außer Puste war. »Und was essen wir zu Abend?«

»Pizza.«

»Mit was drauf?«, fragte Annemie prompt. Das war die Einleitung des Pizza-Spiels.

»Tomaten und Käse«, sagte Lilli ernst.

»Mit Tomaten, Käse und Schinken«, antwortete Annemie.

»Mit Tomaten und Käse und Schinken und Katzenfutter«, sagte Lilli, ohne eine Miene zu verziehen. Das Wichtigste beim Pizza-Spiel war, dass man nicht lachte.

»Mit Tomaten und Käse und Schinken und Katzenfutter und einer elektrischen Nähmaschine.« Auch Annemie blieb todernst.

»Mit Tomaten und Käse und Schinken und Katzenfutter und elektrischer Nähmaschine und Senfgurken.«

Annemies Stirn wurde kraus. »Mit Tomaten, Käse, Schinken und Katzenfutter und … und elektrischer Nähmaschine und Senfgurken und … ähm … einer stinkenden toten Ratte.«

»Mit Tomaten und Käse und Schinken und Katzenfutter und elektrischer Nähmaschine und Senfgurken und stinkender toter Ratte und Lakritze.«

Jetzt hatten sie doch Mühe, ernst zu bleiben. Annemie brauchte einige Sekunden, bis sie wiederholte: »Mit Tomaten, Käse, Katzenf…«

»Stopp! Du hast den Schinken vergessen. Du hast verloren.«

Annemie verlor immer beim Pizzaspiel.

Zu Hause angekommen, ließ Annemie sich dann sogar noch überreden, mit Lilli an den See in der Günther-Klotz-Anlage zu gehen und Enten zu füttern. Unter Gekicher wurden vertrocknetes Brot und ein paar muffige Kekse eingepackt, der Weg war nicht weit, die Enten waren hungrig und schrecklich aufgeregt, und am Ende fand sogar Annemie es schade, als die Tüte leer war.

Es war Viertel nach fünf, als sie immer noch lachend und prustend nach Hause kamen und feststellten, dass die Wohnungstür offen stand. Es war eingebrochen worden. Die meisten Schränke waren leer, der Inhalt überall am Boden verstreut, Schubladen herausgezogen und ausgekippt, Stühle umgeworfen, das kleine Sofa in Annemies Zimmer von der Wand gezerrt.

Annemie stand eine halbe Minute starr und mit weiten Augen da. Dann ließ sie sich in einen Sessel fallen und begann zu weinen. Lilli trat neben sie und legte zaghaft den Arm um ihre Schulter.

»Ich helf dir aufräumen«, sagte sie leise. Aber Annemie stieß sie weg.

Lilli fand nach einigem Suchen den Schlüssel zu Nick Noltes Wohnung in dem Durcheinander und ging hinunter, um Will Smith zu füttern. Der erwartete sie ebenso sehnsüchtig wie vorwurfsvoll, weil er freitags sein Essen immer erst abends bekam. Lilli steckte das Zwei-Euro-Stück vom Küchentisch ein, das Nick Nolte für sie bereitgelegt hatte, und blieb noch eine Weile, um Will von dem schönen Nachmittag und seinem schlimmen Ende zu erzählen.

Will fühlte sich heute besonders warm und weich an, und Lilli konnte gar nicht aufhören, ihn zu drücken und zu streicheln. Schnurrend ließ er es sich gefallen.

»Heute habe ich dir nichts mitgebracht«, erklärte sie dem aufmerksam zuhörenden Kater. »Du weißt, wir sparen unser Geld, bis wir eine Leine für dich kaufen können. Eine rote Leine mit weißen Punkten. Und dann können wir zusammen spazieren gehen, wenn wir Lust haben.«

Später erzählte sie Will noch von ihrer neuen Freundin, der Ratte am Brunnen. Als sie annahm, dass Annemie zu Ende geweint hatte, ging sie nach oben.

***

»Was treibt sie denn jetzt wieder?«, stöhnte Petzold und schaltete den Fernseher ein. »Trainiert die Möbel-Weitwurf, oder was?«

»Sie wird putzen, weil bald Weihnachten ist«, schlug Birgit vor. »Machen viele. Hier könnte man vielleicht auch mal …«

»Hier wird geputzt, wenn ich das für nötig halte«, versetzte Petzold. »Ich find's hier sehr ordentlich.«

In Palästina hatte es wieder einmal auf beiden Seiten Tote gegeben. In Afghanistan hatte man einen Minister samt seiner Leibwache in die Luft gesprengt. Osama Bin Laden war immer noch nicht gefasst. In Belfast schleiften katholische Mütter mit Bleigesichtern verängstigte Kinder zur Schule, vorbei an einer Mauer hasserfüllter Fratzen und durch eine Straße, die aus irgendwelchen Gründen nur von Protestanten benutzt werden durfte. Die Kamera zoomte ein blasses rothaariges Mädchen heran, das vor Angst nicht einmal mehr weinen konnte.

»Heute war das Foto von unserer Wasserleiche noch mal groß in der Zeitung«, sagte Petzold, als der Wetterbericht begann. »Wir haben immerhin drei Anrufe. Vielleicht können wir ihn wenigstens noch identifizieren bis Heiligabend.«

»Wollten wir nicht aufhören, abends über die Arbeit zu reden?«, seufzte Birgit und schenkte sich Wein ein.

Petzold erhob sich, schaltete den Fernseher aus und suchte eine CD. Bald hatte er das Richtige gefunden.

Birgit rieb sich mit beiden Händen das Gesicht und gähnte herzhaft. »Warum macht sie so ein Geheimnis um diesen Unfall ihrer Tochter? Jede andere Mutter hätte uns doch erzählt, was ihrem Kind zugestoßen ist, oder nicht? Da ist doch irgendwas nicht in Ordnung, da oben!«

Marla Glen sang »Hot Love«. Petzold drehte die Lautstärke ein wenig herunter. »Du psychologisierst zu viel. Sie ist einfach nur zickig, weiter nichts.«

Sie gluckste. »Du kannst sie nicht leiden, stimmt's?«

»Fast so gut wie einen vereiterten Weisheitszahn. Die Frau zerstört systematisch meine Wohnung. Gleich am Anfang, da hat die mir zum Beispiel die Glasscheibe an der Eingangstür zertrümmert! Beim Einzug!«

»Sie hat sie bezahlt.«

»Jeden zweiten Tag leiht sie sich irgendwas, was sie garantiert nie zurückbringt! Und dann setzt sie mir die Wohnung unter Wasser! Und seit neuestem wirft sie jetzt auch noch mit Möbeln! Demnächst wird sie durch die Decke brechen, wenn sie so weitermacht!«

»Du übertreibst.« Birgit wies nach oben. »Der Wasserfleck ist längst wieder verschwunden.«

Über ihnen rumpelte etwas Schweres.

»Bin echt gespannt, was als Nächstes kommt«, brummte Petzold. »Gebrannt hat's ja bisher noch nicht. Ich hoffe nur, sie kommt nicht auf die Idee, sich 'nen Tannenbaum mit echten Kerzen hinzustellen.«

Lächelnd legte Birgit eine Hand auf seinen Unterarm. »Ich find's ganz okay, dass sie dir so unsympathisch ist. Schließlich ist sie doch verflixt hübsch.« Sie versank in Gedanken. »Sag mal, großer Bär«, fing sie nach einer Weile wieder an, »magst du eigentlich Cello-Musik?«

»Cello?«, fragte Petzold alarmiert.

»Ich werde vielleicht wieder damit anfangen.«

»Du hast mal Cello gespielt?«

»Und das wirst du dann aushalten müssen, wenn wir irgendwann mal zusammenwohnen sollten. Würdest du es denn aushalten?«

»Cello, also, das find ich … absolut grauenhaft.« Er rutschte zu ihr hinüber und begann, sie zu kitzeln. Marla Glen sang leise »We need each other«. »Aber wenn du es spielst, dann werd ich jeden einzelnen Ton genießen.«

Oben fiel ein Schrank um.

***

Am Samstagmorgen war rasch geklärt, dass es sich bei zwei der drei Anrufe um den üblichen belanglosen Unfug von Wichtigtuern oder Gespenstersehern handelte, den man schon nach fünf Minuten abheften konnte. Die dritte Meldung hingegen klang interessant. Eine ältere Frau meinte, auf dem Foto einen allein lebenden Nachbarn zu erkennen, den sie länger nicht mehr gesehen hatte. Alter und Personenbeschreibung konnten passen.

Hirlinger war nicht aufgetaucht, vermutlich weil am Abend zuvor das Jahrestreffen des Schützenvereins gewesen war, was bei ihm regelmäßig zu anhaltender Bettlägerigkeit führte. Schilling wurde von Gerlach dazu verdonnert, das Telefon zu bewachen. Birgit und Petzold fuhren in die Oststadt zur angegebenen Adresse in der Humboldtstraße.

Die Frau, deren Namen Birgit auf Schillings Telefonnotiz als »Wollgast« entzifferte, erwartete sie schon ungeduldig vor der Haustür. Sie schien sich für den Anlass eigens ein besseres Kleid angezogen zu haben und beim Frisör gewesen zu sein.

»Der Herr Hundt, ja der wohnt da hinten, im Hinterhaus, also überm Hof, da. Der hat da nämlich auch sein Atelier, er ist ja Künstler, falls Sie das noch nicht wissen, und ich hab auch schon mit der Frau Schätzle im zweiten Stock geredet, und die hat den auch schon über eine Woche nicht mehr gesehen, den Herrn Hundt«, plapperte die Frau los, noch bevor sie aus dem Wagen gestiegen waren. »Und dabei hat er nämlich überhaupt nichts davon gesagt, dass er in Urlaub fahren will. Und wer fährt auch bei so einem Wetter in Urlaub, nicht wahr, da müsste man ja schon nach Jamaika, und …«

Petzold gelang es nach einigen Versuchen, ihren Redeschwall zu unterbrechen. »Wie kommen wir in die Wohnung?«

Triumphierend schwenkte sie einen Schlüsselbund. »Kommen Sie nur. Ich zeig Ihnen alles.«

Durch ein frisch gestrichenes Gittertor ging es über einen gefährlich unebenen und schlüpfrigen Plattenweg an der Seitenfront des ungepflegten Altbaus nach hinten. Von irgendwo hörte man laute Orgelmusik. Frau Wollgast strebte unentwegt redend auf ein zweistöckiges Flachdachgebäude mit dem Charme eines Schuhkartons zu. Sie schloss auf und trat mit einer vermutlich graziös gemeinten Verbeugung zur Seite.

»Hallo!« Petzold klopfte der Form halber an. »Jemand da?«

Niemand antwortete, sie traten ein.

»Ach du lieber Gott!«, hauchte Frau Wollgast und legte eine Hand auf die Brust. »Was ist denn da passiert?«

»Na, hier sind wir richtig.« Birgit steckte ihr Papier weg. »Sieht aus, als hätten die Hunnen hier Party gemacht.«

»Tatortwagen, Spurensicherung, das volle Programm. Und Sie verlassen bitte den Raum.« Petzold zückte sein Handy und drängte die Frau hinaus. »Das hier ist ein Tatort.«

»Das war doch Blut? Da an der Wand?«, keuchte Frau Wollgast.

Und dann war sie weg

Am Sonntag um elf begann die erste Lagebesprechung der Sonderkommission »Altrhein«. Die Gerichtsmediziner und Kriminaltechniker waren fleißig gewesen, was man bis zu diesem Zeitpunkt wissen konnte, wusste man.

Gerlach, der die Kommission leiten würde, berichtete noch einmal von dem Überfall und dem verschwundenen Aktenkoffer, damit auch die neu Hinzugekommenen informiert waren.

»Und wie wir seit gestern nun endlich wissen, heißt das Opfer dieses Raubüberfalls Andreas Sebastian Hundt und ist identisch mit unserem Mordopfer.«

Mit zusammengezogenen Brauen wartete er, bis zwei in den hinteren Reihen zu Ende getuschelt hatten und die Köpfe hoben. Dann fuhr er fort:

»Anscheinend haben sie in diesem Koffer nicht gefunden, was sie haben wollten. Deshalb haben sie dann Hundt in seiner Wohnung aufgesucht, vermutlich in der Nacht von Freitag auf Samstag, haben ihn durch den Wolf gedreht und am Ende erschossen.«

Petzold beugte sich zu Schilling, der neben ihm saß. »Hast du jetzt endlich das mit deinem Dienstausweis gemeldet?«

»Wieso?«, fragte Schilling unschuldig. »Der ist doch längst wieder da.« Er kramte etwas aus der Hosentasche. »Die Brieftasche haben sie beim Revier Akademiestraße abgegeben. Das Geld war weg. Dafür war das hier drin.« Er schob Petzold eine atemberaubend kitschige Weihnachtskarte hin.

»Sehr verehrter Herr Kommissar Schilling«, las Petzold. »Empfangen Sie unseren mit tiefem Herzen empfundenen Dank für Ihre großzügige Unterstützung einer notleidenden Familie. Wir werden Sie an Weihnachten in unsere Gebete einschließen und unserem nächsten Sohn Ihren Vornamen Berthold geben, wenn Sie gestatten.«

»Und, gestattest du?«

»Ich bin entzückt!«, knurrte Schilling. »Für hundertachtzig Mäuse darf ich mich nun also als Pate eines Ganovensohnes fühlen!«

Vorne hustete Gerlach. Petzold setzte sich gerade hin.

»Kommen wir zu den Tätern: Wir gehen davon aus, dass die Mörder zur selben Clique gehören wie die, die ihm den Koffer abgenommen haben. Sie kommen vermutlich aus dem Ausland. Niemand kann bisher sagen, welche Sprache sie sprechen.« Er nahm ein neues Blatt. »Täter eins, das ist der, der aus dem Klinikum desertiert ist: Circa fünfundzwanzig bis dreißig Jahre alt, Statur gedrungen, gut trainiert, Gesicht breit, Haare rot. Von dem haben wir ein ganz brauchbares Phantombild, das ihr in euren Mappen findet. Täter zwei ist deutlich älter, zwischen vierzig und fünfzig, größer und schlanker als sein Kollege. Faltiges Gesicht, Tränensäcke, Haare angegraut. Beschreibung und Phantombild sind ebenfalls in euren Unterlagen.«

Er nahm einen Schluck Wasser aus seinem Glas. »Zum Opfer: Geboren dreiundsiebzig in Paderborn. Hat hier in der Stadt Kunst studiert und seit vier Jahren ein Atelier in der Humboldtstraße betrieben, wo er auch gewohnt hat. Todesursache sind zwei Kugeln in die Stirn, Kaliber zwoundzwanzig, also eher was Zierliches. Nahschüsse, vermutlich mit Schalldämpfer. Niemand hat was gehört, obwohl die nächsten Wohnungen nur wenige Meter entfernt sind.«

»Klingt fast wie 'ne Hinrichtung«, meinte Petzold.

»Kleinkaliber gilt in manchen Kreisen als Killerkaliber«, sagte Schilling. »Was für Leute, die nicht viel Krach und Schweinerei machen wollen.«

Gerlach nickte zerstreut. »Anschließend haben sie ihn mit einem großen Stein am Bein in diesem Altrheinarm versenkt. Aber das Seil, ein orangefarbenes Nylonseil, die Taucher haben es gefunden, war so miserabel verknotet, dass er schon am nächsten Tag wieder aufgetaucht ist.«

Er schlug einen roten Pappordner auf. »Der Bericht aus der Gerichtsmedizin enthält ein paar interessante Details. Hundt hat ziemlich gesoffen. Und neben Alkohol scheint er auch noch ein paar andere Leidenschaften gehabt zu haben. Drogen, meine ich, Haschisch und eventuell noch anderes. Wen's näher interessiert, der kann alles hier drin nachlesen.« Er hob den Bericht hoch, damit alle ihn sehen konnten.

Dann schob er sorgfältig seine Papiere zusammen und sah auf. »Erste Frage: Was wollten die so dringend von ihm? Frage zwei:

Warum bleibt Hundt nach dem Raub nicht am Tatort und wartet auf die Polizei? Hat er was zu verbergen? Geht es vielleicht um irgendwas Illegales? Frage drei …«

»Langsam!«, rief Petzold. »So schnell kann kein Mensch schreiben!«

Gerlach wartete, bis alle Köpfe wieder oben waren. »Frage drei: Warum haben sie ihn umgebracht? Hat er nicht rausgerückt, was sie haben wollten, oder war es Rache? Und vierte und vorläufig letzte Frage: Haben sie es dann schließlich in seiner Wohnung gefunden oder nicht?«

»Auf jeden Fall muss das Gesuchte ganz schön wertvoll sein«, warf Birgit ein. »Bei all dem Stress, den sie darum machen.«

»Und blöderweise haben wir keinen blassen Dunst, was es ist«, seufzte Schilling.

Da es keine weiteren Fragen mehr gab, hob Gerlach die Hände. »Okay so weit. Wir bilden drei Gruppen. Ihr hier links kümmert euch um die Spuren. Immerhin haben wir ein paar Fingerabdrücke aus der Wohnung und Haare und Textilfasern, die vermutlich von den Tätern stammen. Der Mittelteil, das seid ihr vier, macht euch auf die Socken und knöpft euch noch mal die Nachbarschaft vor. Jemand hat vielleicht doch was gesehen oder gehört. Heute Abend will ich alles über diesen Kerl wissen. Wer hat ihn besucht? Hat er Partys gefeiert? War er oft verreist? Das ganze Gebetbuch rauf und runter. Und ihr zwei ganz rechts hängt euch ans Telefon. Checkt ab, ob das BKA was Passendes im Register hat. Ebenso natürlich Interpol und Europol. Setzt euch für alle Fälle mit dem BGS in Verbindung, ob die mit den Beschreibungen was anfangen können. Faxe an alle Ostgrenzstationen und so weiter.«

Petzold und Schilling bildeten die rechte Gruppe, Birgit gehörte zur mittleren. Petzold erhielt von Gerlach eine Liste mit den Nummern, die in Hundts Handy gespeichert gewesen waren, sowie ein zerfleddertes Blöckchen mit zum größten Teil unleserlichen Namen und weiteren Nummern. Schilling wurde ein Packen Kontoauszüge überreicht. Stühle wurden gerückt, Papiere zusammengerafft, die Tür aufgerissen.

»Morgen früh um neun. Und diesmal pünktlich, wenn's recht ist«, rief Gerlach in den Tumult.

Birgit wartete, bis sie mit Gerlach allein war. »Und was wird nun aus der Entführung?«

Er hob die Schultern. »Der Fall bleibt natürlich offen, aber wir unternehmen vorläufig nichts. Wir haben gerade mal die Aussage einer alten Frau und ein paar vage Angaben des Mädchens. Nichts, was konkret genug wäre, um die Sache weiterzuverfolgen.«

»Aber … Es geht um Entführung! Ein Offizialdelikt!«

»Vergiss es«, erwiderte Gerlach entschieden. »Wir haben momentan wirklich Wichtigeres.«

***

»Nie wieder«, keuchte Ferdinand Dümmer. »Kannst du mir glauben. Angeln, das ist wirklich das Allerletzte.«

»Echt jetzt?«, fragte sein rundlicher Begleiter, der mit rotem Kopf und nicht weniger außer Atem neben ihm hertrabte. »Ganz schön hart, ich meine, nach so vielen Jahren im Fischereiverein.«

Dümmer schüttelte den Kopf, dass die Schweißtropfen flogen. »Sei mal ehrlich. Ist doch ein total bescheuertes Hobby. Stundenlang hängst du am Wasser rum, hältst dich an deiner blöden Angel fest, und im Alter kriegst du todsicher Rheuma davon. Wenn du Pech hast, hockst du da den lieben langen Tag, hast am Ende 'ne ganze Kompanie Würmer ersäuft, zehn Bierchen gezischt und genau nichts gefangen. Und wenn du noch mehr Pech hast, dann fängst du am Ende doch was und musst abends auch noch Fisch essen.«

Sie bogen von dem asphaltierten Sträßchen auf einen unbefestigten Weg ab, der in einen vor Nässe triefenden Wald führte. Hier war es schon so dämmrig, dass sie ihr Tempo verringerten, um nicht in eine der tückischen Pfützen zu treten. Eine Weile liefen sie schweigend, dann wurde es wieder heller, ein breites Gewässer tauchte auf, dessen Ufer mit Schilf bewachsen war. Der Weg wurde wieder besser.

»Außerdem ist Joggen viel gesünder. Lunge und Herz und so. Der Doktor liegt mir seit Jahren in den Ohren.«

»Und man säuft kein Bier dabei.«

»Wo wir schon dabei sind, sollen wir uns nicht mal 'ne Pause gönnen? Ich hab da was Gutes.«

Schwer atmend blieben sie stehen und machten ein paar symbolische Lockerungsübungen. Dann zog Dümmer einen Flachmann aus der Brusttasche, schraubte die Kappe ab und nahm behaglich seufzend einen kräftigen Schluck. Er hielt seinem Mitläufer das Fläschchen hin. »Bisschen Zusatz-Brennstoff gefällig? Ist auch garantiert kein Bier.«

»Also eigentlich …« Der andere nahm zögernd an, wischte den Flaschenhals ab und sah prüfend zum Himmel. »Sollten dann umkehren. Wird bald dunkel. Und man soll's am Anfang nicht gleich übertreiben. Ein Nachbar von mir, gerade mal vierzig, und drei Kinder hat der gehabt, der hat auch angefangen mit Joggen. Und am dritten Tag ist er nicht heimgekommen. Und was soll ich dir sagen, sechs Stunden später haben sie ihn gefunden. Hinten, zwischen Lidolsheim und Rußheim. Unter 'nem Nussbaum. Schon kalt. Infarkt. Einfach so und peng.«

»Halt bloß die Klappe! Für die nächsten hundert Jahre hab ich genug von Leichen!«

»Ist schon ein Pech.« Der Rundliche sah Dümmer mitfühlend an und reichte ihm die Flasche zurück. »Da hast du eine Million Möglichkeiten, wo du deine Angel auswerfen kannst. Und du machst es genau da, wo diese Leiche rumschwimmt. Was ist das eigentlich, in der Flasche? Das brennt ganz schön.«

»Topinambur. Hilft gegen alles.« Dümmer schüttelte sich. »Eines kann ich dir sagen: Nie im Leben ess ich noch mal Fisch! Ich könnt schon wieder kotzen, wenn ich bloß dran denke!«

»Gekotzt hast du sogar?«, fragte der andere interessiert.

»Und nicht nur ich. Du machst dir ja kein Bild, wie so einer aussieht. Und gegrinst hat der! Als wenn's da irgendwas zu grinsen gäb!«

Der Flachmann war leer und wurde weggepackt.

»Okay. Laufen wir zurück.«

Dümmer sah sich um. »Muss erst noch mal kurz hinter die Büsche. So viel Zeit muss sein.«

Sein Begleiter faltete die Hände im Genick, drückte das Kreuz durch und sah aufs Wasser hinaus, wo ein Blesshuhnpärchen friedlich quiekend zum Abendessen paddelte und ein Graureiher auf der Suche nach einem Beuteplatz einschwebte. Es war völlig windstill, und der ewige kalte Nieselregen hatte endlich aufgehört. Schwere Wassertropfen platschten von den Bäumen in die Pfützen. Es roch nach brackigem Wasser und faulendem Holz.

Im Wald knackten Zweige. Längeres Plätschern begleitet von wohligen Seufzern. Schritte kamen zurück, verharrten plötzlich. Ein würgendes Geräusch, Keuchen. Als Dümmer wieder zum Vorschein kam, war sein Gesicht so weiß wie die Nebelschwaden über dem Wasser. Er stützte sich gegen den nächsten Baum und erbrach sich ins Moos.

»Hab ich's nicht gesagt?«, rief sein Begleiter entsetzt. »Man soll's beim ersten Mal nicht übertreiben! Hab ich's nicht gesagt!«

Mühsam richtete Dümmer sich auf, wischte mit dem Ärmel des neuen Jogginganzugs über den keineswegs sauberen Mund. Seine Lippen bewegten sich stumm.

»Soll ich den Doktor rufen? Das Handy hab ich mit!«

Endlich brachte Dümmer einen Ton heraus. »Da«, krächzte er und wies mit dem Daumen über die Schulter, »da!«

***

Bei den Nummern auf Petzolds Liste handelte es sich zum größten Teil um die junger Frauen, mit denen Hundt mehr oder weniger intimen Verkehr gepflegt hatte. Die meisten hatten bereits von seinem überraschenden Hinscheiden erfahren. Die Reaktionen reichten von dramatischen Schluchzern bis zu einem knappen »Ich hoffe, es hat wehgetan«.

Weiter gab es da einen übellaunigen Galeristen in Durmersheim. Der erinnerte sich sofort an den Namen und berichtete, er habe einmal auf einer Vernissage in stark angeheitertem Zustand Hundt gegenüber unvorsichtigerweise die Möglichkeit einer Ausstellung angedeutet. Und seither habe der ihn Tag für Tag angerufen, und er selbst stehe nun kurz davor, sein Geschäft aufzugeben und dem Alkohol für immer abzuschwören.

»Es gibt auf dieser Welt ja nichts Anhänglicheres als erfolglose Künstler. Aber seit ein paar Tagen ist nun Gott sei Dank endlich Ruhe. Hat vermutlich einen anderen Dummen gefunden. Stellen Sie sich vor, was sein Konzept war: Er hat die Rückseite der Leinwände bemalt! Vorne zu sehen war nur die Grundierung, und das Bild sollte dann also in der Imagination des Betrachters entstehen.« Der Galerist stieß einen verzweifelten Seufzer aus. »Baselitz, der hängt seine Sachen ja grundsätzlich kopfüber, und das hat ja immerhin noch einigen Witz. Und vor allem natürlich beträchtlichen Wiedererkennungswert. Das Publikum schätzt nun mal Künstler, die es leicht wiedererkennt. So darf sich dann jeder als Kenner fühlen. Aber ein Bild, das man nicht einmal sehen kann, wenn man es nicht von der Wand nimmt. Ich bitte Sie!«

»Hat er denn ... War er ein guter Maler?«

»Etwas traditionell für meinen Geschmack. Figurativ. Wer macht heute schon noch so was, und vor allem, wer kauft es? Als Künstler hat er achtzig Jahre zu spät gelebt.«

»Seit wann genau haben Sie nichts mehr von ihm gehört?«

»Drei Wochen vielleicht.«

»Und was glauben Sie, warum er sich auf einmal nicht mehr bei Ihnen gemeldet hat?«

»Ich sage doch: Wird einen anderen Dummen gefunden haben. Und ... Moment ... Warum interessiert sich denn überhaupt die Polizei für ihn? Hat er was verbrochen?«

»Er ist tot.«

»Tot?«

»Leider. Ermordet.«

»Hat ihn eine von seinen Miezen vergiftet?«, fragte Petzolds Gesprächspartner ungerührt. »Oder ein Kollege von mir?«

»Er ist erschossen worden. Von wem, wissen wir noch nicht.«

Nun musste der Galerist doch schlucken. »Und ... Was wird jetzt mit seinen ... Sachen?«, fragte er nach Sekunden.

»In der Regel gibt's jemanden, der alles erbt.«

Wieder war es eine Weile still. »Wenn Sie zufällig erfahren sollten, wer diese Erben sind ... würden Sie mir freundlicherweise ... einen kleinen Hinweis geben?«

»Wozu?«

»Wegen ... nun ... unter diesen Umständen hätte ich vielleicht doch Interesse an seinem Œuvre. Wo er jetzt tot ist, und noch dazu auf so spektakuläre Weise ...«

Die nächste Nummer auf Petzolds Liste war eine Handy-Nummer, neben der anstelle eines Namens etwas stand, was Petzold als »Engelchen« entzifferte. Innerhalb weniger Minuten fand er heraus, dass das dazugehörige Handy einem gewissen Ulf Salomon gehörte, von Beruf Kunstlehrer, wohnhaft in einem bayerischen Städtchen namens Manching. Er wählte.

»Hallöchen!«, gurrte eine Frauenstimme. »Was kann ich für dich tun, Süßer?«

»Frau ... Frau Salomon?«

Am anderen Ende blieb es still. Petzold überprüfte die Nummer auf dem Display. Er hatte sich nicht verwählt.

»Ich würde gern Herrn Salomon sprechen«, sagte er in amtlichem Ton. »Mein Name ist Petzold, Kripo ...«

Es knackte. Als er erneut wählte, war der Teilnehmer nicht mehr erreichbar. Kopfschüttelnd unterstrich er die Zeile und malte ein hübsches Ausrufungszeichen dahinter.

Sein nächster Gesprächspartner war ein gewisser Wilfried Kaffke, Gabelstaplerfahrer bei Eurimex, einer Spedition im Rheinhafen, wo Hundt regelmäßig gejobbt hatte. Petzold erfuhr, dass die beiden gern und oft durch die Kneipen der Südstadt gezogen waren. Kaffke zählte erfreulicherweise zu den Menschen, welche die Polizei mit Begeisterung bei ihrer Arbeit unterstützen. Und er wusste eine Menge über Hundts Weltanschauung zu berichten.

»Andi, also der war Existenzialist mit Leib und Seele, wenn Sie verstehen.«

»Nein«, sagte Petzold.

»Nun, er hat zum Beispiel nicht an ein Leben nach dem Tod geglaubt und so weiter und so fort. Nur das Hier und Jetzt zählt quasi. Was man mitnehmen kann, das soll man mitnehmen, war sein Wahlspruch, und nicht auf später verschieben. Schon gar nicht auf die Zeit nach dem Tod. In irgendeinem Paradies, wenn Sie verstehen.«

»So ungefähr.«

»Aber nicht, dass Sie jetzt denken, er sei quasi Nihilist gewesen. Das nun wieder beileibe nicht. Darüber haben wir nämlich viel debattiert, ob die Kunst einen Sinn über den Tod hinaus haben könne, und so weiter. Ich selbst hänge nämlich eher der gegenteiligen Strömung an, Sartre und so weiter. Andi dagegen, der hat es mit Nietzsche und Kierkegaard gehalten. Für ihn war die Kunst etwas Zeitloses, über die Lebenszeit ihres Schöpfers quasi Hinausweisendes.«

Birgit stand in der Verbindungstür und signalisierte Petzold, dass sie dringend irgendwo hinfahren müsse und später direkt nach Hause kommen würde. Petzold warf ihr einen Kuss nach.

»Und worüber haben Sie sonst so gesprochen?«

Der nihilistische Staplerfahrer kam nur kurz ins Schleudern. »Na ja, Frauen und solche Dinge haben natürlich schon auch eine gewisse Rolle gespielt. Pläne für die Zukunft ...«

»Und was waren seine Pläne?«

»Kurz-, mittel- oder langfristig?«

»Alles.«

»Kurzfristig hat er selbstverständlich seinen Durchbruch als Künstler angestrebt. Er hatte da anscheinend einen interessanten Kontakt, von dem er sich allerhand versprochen hat. Jedenfalls war er in letzter Zeit diesbezüglich ungewöhnlich optimistisch. Wollte sich ein größeres Atelier zulegen, vielleicht einen Wagen und so weiter und so fort. Mittelfristig wollte er sich im Süden niederlassen, ein Bauernhaus, in Spanien vielleicht.«

»Haben Sie eine Ahnung, woher er das Geld dafür nehmen wollte?«

»Er hat da kürzlich eine ... nun ... für mich zunächst unverständliche Bemerkung gemacht«, antwortete Kaffke nachdenklich. »Man könne durch Kunst auch zu Geld kommen, ohne sie geschaffen zu haben.«

»Was kann das bedeuten? Wollte er eine Galerie aufmachen?«

»Nein, diesen Eindruck hatte ich allerdings nicht. Ich weiß nicht, wie er das meinte. Er ist auf meine diesbezüglichen Fragen nicht eingegangen. Ich solle mich einfach überraschen lassen.«

»Wann war das ungefähr?«

»Lassen Sie mich überlegen. Vor drei, vier Wochen vielleicht.«

»Fällt Ihnen sonst noch was zu ihm ein?«

Kaffke atmete tief ein. »Zum Punkt Frauen, also da hatte er ja durchaus eigene Ansichten.«

»Welche?«

»Nun, ich will es nicht gerade Polygamie nennen. Aber er fand, dass die übliche heterosexuelle Zweierbeziehung nicht den wirklichen menschlichen Anlagen und Möglichkeiten entsprechen könne. Vor allem nicht den männlichen Anlagen und Möglichkeiten. Er hielt diese Idee sogar quasi für einen der zentralen Irrtümer unserer abendländischen Kultur. Am liebsten hätte er sich sozusagen inmitten eines Harems gesehen.«

»Und wie weit hat er's gebracht in dieser Beziehung?«

»Meist waren die Damen nicht so amüsiert. Er musste die eine vor der anderen geheim halten, und hin und wieder gab es auch Streit und Scherben. Die meisten seiner Gespielinnen waren vielleicht gar nicht im Stande, seinen philosophischen Gedankengängen auf angemessenem Niveau zu folgen. Deshalb war er ja auch der Ansicht, dass eine Beziehung unter Männern quasi auf ganz anderer Ebene abläuft als die zwischen Mann und Frau. Womit wir nun plötzlich wieder bei Nietzsche angelangt wären und –«

»Wer hat dann am Ende immer das Bier bezahlt?«

»Nun, in der Regel natürlich ich. Andi war schließlich Künstler.

Geld und diese Dinge haben ihm quasi nicht so viel bedeutet, und wie schon Hegel sagt ...«

Petzold legte auf und machte sich Notizen.

Unter der nächsten Nummer meldete sich ein Altenheim in Paderborn. Erst nach einigem Hin und Her fand Petzold heraus, dass dort Hundts Vater wohnte.

Den Tod seines Sohns schien er rasch verarbeitet zu haben.

»Das musste ja irgendwann so enden«, lautete sein Kommentar. »Künstler! Wenn ich das nur höre! Keine anständige Arbeit, keine Rentenversicherung, nein, die Kunst muss es sein. Soll ich Ihnen was sagen? Eine Fleischerei hätte der Herr übernehmen können! Innenstadtlage! Acht Angestellte! Eine dreiviertel Million Umsatz! So etwas ernährt eine Familie!« Als Petzold nicht reagierte, schnaubte er: »Sogar Gedichte hat der Herr geschrieben! Sagt das nicht alles?«

»Gedichte?«

»Haben Sie jemals gehört, dass Lyrik satt macht? Dass voll geschmierte Leinwände ein ordentliches Wurstbrot ersetzen?«

»War er irgendwie verändert in letzter Zeit? Ist Ihnen etwas an ihm aufgefallen? Hat er neue Freunde erwähnt, zum Beispiel?«

»Verändert? Freunde? Doch. In den letzten Wochen hat er kein einziges Mal versucht, sich Geld von mir zu pumpen. Und welcher Art seine Freunde sind, möchte ich nicht wissen, ehrlich gesagt. Wer will schon mit einem solchen Versager befreundet sein.«

Petzold wandte sich an Schilling, der mit finsterer Miene Hundts Kontoauszüge durchblätterte und Listen erstellte.

»Was schenkst du eigentlich deiner Christel?«

Sichtlich froh über die Ablenkung sah Schilling auf. »Zu Weihnachten? So was mach ich immer ganz spontan auf den letzten Drücker. Auf jeden Fall was mit Kultur und Kunst.«

»Das Wort höre ich zurzeit dauernd. Kannst du mir erklären, was das eigentlich ist, Kunst?«

Schilling lehnte sich zurück und verschränkte die Hände im Genick. »Bei Bildern oder Plastiken zum Beispiel, da ist es ganz einfach. Wenn du irgendwo was siehst, wo du dir nicht sicher bist, dann musst du dir zwei Fragen stellen. Erstens: Kann man es zu irgendwas brauchen? Wenn ja, dann ist es keine Kunst, sondern bestenfalls Design. Im anderen Fall lautet die zweite Frage: Ist es teuer? Wenn nein, ist es Sperrmüll, wenn ja, dann ist es Kunst. Und wenn es ganz unglaublich teuer ist, dann ist es große Kunst.«

»Und ich hab immer gedacht, Kunst kommt von Können.«

»Das war mal.« Schilling beugte sich wieder über seine Kontoauszüge. »Heutzutage kommt Kunst von Künstler.«

In den nächsten Stunden telefonierte Petzold mit Hundts Zahnarzt, dem sein Patient noch einen beträchtlichen Betrag schuldete, mit einem Inhaber eines Großhandels für Künstlerbedarf in Donaueschingen, dem es nicht besser ging und die beide das Ableben des Malers weit mehr betrauerten als sein Vater. Eine der letzten Nummern gehörte einem Reisebüro in der Gerwigstraße, wo man mit dem Namen zunächst nichts anzufangen wusste. Aber man versprach, sich darum zu kümmern, sobald das Computersystem wieder funktionierte.

Zuletzt versuchte er es noch einmal bei Salomon, dem bayerischen Lehrer, wo sich diese hocherotische Frauenstimme gemeldet hatte. Aber dessen Handy war immer noch ausgeschaltet.

»Jungs, habt ihr vielleicht einen Kaffee für eine arme abgearbeitete Frau?«, seufzte Birgit erschöpft, als sie kurz vor sechs auf den Stuhl neben Petzolds Schreibtisch plumpste und die Sportschuhe wegkickte. Petzold holte ihr einen Becher aus dem Nebenzimmer.

»Hat sich's wenigstens gelohnt?«

»Oh, und wie!« Sie verdrehte die Augen zur Decke. »Was willst du hören? Andreas Hundt war natürlich schwul wie alle diese Künstler. Er hat so viel Frauenbesuch gehabt, der muss da eine Art Bordell betrieben haben. Alle paar Tage hat der eine solche Party geschmissen, dass die Polizei geholt werden musste. Mit Rauschgift hat der gehandelt, und zwar vermutlich im Dienste der russischen Mafia. Ein so charmanter und hilfsbereiter junger Mann ist der Herr Hundt gewesen, der alten, stocktauben Damen hin und wieder die Taschen in den dritten Stock raufgeschleppt hat. Reicht das als erster Überblick?«

»Und was davon stimmt?«

»Das mit den Frauen. Muss ein ganz schön loser Vogel gewesen sein.« Birgit schlürfte vorsichtig von ihrem Kaffee. »Sonst scheint er harmlos gewesen zu sein. Drogen nur für den Hausgebrauch. Paar Pillchen, bisschen Hasch. Ein Schwätzer mit tausend Ideen und nichts dahinter. Und ihr? Habt ihr was erreicht?«

»Auch ziemlich mager.« Petzold setzte sich wieder. »Er scheint mit außerplanmäßigen Einnahmen gerechnet zu haben. Hat auf einmal große Pläne geschmiedet. Mit seiner Kunst war's wohl nicht weit her. Hat ständig gejobbt, weil er davon nicht leben konnte.«

Birgit pustete in ihren Becher. »In letzter Zeit scheint er so was wie eine feste Freundin gehabt zu haben«, erzählte sie ihrem Kaffee. »Eine Nachbarin mit scharfen Augen will beobachtet haben, dass sie regelmäßig zu ihm gekommen ist, meistens schon am Vormittag. Sie sei aber nie über Nacht geblieben, sondern immer spätestens um zehn, halb elf wieder verschwunden.«

Petzold hob seine Liste hoch. »Dann müsste die ja hier draufstehen. Ich hab noch nicht alle erreicht. Die Verbindungsnachweise von der Telekom und E-Plus kommen morgen. Dann sollten wir diese Freundin eigentlich kennen. Er wird ja mal mit ihr telefoniert haben.«

»Gab's da auch einen PC?«, fragte Schilling.

»Einen total kaputten. Die Leute, die seine Wohnung durchsucht haben, haben da getobt wie Dschingis Khans Leibgarde.«

»Und ein Modem? War da auch ein Modem?«

Birgit sah Schilling ratlos an. »Da war so 'n Kästchen, und das war irgendwie am Telefon angeschlossen.«

»Wo ist dieser PC jetzt?«

»Im Labor natürlich. Warum?«

»E-Mails. Wenn er ein Modem hat, dann gibt's da auch Mails. In so 'ner Kiste kann man eine Menge finden, wenn man sich auskennt.«

»Kennst du dich denn aus?«, fragte Petzold zweifelnd.

»Mit Computern?«, fügte Birgit hinzu.

»Jedenfalls besser, als ihr denkt«, versetzte Schilling beleidigt. »Man muss ja was tun, damit man hier nicht verblödet.«

»Er hat nämlich fast mal Jura studiert«, erklärte Petzold an Birgit gewandt. »Da ist das natürlich alles ein bisschen unter seinem Niveau, was wir hier machen.«

»Jura?«, fragte Birgit interessiert. »Warum hast du aufgehört?«

»Die Zahlen«, seufzte Schilling. »Diese blöden Paragraphen, die haben doch alle Nummern. Und ich kann mir nun mal keine Zahlen merken.«

»Da habe ich vielleicht einen Tipp für dich.« Birgit stellte ihren Becher auf Petzolds Schreibtisch ab. »Eine frühere Kollegin, die hat praktisch noch eine Eselsbrücke gebraucht, um sich ihren Geburtstag zu merken. Und ihre eigene Telefonnummer, die hatte die immer auf so einem Zettel …«

»Und?«, fragte Schilling gelangweilt.

»Dann hat sie sich ein regelrechtes Trainingsprogramm gemacht. Hat angefangen, sich jeden Tag morgens ein paar Telefonnummern zu merken. Aus den Kleinanzeigen in der Zeitung. Jeden Tag eine mehr. Und nach einem halben Jahr, da konnte die abends die Nummern von einer kompletten Seite runterbeten ohne einen Fehler. Ehrlich wahr. Wir haben's überprüft. Sie hat dann einen richtigen Sport draus gemacht. An Wettbewerben teilgenommen und so.«

»Kleinanzeigen?«, fragte Schilling mäßig begeistert. »Na ja.«

***

»Damit hätten wir nun also einen Raubüberfall, zwei Morde und eine halbe Kindesentführung«, seufzte Birgit, als sie die Wohnungstür hinter sich schloss. »Und nächste Woche ist Weihnachten. Und ich hatte mich so auf ein paar ruhige Tage gefreut.« Kraftlos kippte sie Petzold in die Arme. »Nur wir zwei beide und Christstollen und Gänsebraten und ein wunderschöner, duftender Weihnachtsbaum.«

»So 'ne echte Tanne mit Kugeln dran und Engelchen und allem Klimbim?«

»Warum denn nicht?« Verträumt lächelnd sah sie zu ihm auf, schlang die Arme um seinen Hals und die Beine um seine Hüften. »Kann doch ganz hübsch sein, so zu zweit allein mit Tee und Zimtsternen. Hab ich dir erzählt, dass ich sterbe für Zimtsterne?«, schmachtete sie.

»Hab gedacht, für Gummibärchen.« Petzold stellte sie achtsam auf die Füße, ging in die Küche und inspizierte den Kühlschrank.

Zehn Uhr war längst vorüber. Nach dem neuen Leichenfund am späten Nachmittag war an Feierabend nicht mehr zu denken gewesen. Gerlach hatte sofort eine Gruppe zusammengestellt und zum Fundort hinausgeschickt. So weit es Spuren gab, waren sie inzwischen gesichert. Derzeit wurde die Umgebung noch mit Hunden abgesucht, aber es war jetzt schon klar, dass auch die nichts finden würden. Das einzig Brauchbare war eine von Regen und Spaziergängern weitgehend vernichtete Reifenspur. Zustand und Körpertemperatur der Leiche verrieten, dass der Mann seit mindestens zweiundsiebzig Stunden tot war. Der Fundort war eindeutig nicht der Tatort.

»Immerhin keine Wasserleiche diesmal«, sagte Birgit über seine Schulter. »Und er war ja auch gar nicht verletzt. Vielleicht haben wir Glück, und er ist eines ganz friedlichen Todes gestorben ...«

»Und seine Frau hat ihn nackt ausgezogen, in den Kofferraum gewuchtet und in den Wald gekarrt, um die Beerdigungskosten zu sparen.« Petzold fand noch ein Stück Salami und ein paar Scheiben Graubrot in einer Plastiktüte.

»Wir haben doch gar eine Chance, all die Fälle zu lösen bis Heiligabend.« Birgit stellte Teller auf den Tisch und schien plötzlich sehr müde zu sein. »Und du hättest nicht vielleicht zufällig ein klitzekleines Tütchen Gummibärchen im Haus?«

»Nein.«

»Was hat er denn?«, fragte Birgit stirnrunzelnd.

Erst jetzt bemerkte Petzold, dass Pedro ihn ständig empört plärrend umkreiste und immer wieder aufgeregt zu seiner Fressecke rannte.

»Nichts gibt's. Du bist fett genug«, brummte Petzold und schmierte sich ein Brot.

Aber der Kater wollte keine Ruhe geben. Schließlich ließ Birgit sich erweichen und spendierte ihm eine halbe Portion, die er in Sekunden vertilgte, um dann sofort weiterzujammern.

»Lilli wird doch nicht vergessen haben, ihn zu füttern?«, fragte Petzold nun doch beunruhigt und ging ins Bad. »Das Katzenklo hat sie auch nicht sauber gemacht!«

»Nein, ich kann mir nicht vorstellen, dass sie es vergessen hat.« Ratlos schüttelte Birgit den Kopf. »Ob sie krank ist?«

Von oben hörte man polternde Geräusche, als ob Möbel verrückt würden.

»Was sie jetzt wohl wieder anstellt?«, fragte Petzold argwöhnisch.

»Vielleicht gönnt sie sich neue Möbel. Zu Weihnachten?«, schlug Birgit gähnend vor.

»Ich denke, sie hat kein Geld?« Petzold stellte die Teller in die Spülmaschine.

Birgit streckte die Beine von sich. »Ich habe gestern spaßeshalber in die Besoldungstabelle geguckt. Bei dem Job, den sie in der Bibliothek macht, muss sie mindestens zwölfhundert netto haben plus Kindergeld und Ortszuschlag. Ihre Miete wird eher niedriger sein als deine, sagen wir vierhundertfünfzig. Sie hat kein Auto, soweit wir wissen keine teuren Hobbys, und was sie anzieht, stammt auch nicht gerade aus einer Edel-Boutique.«

Misstrauisch lauschte Petzold auf die Geräusche von oben. »Vielleicht nimmt sie Drogen? Sie hat so was in den Augen …«

Birgit schwieg lange. Plötzlich fuhr sie hoch. »Siehst du, das ist es, was ich an diesem Job so hasse!«

Sie sprang auf und begann, aufgeregt hin- und herzulaufen. »Keine Sekunde denken wir daran, dass sie vielleicht ihre alte Mutter unterstützt oder für ein Auto spart oder für die Ausbildung ihrer Tochter! Nein, verdammt, weil wir Bullen sind, müssen wir natürlich immer das Schlimmste vermuten! Für uns ist doch jeder erst mal ein potenzieller Verbrecher, bei dem es uns nur noch nicht gelungen ist, ihm irgendwas zu beweisen!«

Seufzend setzte sie sich wieder und fuhr sich mit beiden Händen durch das Haar. »Du hast Recht. Dieser Job verdirbt einen wirklich.«

»Das hab ich gesagt?«, fragte Petzold erstaunt.

»So ähnlich jedenfalls.«

»Das sind nun mal die Erfahrungen, die man als Polizist macht.«

»Vielleicht ist es das? Vielleicht machen wir einfach die falschen Erfahrungen?«, sagte Birgit müde.

Später verabschiedete sie sich, um sich endlich einmal wieder ungestört auszuschlafen, wie sie erklärte.

Am Montagmorgen erhielt Pedro sicherheitshalber eine doppelte Ration, und Petzold reinigte in aller Eile das Katzenklo. Im Präsidium war er der Erste. Birgit schien das mit dem Ausschlafen ernst gemeint zu haben. Auf seinem Schreibtisch lagen die versprochenen Listen sämtlicher Telefonnummern, mit denen Hundt in den letzten sechs Wochen per Handy und Festnetz Verbindung gehabt hatte. Petzold machte sich an die Arbeit und begann, die Liste mit Hundts Handy-Telefonbuch zu vergleichen. Viele Nummern waren zum Glück identisch.

Minuten später rumpelte es an der Tür. Als er schon beunruhigt aufspringen und nachsehen wollte, öffnete sie sich von selbst. Das schwankende Vorderrad eines Stevens F5-Mountainbikes erschien, dann die Krone eines Bäumchens, der Stamm und schließlich der rote Kopf seines atemlosen Bürogenossen. Unter den linken Arm hatte er einen mächtigen Blumentopf geklemmt, der ihm ständig zu entgleiten drohte, mit der anderen Hand versuchte er, sein Fahrrad in der Balance zu halten.

»Hilfst du mir vielleicht mal?«, maulte Schilling.

»Was ist denn das jetzt wieder?« Petzold blieb sitzen. »Machst du hier 'nen Wintergarten auf?«

»Ficus Benjamini.« Aufatmend ließ Schilling den Topf zu Boden plumpsen. »Nur für ein paar Tage.«

Er stellte sein Fahrrad an das Aktenregal und sah sich nach einem geeigneten Standort für die üppige, über zwei Meter hohe Zimmerpflanze um. »Christel hat's doch so mit ihren Allergien«, erklärte er nebenbei. »Und da haben wir gedacht, wir schaffen das Teil hier einfach mal aus der Wohnung und … Du hast doch nichts dagegen?«

»Solange du nicht auch noch deine Haustiere anschleppst.«

Strahlend sah Schilling auf. »Ich hätte mich ja nicht getraut zu fragen, aber unsere Zierfinken, sie machen auch kaum Dreck und man hört sie praktisch überhaupt nicht …«

Die Lagebesprechung am Vormittag brachte wenig Neues. Außer dass der erschossene Künstler unentwegt Geldsorgen gehabt und als Liebhaber deutlich mehr Nachfrage genossen hatte denn als Maler, gab es wenig zu berichten. Petzold erwähnte, dass Hundt offenbar mit größeren Einnahmen in der nahen Zukunft gerechnet hatte.

Schilling meldete sich zu Wort. »Ich hab zwei Punkte. Erstens hat er vor ein paar Wochen ein zweites Konto eingerichtet, auf dem regelmäßig kleine Geldbeträge eingegangen sind. Meistens fünfzig Euro oder auch mal hundert. Manchmal zwei- oder dreimal am Tag. Regelmäßig alle zwei Wochen hat er alles bis auf den letzten Cent abgehoben.«

»Hat anscheinend 'ne neue Geldquelle aufgetan«, murmelte Petzold. »Aber die ganz große Kohle, auf die er gewartet hat, war das ja wohl nicht, oder?«

»Wer hat das Geld einbezahlt?«, fragte Gerlach aufmerksam.

Schilling hob die Schultern. »Ständig andere. Kein System erkennbar.«

»Vielleicht ein Geschäft, das erst anlief?«, schlug Birgit vor.

»Die Zahler überprüfen«, sagte Gerlach. »Wer kümmert sich um die Genehmigung für die Bank?«

Schilling hob die Hand und fuhr fort: »Und zweitens war ich im

Labor und hab mir seinen PC angesehen. Die Festplatte hat 'nen Knacks weg. Aber ich will da auf jeden Fall dranbleiben.«

Gerlach nickte und schrieb sich etwas auf. »Eine Sache noch. Zeugen wollen gesehen haben, dass er und seine zwei Verfolger zusammen an der Endhaltestelle in Daxlanden in die Zwei gestiegen sind und sich anschließend ziemlich merkwürdig aufgeführt haben. Hundt hat mehrfach den Platz gewechselt, und die anderen sind jedes Mal mitgerückt. Er sei dann immer blasser und nervöser geworden. An der Eckenerstraße ist er ausgestiegen und im letzten Augenblick wieder reingesprungen. Ist sie aber nicht losgeworden.«

»Der hat ein bisschen zu viel ferngesehen«, meinte Petzold.

Schilling nickte. »French Connection. Die haben den Trick erfunden, glaub ich.«

Gerlach fuhr fort: »Hundt ist immer mehr in Panik geraten. An der Schillerstraße ist er dann fluchtartig raus und losgerannt. Den Rest kennen wir.«

Er deutete wahllos zwei Kollegen heraus, die nach Daxlanden fahren und weitere Zeugen suchen sollten. Dann kam er zu Leiche Nummer zwei. Er zeigte eine dünne Mappe herum.

»Vorläufiger Bericht der Gerichtsmediziner: Fundort ist definitiv nicht Tatort. Alter fünfundzwanzig bis fünfunddreißig. Kräftige Statur, Größe einsvierundsiebzig.« Gerlach hüstelte, um die Aufmerksamkeit auf sich zu ziehen, und ergriff ein neues Blatt. »Zur Spurenlage: jede Menge Textilfasern und Schmutzpartikel am Körper, die noch untersucht werden. Dann noch ein paar unbrauchbare Schuhabdrücke und diese verwaschene Reifenspur. Nach dem Profil könnte es ein neuerer Typ von Goodyear sein. Vermutlich ein größerer Wagen.« Er klappte seine Mappe zu und sah in die Runde.

»Die zweite Leiche innerhalb weniger Tage. Und die Fundorte so nah beieinander. Wenn ihr mich fragt, das riecht nach Bandenkrieg. Revierkampf unter Dealern, Abrechnung zwischen Autoschiebern, irgendwas in dieser Art«, warf Birgit ein und gähnte. »Gott, bin ich schon wieder müde.«

»Na dann, fröhliche Weihnachten!« Petzold steckte seinen Kuli in die Hemdtasche. »Freuen wir uns halt auf Ostern.«

»Augenblick noch, Birgit«, rief Gerlach, als alle sich erhoben. »Noch 'ne Kleinigkeit für dich.«

Er drückte ihr eine Telefonnotiz in die Hand. »Ein Zivi im Klinikum will was über diesen verschwundenen Kerl wissen. Türke sei der gewesen. Knöpf dir den Burschen mal vor.«

Da es nicht mehr regnete, beschloss Birgit, ihr Velosolex zu nehmen und nicht die Straßenbahn. Schon nach hundert Metern stellte sie fest, dass das keine gute Entscheidung gewesen war. Es hatte deutlich abgekühlt und war klar und windig geworden. Die Fahrt die Karlstraße hinunter, die Kaiserallee, die Blücherstraße entlang, dauerte knapp zwanzig Minuten. Frierend, aber endlich wach kam sie an und schloss ihr Fahrzeug mithilfe einer mächtigen Kette an einem Baum fest. Obwohl Petzold sie immer wieder deswegen belächelte, wollte sie von dieser lieben alten Gewohnheit aus ihrer Zeit in Berlin nicht lassen.

Der Zivildienstleistende hieß Sven Sebastany und war ein schlaksiger junger Mann mit Pickeln im Gesicht und vor Aufregung klebrigen Händen. Nach ein paar freundlichen Worten nahm sein Gesicht wieder eine weniger besorgniserregende Farbe an, und er führte Birgit in die Kaffee-Ecke am Ende des Flurs. Sie hielt ein wenig Abstand. Er roch aus dem Mund.

»Kemal hat er geheißen. Kemal Özgür. Hab extra noch mal in die Krankenakte geguckt.« Er zog sich einen Kaffee aus dem Automaten. Birgit erhielt ebenfalls einen und wärmte sich dankbar die Finger an dem Pappbecher.

»Hat er was über sich erzählt?«

»Och, doch. Scheint gern den wilden Macker zu machen.«

»Wie soll ich das verstehen?« Birgit schlürfte vorsichtig an ihrem Kaffee.

»Na ja. Mädels und so.« Sebastany wurde schon wieder rot.

»Wann haben Sie mit ihm gesprochen?«

»Wann?«, fragte der Zeuge sich selbst. »Samstag. Oder Sonntag? Da hab ich Dienst gehabt. Dafür hatte ich dann die ganze Woche frei, wir haben da nämlich so ein System. War in Hamburg oben, Kumpels besuchen. Und wie ich hier heute Morgen nichts ahnend antanze, was muss ich hören –«

Birgit unterbrach ihn. »Mir hat man erzählt, er soll erst am Dienstag zu sich gekommen sein.«

»Dienstag? Nee. Der war schon am Wochenende quietschfidel. Da war doch die Familie zu Besuch. Kann Ihnen sagen …«

»Moment mal, Familie?«

Sebastany nickte munter. »Was die dem zu essen mitgebracht haben! Diese Türken, die glauben ja anscheinend immer, wir lassen ihre Leute hier verhungern. Kann kein Mensch verdrücken, was der alles hatte. Deshalb hat er dann 'ne kleine Party geschmissen. Ich hab Bier besorgt, weil, der konnt ja kaum laufen mit seinem Meniskus. Dann hab ich noch ein paar Jungs aus den anderen Zimmern zusammengetrommelt und mir jede Menge von diesen Köfte reingedrückt. Schmeckt echt total klasse, das Zeug. Und diese Sarma hat der auch gehabt, das sind, wie die Griechen das auch machen, so gefüllte Weinblätter. Und praktisch 'nen halben Obstladen und –«

»Was war mit seinem Meniskus?«

»Na, gerissen war der. Beim Fußball doch. Deshalb lag der doch hier! Der spielt im Mittelfeld beim KSC! Amateure zwar nur, aber gar nicht schlecht. Große Zukunft, würd ich mal sagen.«

Birgit wurde ein wenig kleiner in ihrem Sessel und stellte den Becher weg. »In welchem Zimmer hat dieser Herr … Dingsda gelegen, sagten Sie?«

»Drei-null-vier. Gleich da drüben. Sein Zimmergenosse, das ist der Fred, der ist noch da. Mittelfußknochen, übel komplizierter Bruch. Den können Sie auch fragen, der ist okay.«

»Der Mann, den wir suchen, lag in Zimmer dreihundertneun«, seufzte Birgit und klappte ihr Blöckchen zu, ohne etwas hineingeschrieben zu haben. »Und vielen Dank für den Kaffee.«

»Der Kaffee?«, sagte Sebastany lahm. »Der kostet einen Euro.«

Birgit befreite ihr Mofa und fuhr zurück. Als sie schon fast am Karlstor war, kam ihr eine Idee. Sie machte kehrt, überquerte die Straßenbahngleise, bog in die Herrenstraße ein, fuhr am martialischen Hochsicherheitseingang des Bundesgerichtshofs vorbei und erreichte die Stadtbibliothek. Auch hier gab es in der Nähe einen Baum, an dem man Zweiräder anketten konnte.

»Frau wie?«, fragte eine freundliche weißhaarige Dame am Auskunftsschalter.

»Heinemann. Annmarie Heinemann«, erwiderte Birgit artig. »Eine Nachbarin von mir. Könnte ich ihr vielleicht eine Nachricht hinterlassen? Oder kurz mit ihr telefonieren? Es wäre wichtig.«

»Heinemann?« Ratlos studierte die Frau ihr Telefonverzeichnis. »Und seit wann soll die hier arbeiten?«

»Dann habe ich gleich das Einwohnermeldeamt angerufen«, erzählte Birgit Petzold leise beim Mittagessen. »Und stell dir vor, es gibt in der ganzen Stadt offiziell keine Annmarie Heinemann! Und auch keine Lilli dazu!«

Petzold piekste einen Rosenkohl auf und steckte ihn zögernd in den Mund.

»Vielleicht einfach zu faul gewesen, sich umzumelden?« Er schluckte den Rosenkohl hinunter. Schweigend aßen sie zu Ende.

»Ich fang an zu glauben, dass du Recht hast«, sagte er, als sie die Tabletts zum Transportband trugen. »Irgendwas stinkt da.«

»Sollen wir sie mal wieder zum Abendessen einladen?« Birgit lutschte ein wenig Bratensoße vom Daumen. »Vielleicht verrät sie ein bisschen mehr von sich, wenn wir ihr genug Wein spendieren?«

»Bloß nicht!« Petzold schauderte. »Was bringt das? Okay, sie hat sich nicht ordentlich an- und abgemeldet. Und mit ihrem Job, da hat sie uns angelogen. Aber das heißt noch lange nicht, dass da irgend 'ne große Geschichte dahinter stecken muss.«

»Ich weiß nicht, ich weiß nicht«, murmelte Birgit. »Wenn das Kind nicht wäre …«

Auch am Nachmittag gelang es Petzold nicht, den bayerischen Kunstlehrer in Manching zu erreichen. Er überlegte, ob dort vielleicht schon Schulferien waren. Schilling zog wortlos die Tastatur heran.

»Wie kommt's eigentlich, dass du auf einmal so ein Computer-Freak bist?«, fragte Petzold, nachdem er seinem Kollegen eine Weile zugesehen hatte. »Fortbildung gemacht?«

»Solche Dinge musst du heute einfach wissen. Sonst bist du weg vom Fenster. Sogar hier bei uns«, antwortete der, ohne den Blick vom Bildschirm zu heben.

Schließlich schob er Maus und Tastatur weg. »Ferien haben die erst ab Freitag.«

»Wenn ich ihn morgen immer noch nicht erwische, dann ruf ich die Kollegen dort an und lasse ihn vorladen.«

»Versuch's doch mal mit der guten, alten Snail-Mail.«

»Was?«

»Warum schreibst du ihm nicht einfach ein Briefchen?«

Birgit war sehr nachdenklich, als sie wieder herunterkam. Leise schloss sie die Tür. »Lilli ist böse erkältet, sagt sie. Sie muss das Bett hüten. Die nächsten Tage wirst du Pedro selbst versorgen müssen.«

Der Kater schnüffelte an ihr. Sie ging in die Hocke und strich ihm sacht über den Rücken. »Tja, armer schwarzer Kater, Pech für dich.« Er rieb seinen Kopf an ihrem Knie und zottelte davon. »Richtig traurig sieht er aus, findest du nicht?«

»Er wird's überleben«, brummte Petzold. »Früher hab ich ihn auch selbst gefüttert, und er ist nicht verhungert.«

»Sie war komisch, irgendwie. Und du hast natürlich richtig vermutet. Das mit dem Frosch hatte sie vergessen.«

»Was meinst du mit komisch?«

»Wie sie die Tür festgehalten hat. Ich hatte das Gefühl, sie geht mir an die Gurgel, wenn ich versuchen sollte, in die Wohnung zu kommen.«

***

Sichtlich gut gelaunt packte Schilling einen Stapel Computerausdrucke auf Petzolds Schreibtisch.

»Was ist das denn?«

»Hundts Mails.« Schilling hängte seinen neuen Trenchcoat an die wackelige Kaffeehaus-Garderobe, die er vor einigen Wochen angeschleppt hatte, um wenigstens einen Hauch von Zivilisation ins Büro zu bringen. »Bis halb zwei hab ich da unten im Labor gehockt und an dieser Kiste rumgebastelt. Wirst deinen Spaß dran haben!«

Petzold nahm das oberste Blatt und begann zu lesen. Nach wenigen Zeilen sah er auf. »Sag mal, hat der 'nen Sprung in der Schüssel? Kein Wunder, dass die den umgelegt haben!«

Mit neugierigem Blick kam Birgit herein. »Was Neues?«

Petzold setzte sich aufrecht hin und las mit Pathos in der Stimme: »Du Engel meiner schwülen Nächte! Zwischen deinen fahlen Schenkeln lass mich den lauen Nektar aus deiner duftenden Tulpe schlürfen! Lass mich den Tau deiner –«

»Okay, okay!« Birgit hob die Hände. »Was ist das, um Gottes willen?«

Schilling berichtete strahlend von seinem Erfolg. Zusammen überflogen sie noch einige Ausdrucke. »Warum hebt einer so einen Schwachsinn auch noch auf?«, fragte Petzold erschüttert.

Schilling ging zum Waschbecken, um sich von seinem Malventee zu holen. »Für die Nachwelt. Künstler sind nun mal so.«

»Sechs verschiedene Frauen«, murmelte Birgit fassungslos. »Und alle gleichzeitig. So ein Ferkel.«

Petzold blätterte. »Seit Oktober war's dann fast nur noch dieser Engel. Scheint sich richtig verknallt zu haben.«

»Kommen wir über die Mail-Adresse irgendwie weiter?«

Schilling kam mit seiner dampfenden Tasse. »Schwer. Solche kostenlosen Mail-Adressen kriegst du nachgeschmissen. Wenn sie beim Provider die echte Adresse angegeben hat und wenn dieser Provider in Europa sitzt ... Nichts ist unmöglich.«

»Toyota«, ergänzte Petzold.

»Versuchen wir vor allem, an den schwülen Engel mit den fahlen Schenkeln ranzukommen«, schlug Birgit vor. »Würde mich sehr wundern, wenn das nicht seine geheimnisvolle Freundin wäre.« Sie wandte sich an Petzold. »Mir ist da noch was eingefallen. Es gibt möglicherweise einen Zeugen, mit dem wir bisher noch gar nicht gesprochen haben.«

Schilling stellte seine Tasse ab und setzte sich aufmerksam zuhörend.

»Nur ein paar Meter von der Stelle, wo diese Burschen über Hundt hergefallen sind, da soll ein Kind gestanden haben. Am Schaufenster.«

»Wer sagt das?«

»Die Inhaberin des Geschäfts, vor dem es passiert ist. Sie wusste aber nicht mal, ob es ein Mädchen oder ein Junge war. Die Schupos, die den Fall aufgenommen haben, können sich an kein Kind erinnern. Das hab ich schon überprüft.«

»Dann nimm dir doch die Frau noch mal zur Brust. Mach ihr ein bisschen Druck. Manche brauchen das.«

»Würdest du vielleicht mitkommen?« Birgit sah ihn bittend an. »Die ist nämlich eine ziemliche – na ja –, und ich möchte nicht schon wieder mit jemandem Krach kriegen. Wenn du dabei wärst ...«

»Ich kann da auch allein hin, wenn dir das lieber ist?«

»Bist ein Schatz.« Sichtlich erleichtert sprang sie auf. »Ich wollte ja nicht so direkt fragen, aber wo du es selbst vorschlägst ...«

Sekunden später war sie wieder da, drückte ihm ein Protokoll in die Hand und einen feuchten Kuss auf den Mund. Er erhob sich demonstrativ ächzend und war froh, aus dem stickigen Büro zu kommen und keine schwülen E-Mails mehr lesen zu müssen.

»Chantals Lädchen« war eine Mischung aus Dritte-Welt-Shop und Modeschmuck-Boutique. An der Kasse bezahlten drei kichernde

Teenies einen geschnitzten Papagei, der, wie Petzold verstand, das Weihnachtsgeschenk eines der Väter werden würde. Als er an der Reihe war, zeigte er seinen Ausweis, und das Lächeln im Gesicht der Frau, die offensichtlich mit aller Gewalt zu verbergen suchte, dass sie irgendwann demnächst vierzig werden würde, löste sich auf wie eine Nebelschwade in einer Herbstbö. Ab sofort war er nicht mehr Kunde und nicht mehr Mann, sondern Polizist.

»Was denn nun noch? Glauben Sie, ich steh hier zu meinem Vergnügen rum?«

»Tut mir Leid. Es geht immer noch um diese Sache vorletzte Woche.«

»Was ist denn daran bloß so wichtig?« Sie fischte ein Zigarettenpäckchen aus einer Schublade unter der Kasse und schmiss es mit einer ungeduldigen Bewegung wieder zurück.

»Können wir uns irgendwo setzen?«

»Nein. Doch, hinten. Aber ich kann das Geschäft nicht ohne Aufsicht lassen. Nehme nicht an, dass die Polizei mir hinterher die geklauten Sachen ersetzt?«

»Das Beste wird sein, Sie erzählen mir einfach noch mal die ganze Geschichte von vorne.«

»Auf die Dauer wird das ziemlich langweilig!«

»Bitte.« Er schenkte ihr ein aufmunterndes Lächeln und verstand, warum Birgit diese Zeugin nicht noch einmal hatte vernehmen wollen.

»Lassen Sie uns rausgehen«, seufzte sie nach Sekunden. »Da kann ich wenigstens rauchen.« Sie ging voraus.

Draußen steckte sie sich eine Camel ohne Filter an und stieß den Rauch durch die Nase wie ein wütender Lindwurm. Petzold überflog das alte Protokoll.

»Es geht um ein Kind. Kurz nach dem Überfall soll sich irgendwo hier ein Kind rumgetrieben haben. Sie haben es in Ihrer ersten Aussage erwähnt. Und das würden wir nun gern finden. Möglich, dass es was erzählen kann, was wir noch nicht wissen.« Petzold zückte sein Notizbuch. Seine Miene wurde amtlich. »Versuchen Sie bitte noch mal, sich zu erinnern. Lassen Sie alles raus, was Ihnen in den Sinn kommt. Sie können es dann später immer noch ändern.«

Wieder schnaubte sie. Aber dann legte sie gehorsam die Stirn in Falten, die Augen wurden klein, der Blick ging ins Weite.

»Ungefähr hier hat sie gestanden.« Sie stellte sich vor das mittlere Fenster, korrigierte ihre Position noch einmal um einen halben Meter. »Hier.«

»Sie?«

»Wie bitte?«

»Sie sagten eben: ›Sie hat gestanden‹. In Ihrer ersten Aussage wussten Sie nicht, ob es ein Mädchen oder ein Junge war.«

»Gottchen! Bei Ihnen muss man vielleicht vorsichtig sein!« Ihr Lachen klang nicht mehr so kalt wie zuvor. Lange starrte sie in das Schaufenster, als wäre sie mit der Dekoration ganz und gar nicht zufrieden. Dann hob sie den Blick.

»Also gut, noch mal von vorne, das Ganze: rote Jacke. Irgend so 'n Anorak oder sonst was Wasserdichtes. Hier an den Schultern war ein Besatz in 'ner anderen Farbe. Blau vielleicht, vielleicht mit 'ner Stickerei. Ziemlich rundlich, das Kid. Die Kapuze hat sie ... hat es oben gehabt. Haare konnte ich also nicht sehen. Das Gesicht? Rund und blass. Ja, ziemlich blass. Große Augen, große Augen. War vielleicht doch ein Mädchen. Und traurig geguckt hat es irgendwie. Im ersten Moment, da hab ich gedacht, die steht da und heult.«

Sie steckte sich eine neue Zigarette an und senkte den Blick. »Jeans, Bluejeans und Stiefel. Die könnten weiß gewesen sein. Das hab ich Ihrer Kollegin aber alles schon gesagt.«

»Handschuhe? War ja ziemlich kalt an dem Tag.«

Eine Weile sah sie durch Petzold hindurch, zog an der Zigarette, schüttelte unmerklich den Kopf.

»Nein. Handschuhe nicht. Ich bilde mir sogar ein, ich hätte da einen Ring an einer Hand gesehen. So ein Glitzerding aus 'nem Kaugummiautomaten. War wohl tatsächlich ein Mädchen.«

»Na, das ist doch schon mal was«, sagte Petzold anerkennend.

»Nicht zu fassen.« Auf einmal lächelte sie und sah ihm in die Augen. »An was man sich alles erinnern kann nach so langer Zeit!«

Petzold lächelte zurück. »Hat sie irgendwas bei sich gehabt?«

»Dabeigehabt? Was sollte das sein?«

»Eine Tasche? Einen Rucksack? Es war fast Mittag. Sie könnte aus der Schule gekommen sein.«

Zögernd nickte die Frau. »Weiß nicht. Vielleicht. Nein, das weiß ich nun wirklich nicht.« Plötzlich schrie sie auf, warf die Zigarette in weitem Bogen fort und steckte den Zeigefinger in den Mund. »Autsch, verdammt!«

Wieder wurde ihr Lächeln eine Spur wärmer. Inzwischen war er wohl doch nicht mehr nur der nervige Bulle. Eine Weile bepustete sie ihre Brandwunde.

»Später, als der Überfall vorbei war, da sind Sie selbst herausgekommen. Wo stand das Mädchen da?«

Sie ging zur Tür und spielte die Szene kurz nach, sah nach rechts auf die Stelle, wo der Mann gelegen hatte, wedelte mit dem verbrannten Finger. Schließlich schüttelte sie den Kopf. »Aus. Fertig. Entweder sie war noch da, oder sie war weg. Da war ja auf einmal ein solcher Auflauf. Man wundert sich, wo all die Leute so plötzlich herkommen, wenn was passiert ist.«

Petzold fröstelte, obwohl er ein Jackett trug. Wurde wohl auch für ihn Zeit, einen Pullover aus dem Schrank zu suchen. »Wie viel Zeit ist vergangen von dem Moment an, wo Sie sie zum ersten Mal gesehen haben, bis Sie auf die Straße kamen?«

Er sah an ihrem Gesichtsausdruck, wie sie in Gedanken den Laden durchschritt, hier etwas zurechtrückte, dort etwas aufräumte, horchte, aufsah, mit zunehmender Eile zur Tür ging.

»Eine Minute? Zwei vielleicht?«

»Danke.« Petzold drückte ihre Hand. »Sie haben uns ein großes Stück weitergebracht.«

»Wenn's denn hilft.« Plötzlich war ihr Lächeln unsicher, und in ihrem Blick lag ein Hauch von Trauer und Einsamkeit.

Petzold ging zum Wagen zurück. Inzwischen war es halb zwölf, und sein Magen knurrte. Als er zurückblickte, stand die Frau noch immer in der Tür und sah ihm nach. Er war schon einige Meter gefahren, als ihm etwas ins Bewusstsein schoss. Er bremste hart, stellte den Porsche halb auf den Gehweg und rannte zurück. Vor dem mittleren Schaufenster blieb er keuchend stehen.

Nein, er hatte sich nicht getäuscht. Auf der Rückfahrt übertrat er sämtliche Geschwindigkeitsbeschränkungen.

»Und du bist ganz sicher?«, fragte Birgit mit vor Aufregung heiserer Stimme. »Ich meine … das wäre …«

»Ich weiß, was ein Frosch ist, und ich bin nicht farbenblind. Es war ein Frosch, und der war blau. Knallblau.«

Sekunden sahen sie sich in die Augen, dann lief Birgit in ihr Büro hinüber und kam zurück, die Jacke lose über den Schultern, auf einem Bein hüpfend, während sie noch den zweiten Schuh anzog.

»Wir sind mal kurz weg«, rief Petzold dem entgeisterten Schilling zu. »Es geht um einen Frosch. Sag Gerlach Bescheid!«

Birgit klingelte Sturm. Niemand öffnete. Petzold lief die Treppe hinunter, stürmte in seine eigene Wohnung, riss das Telefonbuch aus der Schublade, blätterte, suchte fluchend, wählte endlich eine Nummer.

»In der Schule ist sie nicht«, erklärte er Birgit nach einem kurzen Gespräch. »Seit gestern krank gemeldet.«

Draußen hörten sie leise Schritte. Birgit öffnete die Tür. Annmarie kam in verwaschenen Jeans und einem T-Shirt mit verblichener Aufschrift die Treppe herauf. Unter dem Arm trug sie einen Packen Umzugskartons. Ihr Haar war zerzaust, Gesicht und Hände waren schmutzig.

»Wo kommst du denn her?«, fragte Birgit. »Wir haben dich gesucht.«

»Steh ich seit neuestem unter Überwachung?«, fragte Annmarie zurück.

»Wir müssen dringend mit Lilli reden.«

»Geht nicht.« Annmarie machte eine vage Handbewegung nach oben. »Du weißt doch, sie hat die Grippe. Die schläft sich gesund.«

»Und was treibst du dann im Keller?«

»Sagt mal, tickt ihr noch richtig?«, schnappte Annmarie. »Warum soll ich wohl nicht ein bisschen den Keller aufräumen, wenn ich wegen dem Gör schon hier rumhängen muss?«

»Wir müssen wirklich sofort mit ihr sprechen. Möglicherweise hat sie etwas Wichtiges beobachtet.«

»Verstehst du kein Deutsch? Spreche ich irgendwie undeutlich? Lilli pennt und basta.«

»Aber irgendwann wird sie ja wohl aufwachen.«

»So, jetzt reicht's«, fauchte Annmarie. »Kommt wieder, wenn ihr 'nen amtlichen Wisch habt. Bis dahin lasst mich gefälligst in Ruhe!«

Augenblicke später krachte oben die Tür ins Schloss.

Petzold betrachtete seine Hände. »Ich hätte gute Lust, dieser Schnepfe mal ...« Er sah auf. »Sie soll uns wenigstens ein Foto von Lilli geben. Das zeigen wir der Tante in dem Frosch-Laden. Dann wissen wir, ob wir auf der richtigen Fährte sind oder nicht.«

Zusammen stiegen sie noch einmal die Treppe hinauf und klingelten erneut. Lange rührte sich nichts. Dann hörten sie innen schnelle Schritte näher kommen.

»Fuck off!«, schrie Annmarie durch die geschlossene Tür mit kippender Stimme. »Verschwindet! Haut ab! Lasst mich in Ruhe!«

»Jetzt ist sie endgültig durchgeknallt«, knurrte Petzold, als er den Wagen aufschloss. »Wir laden sie vor und nehmen sie ins Kreuzverhör. Kann man eigentlich jemandem wegen Unzurechnungsfähigkeit das Sorgerecht entziehen? Die ist ja eine Gefahr für das arme Kind!«

»Versuchen wir's am Abend noch mal«, sagte Birgit und legte eine Hand auf seinen Arm. »Vielleicht hat sie sich bis dahin beruhigt. Und eine Grippe dauert nicht ewig.«

»So was wie die sollte überhaupt keine Kinder kriegen dürfen«, maulte Petzold und ließ den Motor aufheulen.

»Wenn du Auto fahren willst, dann brauchst du einen Führerschein. Wenn du eine Kneipe aufmachen willst, ein Gesundheitszeugnis. Aber wenn du Kinder in die Welt setzt, dann fragt kein Mensch nach Qualifikation und Papieren«, seufzte Birgit müde und schloss die Augen.

Am frühen Nachmittag kam Gerlach mit dem Autopsiebericht des Gerichtsmedizinischen Instituts. Sie setzten sich noch einmal in kleiner Runde zusammen.

»Gestorben ist er an einer Hirnblutung. Hat eine dicke Beule am Hinterkopf, die aber schon ein paar Tage alt ist.« Er drehte das Blatt hin und her und verstummte.

Gerlach steckte sein Papier in die Mappe zurück und nahm ein neues heraus. »Er ist mal am Blinddarm operiert worden und hat einen verheilten Bruch am Unterschenkel. Den Mageninhalt erspare ich euch. Aus ein paar Kratzern an Armen und Beinen schließen sie, dass es zwei waren, die ihn transportiert haben. Und das war's vorläufig auch schon. Morgen kommt der endgültige Bericht.«

»Warum haben die ihn nicht ordentlich verbuddelt, wie sich das für 'ne Leiche gehört?«, fragte Petzold. »Das war doch klar, dass der in null Komma nichts gefunden wird. Genauso gut hätten sie ihn im Schlosspark auf 'ne Bank legen können.«

»Keine Zeit«, schlug Schilling vor. »Vielleicht waren sie im Stress?«

»Keine Lust«, meinte Birgit. »Nicht jeder liebt Gartenarbeit.«

»Keine Schaufel«, brummte Hirlinger und betrachtete mit Interesse etwas, was er sich aus dem Ohr gepopelt hatte.

Gerlach sah aufmerksam um sich. »Was piepst denn hier? Hört

ihr das auch?« Fragend sah er in die Runde. »Oder hab ich jetzt schon Tinnitus?«

»Also ich hör nichts«, sagte Schilling gleichmütig. Petzold schüttelte unbeteiligt den Kopf. Birgit schien die Frage überhört zu haben.

Nachdem er noch einen Augenblick gelauscht hatte, fuhr Gerlach fort: »Ich hab 'ne ganz andere Theorie. Das war nicht weit vom Rhein. Ich denke, die wollten ihn dort versenken. Und dann sind sie vielleicht gestört worden. Jemand ist ihnen möglicherweise begegnet. Da haben sie die Leiche ins Gebüsch geschmissen und sind getürmt. Falls es so war, dann werden wir diesen Jemand finden. Die Kollegen von der Schutzpolizei hängen in den umliegenden Orten gerade die Plakate auf.«

»Vielleicht ist er ihnen auch einfach nur zu schwer geworden?«, schlug Birgit vor.

»Sie werden zu dämlich gewesen sein«, brummte Petzold. »Wie die meisten.«

»Das ist ja unser Glück. Dass die Ganoven in der Regel nicht die Hellsten sind«, sagte Gerlach.

»Zumindest die, die wir kriegen«, murmelte Schilling.

Gerlach fischte ein drittes Blatt aus seiner Mappe. »Die Spurenauswertung liefert auch wenig Aufregendes. Immerhin haben die Textilspuren in den Abklebestreifen ein bisschen was gebracht. Da sind ein paar blassblaue Fusseln. Baumwolle. Ein T-Shirt vielleicht.«

»Blassblaues T-Shirt?«, murmelte Petzold nachdenklich. »Das hab ich doch …«

Aufmerksam sah Birgit ihn an. Plötzlich wurden ihre Augen rund. »Natürlich! Und Beule am Kopf! Mann, sind wir schwer von Begriff!«

»Könnte mir mal wer verraten, worum es geht?«, maulte Schilling. »Ich würd mich zu gern mit freuen.«

»Gut möglich, dass unsere Leiche der zweite Mann von diesem Überfall ist«, klärte Petzold ihn auf.

»Und dann hätten wir es auf einmal nur noch mit einem einzigen Fall zu tun!«, ergänzte Birgit aufgeregt.

»Vielleicht finden wir den dritten auch noch irgendwo«, meinte Petzold hoffnungsvoll. »Wäre doch 'ne hübsche Lösung.«

»Wenn das stimmt, dass die ihn zu zweit in den Wald geschleppt haben, dann bliebe immer noch eine Person übrig.« Gerlach sah zur Decke und schwieg einige Sekunden. »Die haben dem in der Klinik doch bestimmt Spritzen gegeben, Blut abgezapft, was die mit einem so anstellen.«

Birgit sprang auf. »Ich rufe gleich an.«

»Sie hat Recht. Das sieht mehr und mehr nach Bandenkrieg aus.« Schilling betrachtete seine knochigen Hände. »Auf der einen Seite die beiden, die unserem Künstler den Koffer abgenommen haben. Auf der anderen Seite Hundt und irgendwelche Hintermänner.«

»Und mittendrin ein geheimnisvoller Aktenkoffer«, ergänzte Birgit in der Tür.

»Und irgendwas, was nicht drin war.«

»Also, ihr könnt mir doch nichts vormachen. Hier piepst irgendwas.« Gerlach erhob sich und sah sich um. »Irgendwas fiept hier die ganze Zeit. Hinter dem Vorhang, da ist doch was?«

Schilling studierte das Muster des Linoleum-Fußbodens, als hätte er ihn eben erst entdeckt.

»Zierfinken«, erklärte Petzold schließlich und betrachtete seine Fingernägel. »Machen hier Urlaub.«

»Ist auch nur für ein paar Tage«, ergänzte Schilling unglücklich. »Und sie machen wirklich überhaupt keinen Dreck.«

Petzolds Telefon klingelte. Eine aufgeregte Mädchenstimme.

»Sind Sie der Polizist, der mit Oberkommissarin Malmberg bei mir war?«

Petzold erkannte die Stimme der Apothekenhelferin.

»Sie werden nicht glauben, was ich gerade –«

»Doch«, unterbrach Petzold ihren Redeschwall. »Wir sind eben selbst draufgekommen.«

»Ach was«, sagte sie entgeistert. »Dass der eine ausgesehen hat wie Walter Matthau?«

»Nein, dass der Jüngere, der –«

»Der soll ausgesehen haben wie Walter Matthau?«

»Nein. Der war heute in der Zeitung. Er ist nämlich jetzt auch tot und –«

»Etwa auch gekillt?«

»Nein, eigentlich nicht …«

»Werd dem Chef sagen, er soll in Zukunft die Zeitung gefälligst früher mitbringen«, sagte sie enttäuscht.

Petzold hatte Mühe, den schnell sprechenden Mann am Telefon zu verstehen. Erst nach etlichen Rückfragen begriff er, dass er mit einem Angestellten des Reisebüros sprach, mit dem Hundt wenige Tage vor seinem Tod Kontakt aufgenommen hatte.

»Wir haben den Vorgang nun endlich gefunden. Also, ich kann Ihnen sagen, wenn in unserem Business das Computer-Equipment mal drei Tage ausfällt, da können Sie sich gleich die Kugel geben«, plapperte er, ohne Luft zu holen. »Herr Hundt hat sich also am siebten Dezember telefonisch mit uns in Verbindung gesetzt, und zwar, um sich nach Pauschalreisen zu erkundigen. Die Südsee, Tahiti, so was sollte es sein. Ich habe damals selbst mit ihm gesprochen. Es sollte zugleich komfortabel sein und durfte auch ruhig was kosten. Andererseits hat er so Vorstellungen gehabt von einfachem Leben, Hütte am Strand unter Palmen und so. Ein gewisser Herr Gauguin, offenbar ein guter Bekannter von ihm, habe da auch auf diese Weise einige Zeit verbracht, und … Ich kann Ihnen sagen, es gibt Kunden, da fragt man sich …«

»Was kostet so ein Pauschalangebot?«

»Wann wollten Sie noch mal fliegen?«

»Eigentlich überhaupt nicht …«

»Ach ja. Natürlich.«

Petzold hörte eine Tastatur klappern.

»Da hätte ich zum Beispiel: Vier-Sterne-Hotel, Bora-Bora Beach, alle Zimmer mit Meerblick, megamäßiger Pool, Full Service, Charterflug mit –«

»Der Preis? Mich interessiert nur der Preis.«

Das Klappern erstarb. »Neunzehnneunundneunzig. Vierzehn Tage, tutti kompletti. Last Minute, Abflug morgen früh, sechs fünfzehn ab Frankfurt. Ungewöhnlich, dass es so kurz vor X-Mas überhaupt noch was gibt. Sie brauchen nur die Badehose und Ihre Zahnbürste einzupacken.«

Petzold sah aus dem Fenster auf die schwarzen kahlen Kastanienbäume, die sich reglos unter dem Bleihimmel duckten, und seufzte. Schließlich wählte er wieder einmal die Nummer des bayerischen Kunstlehrers. Aber dessen Handy war nach wie vor ausgeschaltet.

Plötzlich stand Birgit im Zimmer.

»Hör mal, großer Bär«, sagte sie mit nachdenklicher Miene. »Wenn ich vor deiner Tür randalieren würde, was würdest du dann zu mir sagen?«

»Komm rein, Süße.«

Ernst schüttelte sie den Kopf. »Wenn nicht ich es wäre. Wenn du den Typ vor der Tür unbedingt loswerden willst?«

»Wer könnte das sein?«

»Nun … Hirlinger, zum Beispiel«, sagte sie mit gesenkter Stimme.

»Verschwinde … Verpiss dich … Zisch ab.«

»Aber du kämst doch nie auf die Idee, ›fuck off‹ zu schreien, nicht wahr? Kämst du doch nicht, oder?«

»Im Gegenteil«, sagte Petzold grinsend. »Ganz im Gegenteil.«

Nach einigen nachdenklichen Sekunden wandte sie sich an Schilling. »Pass mal auf, Herr Computerspezialist. Kennst du Möglichkeiten, Informationen über jemanden zu finden, von dem man nur den Namen weiß und sonst gar nichts?«

»Einwohnermeldeamt?«

»Schlauberger. Sie steht auch nicht im Telefonbuch.«

»BKA, Interpol, Europol?«

»Alles schon gecheckt.«

»Wer sagt uns, dass Heinemann überhaupt ihr richtiger Name ist?«, warf Petzold ein. »Im Grunde wissen wir überhaupt nichts über sie.«

»Sie ist also deutsche Staatsbürgerin?«, fragte Schilling.

»Nach ihrer Art zu sprechen, stammt sie irgendwo aus dem Norden«, sagte Birgit. »Aber er hat Recht. Wir wissen eigentlich nichts. Die Frau ist ein Gespenst. Und ich weiß nicht, ob Gespenster so was wie eine Staatsbürgerschaft kennen.«

»So, jetzt habt ihr lange genug rumgedruckst.« Schillings Stuhl quietschte, als er sich vorbeugte. »Nehme an, wir reden hier nicht über eine dienstliche Sache?«

Die beiden schüttelten die Köpfe.

»Und ihr wisst schon, dass ihr damit euren Hals riskiert?«

Die beiden nickten.

»Okay. Dann will ich sehen, was sich machen lässt.« Er zog die Tastatur heran. »Fragen wir doch einfach mal das gute alte Internet. Annmarie mit oder ohne Bindestrich?«

»Vielleicht ist es auch nur eine Spinnerei von uns«, sagte Birgit, während er tippte. »Aber … ich weiß nicht … Irgendwas ist mit diesem Kind. Irgendwas muss da mal gewesen sein.«

»Ist 'ne Art Berufskrankheit von ihr«, erklärte Petzold. »Wenn einer ungern ins Kino geht oder viel Salat isst, dann nimmt sie todsicher an, dass er als Kind vergewaltigt worden ist.«

Kopfschüttelnd schob Schilling die Tastatur weg. »So wird das nichts. Der Name ist zu häufig. Das muss man systematisch angehen. Ich mach das lieber zu Hause und in Ruhe.« Mit einem Blick auf die Uhr erhob er sich. »Ist eh Zeit für Feierabend.«

»Wenn du sie findest, dann darfst du auch die Meerschweinchen mitbringen«, sagte Petzold.

Die Zierfinken hinter dem Vorhang piepten aufgebracht.

Birgit erhob sich ebenfalls. »Ich mach mich mal nach Hause. Mal sehen, ob's meine Wohnung überhaupt noch gibt.« Sie drückte Petzold einen Kuss auf die Backe. »Vielleicht komme ich später noch vorbei. Hast du was fürs Abendbrot? Weiß nicht, ob in meinem Kühlschrank noch was Essbares drin ist.«

»Werd irgendwas besorgen. Und jetzt ruf ich noch ein allerletztes Mal diesen Salomon an«, seufzte Petzold, »bevor ich ihm die Kollegen auf den Hals hetze.«

»Wer ist das?«, fragte sie.

Er klärte sie auf. »Seit Tagen telefonier ich mir die Finger wund. Ich kann die Nummer schon im Schlaf aufsagen.«

»Angeber!«, rief Schilling schon in der Tür.

Petzold schloss die Augen und ratterte die Ziffern herunter. Schilling wandte sich um. »Wie war das?«

Petzold wiederholte die Nummer.

»Die kenn ich! Diese Nummer, die kenn ich«, sagte Schilling mit krauser Stirn.

»Woher?«

»Lass dich überraschen. Morgen. Müsste mich sehr täuschen.«

»Hast du mal im Telefonbuch nachgesehen?«, fragte Birgit, als Schilling gegangen war. Verblüfft starrte Petzold sie an. Dann schlug er sich an die Stirn. Eine Minute später hatte er Salomons Nummer. Wie so viele hatte er neben der Handy- natürlich auch eine Festnetz-Nummer. Birgit winkte schmunzelnd und ging.

Salomon hatte eine angenehm sonore Stimme. Petzold erklärte ihm in wenigen Sätzen den Grund seines Anrufs.

»Andi? Ist tot?«, fragte Salomon hörbar betroffen.

»Leider.«

»Wundert mich eigentlich nicht«, sagte der Kunstlehrer zögernd. »Hab schon länger drauf gewartet, dass dem mal eine von seinen Miezen die Gurgel durchschneidet.«

»So einfach scheint die Sache leider nicht zu sein.« Petzold fügte noch ein paar erklärende Sätze hinzu.

»Krumme Geschäfte hat er gemacht, sagen Sie?«

»So sieht es aus.«

Salomon schnaufte. »Davon hat er Tag und Nacht geschwatzt. Vor allem nachts, so nach dem fünften Bier etwa. Man müsse mal das eine, das wirklich große Ding drehen, und dann bye-bye, schnöde Welt. Sich zur Ruhe setzen und um die wichtigen Dinge kümmern.«

»Als da wären?«

»Kunst, Hanf, Weiber. Vielleicht eher in umgekehrter Reihenfolge. Und was hat das alles mit meinem Handy zu tun?«

»Nach unseren Unterlagen hat er Sie regelmäßig angerufen. In den letzten Wochen mindestens einmal täglich.«

»Andi? Das wüsst ich aber.«

»Heißt das, nein?«

»Von Andi hab ich vor 'nem halben Jahr zum letzten Mal gehört. Und da auch nicht auf dem Handy, sondern auf dem ganz normalen Drahtofon. Was 'n Glück, dass es bei uns keine R-Gespräche gibt! Wollt mir natürlich wieder mal Geld aus dem Kreuz leiern, um eines seiner hirnrissigen Projekte zu finanzieren. Irgendwo Feuer legen wollte er, und dann nackt und onanierend vor der Feuerwehr rumhüpfen. Nicht ohne vorher CNN zu informieren, selbstredend. Von meinem Geld wollt er dann anschließend die Feuerwehr bezahlen, wenn ich ihn richtig verstanden habe.«

»Vor mir liegt eine Liste, aus der hervorgeht, dass Andreas Hundt in den letzten vier Wochen vor seinem Tod insgesamt neunundsiebzigmal Ihre Nummer angerufen hat!«

»Hat er definitiv nicht.«

»Die Gespräche haben manchmal eine halbe Stunde gedauert und länger!«

»Ich kann's nicht ändern. Er hat nicht.«

»Herr Salomon, bitte! Hat noch jemand Zugang zu Ihrem Handy? Ihre Frau vielleicht?«

»Bin nicht verheiratet. Welche Nummer ist das?«

Petzold las sie vor.

Salomon lachte auf. »Na, dann ist alles klar. Das ist nicht mein Handy. Das läuft nur auf meine Rechnung. Noch.«

»Wie soll ich das verstehen?«

»Hab ich mal wem geschenkt. Letztes Jahr zu Weihnachten. In 'nem Anfall von Rührseligkeit.«

»Und darf man erfahren, wem?«

»Einer Freundin. Sie telefoniert aber kaum mit dem Ding. Die Rechnung ist immer minimal, sonst hätte ich den Vertrag auch längst gekündigt.«

»Dann würde ich gern Namen und Adresse dieser Freundin erfahren.«

Am anderen Ende blieb es eine Weile still. »Und die hat Andi angerufen, sagen Sie?«

»Oft und regelmäßig.«

Eine Weile hörte Petzold nur Salomons Atem. »Muss ich Ihnen das sagen?«

»Wo liegt das Problem?«

»Hm … Sie können mich nicht zwingen, oder?«

»Sie wird nicht erfahren, woher wir die Information haben. Falls sich rausstellt, dass sie nichts mit der Sache zu tun hat, wird sie überhaupt nichts davon merken.«

»Sie können also nicht. Warum rufen Sie sie nicht einfach an?«

»Sie nimmt ja nicht ab. Seit Tagen schon.«

»Ich möchte das nicht so einfach über ihren Kopf weg … Ich weiß nicht, ob …« Salomons Stimme wurde plötzlich wieder fester. »Nein. Reden Sie mit ihr. Sie muss das selbst entscheiden. Ich misch mich da nicht ein.«

»Könnten Sie sich mit ihr in Verbindung setzen und ihr gut zureden? Sie hat wirklich nichts zu befürchten.«

»Weiß nicht mal, wo die jetzt wohnt.«

»Sie wissen nicht, was aus ihr geworden ist?«

»Haben uns aus den Augen verloren. Es war, na ja, die übliche Kiste. Erst die große Liebe und so, und dann hat's halt am Ende doch nicht gepasst. Sie ist dann weggezogen. Und nach allem, was Sie sagen, wird sie sich wohl an Andi rangeschmissen haben. Das Handy zu kündigen, war ich dann einfach zu faul.«

Petzold machte sich Notizen. »Und danke für den Tipp«, sagte er zum Abschluss.

Eilig machte er sich auf den Weg in die Stadt, um nun endlich seine Weihnachtseinkäufe zu erledigen.

Als er eine Stunde später nach Hause kam, lag Birgit mit finsterer Miene auf dem Sofa.

»Na endlich«, war die kratzbürstige Begrüßung. »Ich hab schon gedacht, du willst mich hier hungers sterben lassen.«

Petzold war froh, dass er im letzten Augenblick noch daran gedacht hatte, zwei Tiefkühl-Pizzen und zwei Flaschen Ihringer Spätburgunder zu kaufen.

Nach dem Abendessen ging Birgit nach oben, um noch einmal in Ruhe mit Annmarie zu sprechen. Petzold hörte das Auf und Ab der Stimmen, dann knallte die Tür, sie kam zurück.

»Lilli hat immer noch Fieber. Und sie weigert sich, sie zu wecken«, fauchte sie. »Nicht mal die Kette hat sie ausgehakt! Wir werden das SEK brauchen, wenn wir mit dem Mädchen sprechen wollen.«

Sie ging in die Küche und kam mit einem Glas und der Rotweinflasche zurück.

»Heute Nachmittag habe ich ein bisschen rumtelefoniert«, sagte sie wieder ruhiger. »Auch in Ingolstadt hat es in den letzten Jahren keine Annmarie Heinemann gegeben. Laut Meldeamt wohnen dort vier Personen mit diesem Nachnamen. Keine davon hat je etwas von einer Annmarie gehört oder auch nur von einer schlanken Frau um die dreißig mit einer elfjährigen Tochter.«

Sie entkorkte die Flasche und füllte ihr Glas. »Eine Buchhandlung, wo sie gearbeitet hat, gibt's dort ebenfalls nicht. Aber etwas Merkwürdiges ist passiert. Bei einem Bücherstübchen in einem Vorort, da hatte ich erst eine Aushilfe am Apparat. Und die hat sich verplappert. ›Die Annma…‹, hat sie gesagt, und dann war Funkstille.« Sie verkorkte die Flasche mit einem wütenden Schlag. »Dann hat sie mich an ihre Chefin weitergereicht, und die hatte natürlich den Namen Heinemann noch nie gehört.«

»Hatten wir nicht vor, abends nicht mehr an die Arbeit zu denken, Frau Oberkommissarin?«, sagte er und zog sie an sich. »Und fällt dir auf, dass du auf meinem Wasserbett anscheinend doch ganz hervorragend schlafen kannst?«

»Macht alles nur die Erschöpfung, Herr Oberkommissar«, seufzte sie und spielte mit seinem Schnurrbart. »Ich hab's mir überlegt. Ich werde dir vielleicht wirklich einen Bartschneider schenken.« Sie küsste ihn auf den Mund. Aber ihr Kuss hatte viel amtliche Kühle an sich und schmeckte nach Büro. »Dann piekst du hoffentlich nicht mehr so.«

»Wir sollten uns demnächst um diesen blauen Frosch kümmern. Nicht, dass er am Ende noch weg ist.«

»Morgen, mein Süßer«, hauchte sie und verschloss seinen Mund mit einem langen Kuss, der nicht mehr nach Kriminalistik schmeckte. »Heute Nacht werden Frösche nicht gehandelt.«

Birgit und Petzold dösten Arm in Arm auf dem Bett, als es an der Tür klingelte. Einmal und kurz.

»Wer zur Hölle kann das denn sein?« Petzold rollte sich auf den Bauch und pflückte Birgits Slip vom Radiowecker. »Nachts um halb zwei?«

Birgit schob gähnend die Füße aus dem Bett und schlüpfte in ihr überweites Schlaf-T-Shirt mit den tanzenden Marsupilamis auf der Brust. »Ich seh mal nach. Wollte sowieso endlich ins Bad.« Sie drückte ihm einen letzten lüsternen Kuss auf den Mund.

Im Hinausgehen las sie die leere Weinflasche vom Boden auf. Petzold hörte die Wohnungstür, dann einen kurzen Schrei. Etwas polterte zu Boden, er fuhr aus dem Bett. Als er nackt in den Flur sprang, legte Birgit gerade Annmarie auf dem Teppich ab.

»Hilf mir mal!«, rief sie. »Sie ist ohnmächtig!«

Minuten später schlug ihr Gast auf dem Sofa die Augen auf. Birgit nahm den kalten Waschlappen weg, den sie auf ihre Stirn gelegt hatten, weil ihnen nichts Besseres eingefallen war. Sekundenlang irrte Annmaries Blick über ihre Gesichter, als seien sie Fremde.

»Was ist?«, fragte Birgit. »Bist du krank? Hast du jetzt auch die Grippe?«

Annmarie schüttelte matt den Kopf. Nachdem sie sich einige Male geräuspert hatte, brachte sie es endlich heraus: »Sie ist weg.«

»Wer?«

»Lilli.«

»Seit wann?«, fragte Petzold sofort.

»Sonntag.«

»Seit vorgestern?« Petzold wurde schon wieder wütend. »Und das erfahren wir erst heute?«

Birgit bremste ihn mit einem Blick und übernahm die Gesprächsführung. Annmarie berichtete mit tonloser Stimme, dass Lilli am Sonntagvormittag gegen elf die Wohnung verlassen habe.

»Irgend 'ne blöde Ratte musste gefüttert werden. Hat ein Stück Gouda eingepackt. Und dann war sie weg.«

Annmaries Lippen waren blutleer. Sie zitterte. Petzold ging, um eine Decke aus dem Schlafzimmer zu holen.

»Wann hast du zum letzten Mal was gegessen?«, fragte Birgit, als er zurückkam.

»Gestern. Glaub ich.«

Petzold warf eine Wolldecke über sie. »Was hast du unternommen?«

Annmarie schlug die Augen nieder.

»Was heißt das?«, fragte er grob.

Sie zog die Decke bis an die Kinnspitze.

»Du hast sie doch wohl vermisst gemeldet?«, fragte Birgit entsetzt. »Mein Gott, Lilli ist ein Kind! Sie kann einen Unfall gehabt haben. Sie ist womöglich entführt worden, sie kann –«

»Ich weiß es ja. Sie *ist* entführt worden«, flüsterte Annmarie mit bebender Unterlippe. »Sie haben angerufen. Und ich darf mit niemandem ...«

Petzold und Birgit wechselten einen Blick.

»Du musst jetzt erst mal was essen und trinken, und dann reden wir weiter.« Birgit packte Petzold am Ärmel des Bademantels, den er inzwischen übergezogen hatte, und schleppte ihn in die Küche.

»Was machen wir denn jetzt?«, fragte sie flüsternd, während sie lautstark den Kühlschrank durchstöberte.

»Sie muss es melden. Sofort. Das Mädchen ist seit zweieinhalb Tagen verschwunden!«

Birgit schmierte hastig ein Käsebrot und bat Petzold, die zweite Flasche zu öffnen und ein Glas Rotwein einzuschenken.

»Gut für den Kreislauf«, verkündete sie mit schlecht gespielter Fröhlichkeit, als sie wieder ins Wohnzimmer kamen. »Hat meine Oma schon immer gesagt.«

Annmarie sah ihnen mit den großen Augen eines Kindes entgegen, das etwas Schlimmes ausgefressen hat und die Verkündung der Strafe erwartet. Sie setzte sich auf und begann gehorsam, Brot zu knabbern und an dem Wein zu nippen. Bald kehrte ein Hauch von Farbe in ihr Gesicht zurück.

Nachdem sie die Hälfte aufgegessen hatte, schob sie den Teller weg. »Kann nicht mehr.« Das Glas behielt sie in Griffweite.

»Und nun lass hören«, sagte Petzold rau.

Annmarie fuhr sich mit einer schmalen weißen Hand über die Stirn.

»Am Nachmittag hat er zum ersten Mal angerufen. Mir war noch gar nichts aufgefallen. Ich darf auf keinen Fall die Polizei, sagt er, sonst ...«

»Das sagen sie immer.« Petzold verschränkte die Arme vor der Brust. »Das heißt gar nichts.«

Annmarie kaute auf ihrer Unterlippe. Für einen Moment sah es so aus, als würde sie in Tränen ausbrechen.

»Was verlangen sie? Geld?«

Annmarie lachte klirrend. »Von mir?« Fahrig fuhr sie sich durchs Haar. »Sorry. Ich dreh durch. Ich bin total …«

»Was dann?«

Annmarie schien der Frage nachzuhorchen. Dann ging ein Ruck durch sie. »Es ist genau, wie ihr vermutet habt. Sie muss diesen Überfall beobachtet haben. Und soll da irgendwas mitgenommen haben. Irgendwelche Papiere. Einen Ordner. Der Typ weiß selbst nicht genau, wie der aussieht.«

»Und warum gibst du ihm das Ding dann nicht einfach?«, fragte Petzold.

Annmarie schlug die Hände vors Gesicht und schien noch kleiner und schmaler zu werden. Birgit setzte sich neben sie und zog sie an sich. Endlich sank sie zur Seite und begann, Birgits Marsupilami-T-Shirt nass zu weinen. Petzold fühlte sich überflüssig, wie immer in solchen Situationen. Schließlich ging er wütend in die Küche und fand noch ein letztes Bier im Kühlschrank.

»Ich hab doch überall gesucht! Überall, überall, überall!«, schluchzte Annmarie. »Die ganze Wohnung hab ich auf den Kopf gestellt, wieder und wieder und noch mal. Lillis Sachen durchgewühlt, alles! Aber ich kann das blöde Teil einfach nicht finden! Sie bringen sie um! Er hat's gesagt! Sie bringen sie um!«

»Ist ja gut«, sagte Birgit leise. »Wir werden zusammen suchen. Und Lilli wird zurückkommen. Solange sie nicht haben, was sie wollen, ist sie in Sicherheit.«

Annmarie fuhr sich mit dem Ärmel ihres Pullovers über Augen und Nase. »Das Ding ist nicht da! Ich hab alles auf den Kopf gestellt! Und wenn ich es bis morgen Mittag nicht habe, dann bringen sie sie um«, sagte sie erschöpft. »Es ist einfach nicht da. Und daran werdet ihr auch nichts ändern.«

»Wenn das so ist, dann kannst du ja wieder gehen«, versetzte Petzold und erhob sich. »Und wir legen uns endlich ins Bett. Wir müssen morgen nämlich früh raus.«

Von Birgit erntete er einen entsetzten Blick, aber offenbar hatte er das Richtige gesagt. Annmarie hob die Hände und senkte den Kopf. »Bitte! Hab's nicht so gemeint!«

»Wie dann?«, fragte Petzold grob und blieb demonstrativ stehen.

»Vielleicht findet ihr ja irgendwas raus. Wo sie sie versteckt halten oder so. Ich meine, ihr seid doch ...«

»Bullen«, ergänzte Petzold grimmig.

Sie sank noch weiter in sich zusammen. Ihre Stimme war kaum zu hören, als sie flüsterte: »Immer!« Mit verweintem Gesicht starrte sie Birgit an. »Warum? Warum immer ich?«

»Ist ja okay«, sagte Birgit beruhigend. »Wir kriegen das hin. Versprochen!«

»Aber es gibt keine Bullenparade, hört ihr! Ihr macht keine Fahndung im Fernsehen und solchen Scheiß! Egal, was ihr vorhabt, ihr müsst es ganz heimlich machen, okay? Lilli darf nichts passieren!«

»Wir machen diesen Job schon 'ne ganze Weile«, brummte Petzold und setzte sich wieder.

»Und ihr dürft mit niemandem darüber reden! Ich hab's dem Typ versprochen! Wenn die das rauskriegen, dass ich ...«

»Das geht aber so nicht.« Petzold sah abwechselnd Annmarie und Birgit an. »Wir sind Beamte. Es gibt Gesetze.«

»Du bleibst jetzt erst mal hier und schläfst dich aus«, sagte Birgit zu Annmarie. »Und morgen früh halten wir Kriegsrat und diskutieren über Gesetze.«

Ohne Widerstand ließ Annmarie sich zudecken. Als sie die Augen schloss, huschte etwas wie ein dankbares Lächeln über ihr schmales Gesicht.

»Paragraph hundertdreiundsechzig StPO!«, fauchte Petzold, als sie wieder im Schlafzimmer waren. »Schon mal gehört?«

»Wir mussten die Strafprozessordnung auch vorwärts und rückwärts pauken, Herr Oberkommissar. Aber ich bin nicht zur Polizei gegangen, weil ich mich für Paragraphen interessiere, sondern für Menschen. Und jetzt lass uns erst mal schlafen.«

»Wir riskieren unseren Job!«

»Wenn wir Anzeige erstatten, wird sie sich in ihrer Wohnung einschließen und behaupten, Lilli sei bei ihrer Großmutter. Ich trau ihr das zu.«

»Wahnsinn ist das!«

»Auf die paar Stunden kommt es nun auch nicht mehr an«, murmelte Birgit und drehte sich auf die andere Seite.

Kurze Zeit später hörte er an ihrem Atem, dass sie eingeschlafen war. In der Wohnung war alles still. Auch ihr Gast schien zu schlafen. Birgit schlief unruhig. Sie begann zu schnaufen und zu wimmern.

Ein alter, grauer Kahn treibt im Wasser. Auf einem See. Es ist heiß. Das Wasser glitzert und gleißt, als hätte die Natur ein Fest zu feiern. Es platscht und gluckert leise. Die Luft duftet nach sonnendurchglühtem Kiefernwald. Der Kahn schaukelt nur wenige Meter vom sandigen Ufer. Niemand sitzt drin. Aber ein dünner Arm hängt über die Bordwand. Der Arm eines achtjährigen Mädchens. Die Hand, die aus dem geblümten Ärmel ragt, ist blass. Viel zu blass. Das Mädchen heißt Gisela, wird aber von allen Gitti genannt. Es ist vollkommen still. Selbst die Vögel sind stumm. Nur das Wasser platscht und gluckst unaufhörlich.

Als Petzold erwachte, war es kurz vor acht. Er fühlte sich zerschlagen, und sein Mund war pelzig, als hätte er mit Sand gegurgelt. Der Platz neben ihm auf dem leise gluckernden Wasserbett war leer und kalt. Aus der Küche hörte er Stimmen.

Die Frauen aßen Honigbrötchen. Annmarie begrüßte ihn mit einem unsicheren Lächeln.

»Höchste Zeit, dass wir die Sache anzeigen«, sagte Petzold noch in der Tür. »Jetzt gibt's wirklich keine Ausrede mehr.«

»Haben wir alles schon besprochen. Ich rufe gleich im Präsidium an und entschuldige uns für heute Vormittag«, erklärte Birgit kauend. »Und dann stellen wir ihre Wohnung noch mal gründlich auf den Kopf.«

»Ohne mich. Wenn das rauskommt, schlurfen wir ab Januar als Fußstreife durch die Innenstadt!« Er sah Birgit ins Gesicht. »Stell dir vor, dem Mädchen passiert was, und dann kommt raus, dass wir …«

»Dass eines klar ist: Ich werde jede Zusammenarbeit mit der Polizei verweigern«, erklärte Annmarie mit fester Stimme. »Entweder ihr helft mir suchen, oder ich gehe wieder und verzichte auf eure Hilfe. Wenn ihr dann mit euren Kollegen anrauscht, werdet ihr die Tür aufbrechen müssen. Und ich werde trotzdem nichts sagen. Es ist meine Lilli. Ich entscheide, was passiert, ich allein!«

»Du landest im Knast, wenn du das machst. Das ist Vertuschung einer Straftat. Unterlassene Hilfelei–«

»Mir egal«, sagte sie trotzig. »Wenn ihr mir helft, haben wir vielleicht eine Chance, das Ding zu finden. Und dann sollen sie ihren blöden Ordner haben. Und Lilli kommt zurück. So einfach ist das.«

»Ohne mich. Es ist und bleibt Wahnsinn. Ich mach da nicht mit.«

»Dann fahr du eben ins Präsidium. Aber halt wenigstens die Klappe«, sagte Birgit kalt. »Ich jedenfalls bleibe hier und helfe ihr suchen. Mein Gott, eine oder zwei Stunden!«

Petzold holte sich einen Becher aus dem Hängeschrank, füllte ihn mit Kaffee und setzte sich an den runden Tisch. »Okay.« Stöhnend rieb er sich mit beiden Händen das unrasierte Gesicht. »Was genau suchen wir?«

Annmarie sah auf. »Am Telefon hat er gesagt, ein Ringbuch. Einen flachen Ordner. Mit irgendwie buntem Einband.«

»Und was soll da drin sein?«

Unglücklich hob sie die Hände.

Langsam rührte Petzold seinen Kaffee um. »Wie kommen die auf die Idee, dass Lilli das Ding hat?«

»Gute Frage.« Birgit stellte ihren Becher ab und wandte sich mit fragendem Blick an Annmarie.

Die schüttelte den Kopf.

»Man hat bei ihr eingebrochen«, sagte Birgit zu Petzold. »Am Freitag schon. Wir vermuten, es waren dieselben.«

»Die Wohnung hat vielleicht ausgesehen ...«, bestätigte Annmarie. »Aber sie haben das Teil anscheinend nicht gefunden.«

»Und anschließend haben sie einfach Lilli entführt«, sagte Petzold zu sich selbst.

»Woher wissen die, wo sie wohnt?«, fragte Birgit.

Annmarie hob die Schultern.

»Egal jetzt.« Petzold leerte seinen Kaffee. »Bis zehn mach ich mit. Keine Minute länger. Und wenn irgendwas schief geht, und du hinterher versuchen solltest, uns zu linken, dann werden wir jeden Eid schwören, dass wir von nichts gewusst haben, okay? Dann stehst du mit deiner Aussage allein da! Eine gegen zwei, und wir sind Beamte, verstehst du?« Petzold starrte Annmarie an, als würde er sie am liebsten verprügeln. Birgit legte eine Hand auf seinen Unterarm. Er schüttelte sie ab. »Ob du das verstanden hast?«

»War ja laut genug«, zischte sie. Ihre Lider flatterten.

Petzold holte sich einen zweiten Kaffee. »Okay. Fangen wir an. Wie oft hat er angerufen? Wann? Was genau hat er gesagt?«

Birgit schob ihm zwei eng beschriebene Blätter über den Tisch. »Haben wir vorhin alles schon durchgekaut, während du drüben geschnarcht und Wellen geschlagen hast.«

Er überflog die Notizen. Der erste Anruf war am frühen Sonntagnachmittag gekommen, zwei Stunden, nachdem Lilli verschwunden war.

»Was genau hat er gesagt?«, fragte Petzold.

»Ich war doch komplett von der Rolle, Mann! Wer achtet da schon groß auf Worte?«

Aber sie gab sich Mühe. Die Forderungen waren präzise gewesen, die Stimme undefinierbar.

»Wie durch so 'n Kissen oder so. Ganz dumpf irgendwie. Hat geklungen, als ob er vom Blatt liest.« Sie versuchte, die Stimme zu imitieren. »›Wir nehmen dein Tochter. Du bekommen zurück, wenn uns den Buch geben, dem sie weggenommen von uns‹, so ungefähr hat der geredet, der Idiot. ›Wir wiedär Telefon morgen. Nicht Polizei! Sonst klein, süß Töchterlein tot‹, hat er gesagt, das Arschloch!«

Annmarie hatte Fragen gestellt, der Anrufer hatte versucht, sie zu beantworten, den Ordner zu beschreiben. »Vorne mit ein Bild, ganz bunt. Nix so dick.«

»Und am Montag hat er wieder angerufen?«

»Pünktlich wie die Eieruhr. Hab ihm erklärt, dass ich überall gesucht hab und nichts gefunden. Da hat er gesagt, er würde Lilli fragen, wo sie das Ding versteckt hat, und sich wieder melden.«

»Und? Hat er?«

»Spät am Abend erst. Sagt, sie wüsste es nicht, und ich solle einfach noch mal suchen. Hab ich also wieder alles auf den Kopf gestellt. Jede Kiste ausgekippt, jede Tüte aufgemacht, jeden Teppich umgedreht. Die ganze Wohnung und diesmal auch den Keller. Aber da war nichts! Null, nothing, niente! Weißt du, was ich glaube? Die kriegen nichts aus ihr raus. Wahrscheinlich hat das Biest wieder mal ihr Hörgerät abgestellt. Ist typisch für sie. Wenn sie sauer ist, dann macht es klick, und sie ist einfach nicht mehr erreichbar. Kein Anschluss unter dieser Nummer. Und dann kannst du brüllen und toben, und Madamchen guckt dich nicht mal an. Sie kann so unglaublich –«

»Und weiter?«

»Was weiter?«

»Hat er wieder angerufen?«

»Dienstag ... Gestern.«

»Die gleiche Stimme?«

»Immer dasselbe blöde Arschloch. Kann kaum Deutsch und hat keinen Dunst von irgendwas.«

»Und dann hast du noch mal den Keller durchsucht.«

»Was sollte ich denn machen?« Sie kaute eine Weile auf ihrer schmalen Unterlippe. »Am späten Abend hat er wieder angerufen und gesagt, Ende Gelände. Sie geben mir noch zwölf Stunden. Und dann: All over now, Baby Blue.«

»Solange sie nicht haben, was sie wollen, ist Lilli sicher«, erklärte Birgit entschieden. »Sie werden ihr nichts tun, solange sie noch Hoffnung haben, es zu bekommen.«

»Wie kommen die auf Lilli? Woher wollen die wissen, dass ausgerechnet sie den Ordner hat?« Es klang nicht, als würde Petzold eine Antwort erwarten, und er erhielt auch keine.

Nach Sekunden sprang Birgit auf. »Ich ruf mal eben im Präsidium an.« Sie verschwand im Flur, um das Telefon zu holen.

»Was sagst du?«, rief er ihr nach.

»Dass ich seekrank bin von deinem Wasserbett und du mir beim Spucken den Kopf halten musst.«

»Lass mich lieber.« Petzold erhob sich ächzend. »Ich glaub, ich kann besser lügen.«

Schilling war am Apparat. Petzold erzählte ihm etwas von einer Überschwemmung wegen einer undichten Waschmaschine. Schilling versprach, Gerlach Bescheid zu sagen, sobald der von der morgendlichen Chefrunde zurückkam.

Petzold hörte noch, wie sein Kollege sagte: »Ach übrigens, was ich noch …« Aber er legte auf. Wenn es wichtig war, würde er es noch früh genug erfahren.

Der Grundriss von Annmaries Wohnung glich dem der darunterliegenden. Allerdings waren hier viele Wände schräg und die Fenster kleiner. Die Möbel waren ohne Sinn und Geschmack zusammengekauft.

»Hab alles einfach wieder irgendwie in die Schränke gestopft«, erklärte Annmarie verlegen. »Sonst ist es hier schon ein bisschen ordentlicher.«

Birgit öffnete ein Fenster. »Das ist Lillis Zimmer?«

Auf dem ungemachten Bett mit bunter Decke häuften sich Kuscheltiere, daneben ein buntes Nachttischlämpchen, ein billiger Wecker mit Micky-Maus-Zifferblatt. In durchhängenden Regalen Krimskrams, Überraschungseier-Inhalte, Kinderbücher. Fast jede freie Fläche an den Wänden war mit Reproduktionen von Gemälden aus allen möglichen Epochen bedeckt, die immer Tiere darstellten. Offensichtlich aus Kalendern ausgeschnitten. An der dem Bett gegenüberliegenden Wand auf einem wackeligen Tischchen ein Fernseher, darunter ein Videorekorder. Rechts und links neben dem Fenster Einbauschränke. Dazwischen ein sauber aufgeräumtes Schreibtischchen aus Kiefernholz.

»Auf geht's.« Petzold schob alles vom Bett und hob die Matratze an, um darunter zu sehen. Birgit nahm sich die Regale vor. Annmarie stand nägelkauend daneben.

»Das könnt ihr vergessen. Da hab ich überall schon.«

Birgit zog jede Videokassette aus der Hülle und steckte sie wieder hinein, blätterte jedes Buch durch. Im und unter dem Bett war nichts. Petzold begann, den Schreibtisch auszuräumen. Unter der untersten Schublade befand sich ein Hohlraum, in dem eine flache, bunt bedruckte Keksdose lag.

Er kippte den Inhalt auf die Tischplatte. »Guck mal«, rief er. »Kommt dir das nicht bekannt vor?«

»Oops«, sagte Birgit. »Hierhin ist mein Kettchen also verschwunden.«

Annmarie stöhnte auf. Außer Birgits Halskettchen und allerhand wertlosen Kostbarkeiten hatten sich ein billiger Fingerring mit rotem Glitzersteinchen, zwei edle Kugelschreiber und ein offensichtlich neuer und teurer Waterman-Füller in der Dose befunden.

»Also doch.« Annmarie nahm den Füller in die Hand. »Letzte Woche hat mich so 'ne dämliche Lehrerin angerufen und mich zugequatscht wegen diesem Teil. Wie oft hab ich Lilli was auf die Finger gegeben, weil sie klaut. Aber alles, was ich erreiche, ist, dass sie sich neue Verstecke einfallen lässt.«

Birgit stopfte ihre Kette achtlos in eine Tasche ihrer Jeans. »Die hat sie nicht geklaut. Die wird unten irgendwo rumgelegen haben. Bin selbst schuld. Der Verschluss ist kaputt.«

Petzold begann, die Innenwände der Schränke abzuklopfen. Kein loses Brett, kein Hohlraum dahinter, keine Spuren an Schraubenköpfen, die darauf hindeuteten, dass sich kürzlich jemand daran zu schaffen gemacht haben könnte. Auch alle Fußleisten waren fest, keine Diele lose. Die Holzvertäfelung an der Stirnwand unbeschädigt.

Birgit hatte Lillis Schultasche ausgekippt und durchsuchte den Inhalt.

Schließlich stellten sie alles wieder an seinen Platz. Jeder Gegenstand, der auch nur entfernte Ähnlichkeit mit einem Ordner hatte, war durchgeblättert worden. Nichts davon schien mit etwas anderem als Schularbeiten zu tun zu haben. Annmarie hob stumm ein paar Plüschtiere auf und warf sie aufs Bett.

Das zweite Zimmer zur Straße war Annmaries Schlaf- und Arbeitszimmer. Hier sah es noch chaotischer aus als nebenan, und Petzold war sicher, dass das nicht nur mit den vorausgegangenen Suchaktionen zu tun hatte. Es roch nach Räucherstäbchen und Zigarettenqualm.

»Kann man mit dem Gespräche aufzeichnen?« Petzold wies auf den Anrufbeantworter, der in der Ecke am Boden stand.

»Keine Ahnung. Warum?«

»Wo ist die Bedienungsanleitung?«

»Wie soll ich das wissen?«, fragte Annmarie patzig. »Hab das Teil schon ewig.«

»Lass. Das kriegen wir auch so hin.« Birgit ging in die Hocke und studierte das Gerät. »Ich habe früher auch mal einen von der Firma gehabt.«

Sie probierte eine Weile herum, Petzold rief die Nummer vom Handy aus an, und schließlich klappte es.

»So, und jetzt pass mal genau auf.« Petzold setzte sich auf Annmaries Bett und sah sie streng an. »Ich erklär dir jetzt, was du sagst, wenn er sich wieder meldet.«

Annmarie setzte sich neben ihn und sah ihm mit gefalteten Händen ins Gesicht wie eine Schülerin, die davon überzeugt ist, dass ihr Lehrer Unsinn redet.

Birgit machte sich an den Schreibtisch. Auf der Arbeitsfläche standen der vergilbte kleine Monitor eines älteren PCs und eine schmutzige Tastatur. Daneben ein offensichtlich lange nicht gespültes Rotweinglas, ein überfüllter Aschenbecher, Kekskrümel, ein kleines gerahmtes Foto, das vermutlich Lilli als Baby zeigte. Die oberste Schublade war verschlossen.

»Da sind nur private Sachen drin. Lilli kommt da nicht ran, also kann sie auch nichts drin verstecken.« Annmarie klimperte mit ihrem Schlüsselbund. »Der einzige Schlüssel dazu ist hier.«

Birgit öffnete die nächste Schublade. Briefumschläge, Papier, Tesafilm, ein beträchtlicher Vorrat an Schokolade.

Petzold begann, das kleine Bücherregal auszuräumen. Auch dort fand sich nichts, was Ähnlichkeit mit dem Gesuchten hatte.

»Muss mal kurz für kleine Mädchen«, murmelte Annmarie und verschwand.

Birgit packte den Papierkorb und begann, ihn eilig zu durchwühlen.

»Nichts«, fauchte sie. »Absolut nichts. Kein Brief, keine Ansichtskarte, keine Adresse von irgendwem.«

Als Annmarie zurückkam, stand der Papierkorb wieder an seinem Platz, und Petzold war dabei, den Kleiderschrank auszuräumen. Sie stöhnte auf.

»Was glaubst du, wie oft ich den in den letzten Tagen schon leer gemacht hab?«

Petzold schwieg und machte weiter. Aber er fand nichts. Auch hinter und unter dem Schrank – nichts.

Das Bad war rasch erledigt. Dort befand sich außer einem billigen Schränkchen unter dem Waschbecken und einem zum Platzen voll gestopften Spiegelschrank nichts, worin man etwas hätte verstecken können. In der Küche gab es außer einigen angestaubten Kochbüchern und einem fleckigen Blöckchen für die Einkäufe kein Papier.

Blieb das letzte Zimmer, das zum Hof ging. Hier lag nicht einmal ein Teppich am Boden. An den Wänden stapelten sich Umzugskartons, daneben lehnten demontierte Regale.

»Willst du schon wieder ausziehen, oder hast du das noch gar nicht ausgepackt?«, fragte Petzold.

»Sind hauptsächlich Bücher und andere Sachen, die man nicht so braucht«, erwiderte Annmarie gleichmütig.

Mit zusammengebissenen Zähnen wuchtete Petzold den obersten Karton vom ersten Stapel.

»Wenn hier was ist, dann nur in den oberen Kisten«, sagte er schnaufend. »Glaub kaum, dass Lilli es schafft, die runterzuheben.«

»Wenn die was will, dann schafft sie das auch«, sagte Annmarie mit fester Stimme.

»Die hast du auch schon durchsucht?«, fragte Birgit.

»Logo«, sagte Annmarie müde. »Aber bitte, tut euch keinen Zwang an.«

Sie nahmen Buch für Buch heraus. Jedes wurde aufgeschlagen und durchgeblättert. Schließlich wurde alles wieder in den Karton gepackt, die nächste Kiste kam an die Reihe. Petzolds Ächzen und Stöhnen wurde immer lauter. Das konnte noch Stunden dauern.

Annmarie stand dabei und sah ihnen zu. Nach einer Viertelstunde hatten sie den ersten Stapel durch. Petzold packte die Kisten wieder aufeinander und hob leise fluchend die nächste herunter. Birgit riss sie schweigend auf und begann, die Bücher herauszunehmen. Annmarie trat ans Fenster und wandte ihnen den Rücken zu. Petzolds Kreuz begann zu schmerzen, der Staub stieg ihm in die Nase.

Aus den Augenwinkeln bemerkte er, wie Birgit etwas aus einem dicken Kunstband nahm und mit einer raschen Bewegung im Ärmel ihres Pullovers verschwinden ließ.

Um halb elf gaben sie auf.

»Wir müssen ins Präsidium«, sagte Petzold und wischte sich schmutzigen Schweiß von der Stirn. »In den letzten Kisten wird auch nichts drin sein. Und den Keller schaffen wir beim besten Willen nicht mehr.«

Zusammen gingen sie in die Küche, um sich die Hände zu waschen.

»Und wie geht's jetzt weiter?«, fragte Annmarie. »Lasst ihr mich einfach hier sitzen, oder was?«

»Wenn wir nur eine Ahnung hätten, wie dieses Ding aussieht.« Ächzend dehnte Petzold seinen Rücken. »Man könnte sie bluffen.«

»Unsinn«, versetzte Birgit. »Es geht denen ja nicht um den Ordner, sondern um das, was drin ist. Und wenn sie sich das Ding ansehen, dann wissen sie doch sofort, was Sache ist.«

»Bis dahin ist Lilli in Sicherheit. Mit ein bisschen Glück.«

»Vergiss das lieber gleich wieder. Hier werden keine Rambo-Aktionen durchgezogen!«, sagte Birgit scharf.

Petzold setzte sich auf einen der zwei vorhandenen Klappstühle und stützte die Unterarme auf die Knie. »Hier ist dieser Ordner nicht«, sagte er. »Hier oben haben wir praktisch alles gefilzt. Den Keller hast du schon zweimal durchsucht. Mir fallen nur zwei Möglichkeiten ein. Erstens: Lilli hat ihn nie gehabt, alles ist ein großer Irrtum, und –«

»Warum sagt sie das dann nicht einfach?«

»Vielleicht sagt sie es, und sie glauben ihr nicht?« Petzold hob die Schultern. »Und ich frag mich die ganze Zeit, warum die so sicher sind, dass ausgerechnet sie das Ding hat. Da waren doch zig Leute nach diesem Überfall.« Mit gerunzelter Stirn betrachtete er den bunten Flickenteppich. »Zweite Möglichkeit: Sie hat ihn weggeworfen. Oder verschenkt.«

»Lilli wirft nichts weg«, widersprach Annmarie. »Und wem sollte sie ihn schenken?«

»Gibt's eine dritte Möglichkeit?«, fragte Birgit nach einer ratlosen Pause. »Mir fällt keine ein.«

Petzold warf einen Blick auf die Uhr. »Wir müssen uns dringend im Büro blicken lassen. Gerlach wird uns auch so schon die kalte Dusche geben.«

Birgit sah auf. »Vielleicht hat sie ihn verliehen? Einer Freundin? Mädchen tauschen doch immer mal Sachen.«

»Lilli hat keine Freundin. Wir sind ja noch nicht so lange hier«, sagte Annmarie, als müsste sie sich dafür entschuldigen.

»Aber vielleicht wäre das ein Dreh, wie wir noch ein bisschen Zeit schinden könnten?«, grübelte Petzold. »Du sagst einfach, sie hat ihn weggegeben, und du musst ihn erst wieder besorgen.«

In diesem Augenblick klingelte drüben das Telefon. Annmarie erstarrte. Dann zählte sie, wie besprochen, stumm auf zehn und hob ab.

»Am Apparat.«

»Nein.«

»Doch. Ich glaub, dass sie's 'ner Freundin ausgeliehen hat.«

»Erst will ich mit ihr sprechen. Sonst mach ich gar nichts.«

»Ich will erst mit ihr sprechen, verstehen Sie? Sonst läuft ...« Annmarie ließ den Hörer sinken. »Aufgelegt.« Panik flackerte in ihren Augen. »Einfach aufgelegt, der Saftsack!«

Birgit spulte das Band zurück. Die Stimme des Anrufers klang dumpf. Der ausländische Akzent war unüberhörbar.

»Buch äntlich finden?«

»Wirr aber nun keine mehr Geduld!«

Gemurmel war zu hören, als ob der Sprecher sich mit jemandem beraten würde. Der letzte Satz lautete: »Du fragen Freundin. Sofort. Wirr Telefon bald wiedär.«

Sie hörten das Band dreimal ab, dann nahm Birgit die Kassette heraus und steckte sie ein.

»Beweismittel«, sagte sie knapp. »Du hast noch eine?«

Annmarie nickte. »Und jetzt? Haut ihr jetzt ab, oder was?«, fragte sie mit Entsetzen in der Stimme.

»Wenn sich was tut, rufst du mich auf dem Handy an, okay?« Petzold reichte ihr ein Kärtchen. »Wir sind in fünf Minuten da. Aber jetzt ist Schluss mit der Versteckspielerei.«

»Aber! Ich will aber –«

»Wir müssen«, sagte Birgit mit fester Stimme. »Wir haben getan, was wir konnten. Er hat Recht.«

»Ich will das aber nicht! Versteht ihr mich, ich will nicht! Sie beobachten vielleicht das Haus! Was wisst ihr denn schon? Habt ihr so was überhaupt schon mal gehabt in eurem Verein?« Annmaries Stimme überschlug sich. »Er hat gesagt, keine Polizei, und dann will ich auch keine Polizei, okay? Okay?«

»Vorläufig passiert nichts weiter, als dass wir unserem Chef berichten, was wir wissen. Und das Leben des Kindes hat in jedem Fall oberste Priorität bei allem, was wir tun«, sagte Petzold.

»Na danke«, zischte sie. »Da bin ich aber sehr beruhigt!«

Birgit wollte ihr die Hand auf die Schulter legen. Aber Annmarie fuhr zurück.

»Hast du so was schon mal gesehen?«, fragte Birgit empört auf der Fahrt ins Präsidium. »So ungefähr stelle ich mir die Wohnung eines Undercover-Agenten vor! Oder eines Spions!«

»Das ist doch nicht normal, dass sie eine solche Panik kriegt, wenn sie das Wort ›Polizei‹ hört.« Petzold gab Gas, weil die Ampel grün wurde, und bog in die Kriegsstraße ein. »Langsam glaube ich, dass du Recht hast. Irgendwas stimmt da nicht. Überhaupt nicht.«

Birgit zog etwas aus dem Ärmel und zeigte es ihm kurz. Es war ein Briefumschlag.

»Das ist das Einzige, was ich gefunden habe. Absender: H. Merinho, Barreiro, Portugal. Poststempel … vom Februar. Adressiert an Annmarie Heinemann. Adresse in Ingolstadt.«

»Immerhin hat sie in diesem Punkt zur Abwechslung mal nicht gelogen.«

Eine Weile fuhren sie schweigend.

»Du hast unruhig geschlafen«, sagte er, als er in die Karlstraße einbog. »Schlecht geträumt?«

»Ich träume immer solche Sachen auf deinem Wasserbett«, seufzte sie gähnend. »Ich sage doch, ich kann da nicht schlafen.«

»Was kann denn das Bett dafür, dass du schlecht träumst?«

»Es ist eben so. Es ist …« Sie verstummte.

»Was?«

Sie schüttelte den Kopf. »Lass. Alte Geschichten.«

Petzold parkte den Wagen auf dem Präsidiumsparkplatz. Sie liefen zum Hintereingang des großen alten Gebäudes, das aussah wie ein gotisches Schloss und deshalb von Spaßvögeln gern als »Bullenkloster« bezeichnet wurde.

»Wir gehen sofort zu Gerlach«, sagte Petzold auf der Treppe. »Jetzt ist Schluss mit der Geheimnistuerei.«

»Aber ich rede, ja?«, sagte Birgit. »Du bist einfach still, ja?«

»Aber du wirst es ihm sagen?«

»Ich werd's ihm sagen.«

»Versprochen?«

»Versprochen.«

Sekunden später standen sie außer Atem vor Gerlachs Schreibtisch. Birgit war plötzlich ungeheuer aufgeregt. »Stell dir das mal vor, es ist schon wieder ein Kind entführt worden!«

Mit gerunzelter Stirn sah Gerlach von seiner Akte auf.

»Und wieder ein Mädchen! Und es wohnt sogar bei uns im Haus!«

Gerlach streckte die Hand aus und schnippte mit den Fingern. »Die Anzeige?«

Birgit senkte den Blick. »Die Mutter will ... keine erstatten. Sie behauptet einfach, das Kind sei krank und könne mit niemandem sprechen.«

»Und? Ihr habt das natürlich überprüft?«

Birgit und Petzold wechselten einen betretenen Blick.

Gerlach lehnte sich zurück und faltete die Hände auf dem Bauch. Seine Augen wurden zu Schlitzen. »Nur damit ich auch alles richtig verstanden habe: Ihr wollt mir hier eine Kindesentführung anzeigen, und nicht mal die Mutter vermisst ihre Tochter?«

Birgit sah ihn bittend an. »Wir vermuten immerhin eine Straftat, und da ist es doch wohl unsere Pflicht ...«

Gerlach beugte sich vor. »Hast du eine ungefähre Ahnung, wie viele Kinder in diesem Land jedes Jahr verschwinden?«

»Tausende vermutlich«, antwortete sie kleinlaut.

»Über siebenunddreißigtausend, um genau zu sein. Jahr für Jahr. Und weißt du zufällig auch noch, wie viele davon früher oder später ganz von allein wieder auftauchen?«

»So ungefähr ... fast alle, nehme ich an?«

Gerlach wandte sich wieder seiner Akte zu. »Sobald die Eltern Anzeige erstattet haben, reden wir weiter.«

»Hör mal, Gerlach«, mischte sich Petzold ein. »Es ist –«

»Schluss jetzt. Ich will nichts mehr davon hören.« Gerlach tippte auf seine Akte. »Das hier ist übrigens der Obduktionsbefund. Unser unbekannter Toter ist eindeutig der Kerl aus der Klinik. Sie haben ihn also nicht umgebracht, sondern wollten nur die Leiche loswerden. Und jetzt seht zu, dass ihr an eure Schreibtische kommt. Wir haben Arbeit genug. Wir müssen nicht noch welche erfinden.«

Als sie schon in der Tür waren, rief er: »Ist eure Waschmaschine wieder dicht?«

Petzold wandte sich um. »Was?«

Birgit zog ihn weiter. »Der Monteur ist Gott sei Dank gleich gekommen. Ich kann dir sagen, so eine ausgelaufene Waschmaschine! Den ganzen Vormittag haben wir geputzt.«

»Wohnt ihr jetzt eigentlich zusammen?«

»Ach«, rief Birgit über die Schulter. »Wir wissen es selbst nicht so genau.«

»Du spinnst«, sagte Petzold, als die Tür zu war. »Du spinnst total. Wir kommen in die Hölle, wenn ...«

»Ich hab's ihm gesagt!« Sie gab ihm einen Kuss zur Beruhigung. »Ein paar Stunden noch. Und dann machen wir es offiziell. Versprochen.« Sie gab ihm noch einen Kuss. »Und danke, dass du die Klappe gehalten hast, großer Bär.«

»Ich muss mindestens genauso spinnen wie du«, maulte er. »Schade um den Job. Ich fand ihn eigentlich ganz okay.«

Ihre Büros waren leer. Schilling und Hirlinger waren unterwegs, ihre Mäntel fehlten. Auf Petzolds Schreibtisch lag eine aus einer Zeitung gerissene Seite. Kontaktanzeigen der eindeutigen Art. Eine davon war dick umkringelt:

»Lust auf eine heiße Nummer? Sexy Angy wartet auf Deinen Anruf!«

Darunter eine zweifach rot unterstrichene Telefonnummer. Es war die von Salomons Handy.

Petzold zeigte Birgit ratlos das Blatt. »Wieso ruft einer, der an jeder Hand fünf Miezen hat, dreimal am Tag 'ne Telefonsexnummer an?«

Sie zuckte die Schultern. »Was unser Kollege für Anzeigen liest! Ob seine Christel wohl davon weiß?«

»Trainiert sein Zahlengedächtnis. Hast ihm doch selber den Tipp gegeben.«

»Du hast Recht«, sagte sie nachdenklich und sah zum Fenster hinaus. »Woher wissen die Entführer von Lilli? Wer achtet während einer Keilerei auf ein Kind?«

»Sie könnten später rumgefragt haben. Bei der Frau im Laden zum Beispiel.«

»Das hätte sie dir gesagt. Außerdem ist ihr ja erst gestern wieder eingefallen, dass das Kind ein Mädchen war.«

»Das war vielleicht 'ne schwere Geburt! Bis die sich auch nur sicher war, dass es diese rote Jacke und Bluejeans angehabt hat.«

Birgit starrte noch einige Zeit ins Leere. Dann ging sie mit lahmen Schritten in ihr Büro hinüber. »Ich seh mal zu, dass ich diesen Menschen in Portugal erreiche. Vielleicht kommen wir so ein Stückchen weiter.«

Er hörte sie telefonieren. Erst auf Englisch, später auf Deutsch. Schließlich kam sie mit einem Papier in der Hand zurück. »Es ist eine Frau. Heather Merinho. Das Hausmädchen konnte zum Glück ein bisschen Deutsch. Hat mal ein paar Jahre in einem Hotel in Bremen –«

»Heather? Klingt irgendwie nicht sehr Portugiesisch.«

Birgit setzte sich langsam auf Schillings Stuhl. »Nein.«

»Und wann ist diese Heather zu sprechen?«

»Nie mehr. Sie ist tot.«

Petzold schluckte. »Und wie ...?«

»Ganz plötzlich sei sie gestorben. Und vor kurzem erst. Mehr wollte das Mädchen nicht verraten. Erst war sie ganz gesprächig, aber dann, auf einmal ...« Sie starrte auf ihren Zettel, und es war ihr anzusehen, dass sie in der letzten Nacht wirklich schlecht geschlafen hatte.

»Was ist eigentlich aus der Dienstaufsichtsbeschwerde geworden?«

Überrascht sah sie auf. »Hatte ich ganz vergessen. Muss Gerlach mal fragen, wie das weiter...«

Plötzlich zog etwas über ihr Gesicht, eine fast unmerkliche Bewegung, ein leises Zucken, sie ließ die Hand sinken und riss die Augen auf.

»Rot? Aber wieso denn rot?«

»Wie rot? Was ist rot?«

»Die Regenjacke! Zu mir hat sie gesagt, grün oder blau. Aber doch nicht rot!«

»Ich versteh immer nur Regenjacke.«

»Das Kind! Das Mädchen vor dem Laden!« Auf einmal war Birgit sehr blass.

Petzold betrachtete sie mit leisem Kopfschütteln. »Und was ist daran so aufregend, dass Lilli 'ne rote Jacke angehabt hat und keine blaue?«

»Ich muss nachsehen.« Sie sprang auf. Als sie nach Sekunden mit einer schmalen Akte zurückkam, hatte sie wieder Farbe im Gesicht.

»Und nun pass mal genau auf, Herr Oberkommissar: Pummelig, breites, blasses Gesicht, Größe circa einsachtundsechzig, rote Regenjacke mit Kapuze, Bluejeans, weiße Stiefel.«

»Ich weiß inzwischen auswendig, was Lilli angehabt hat.«

Birgit ließ die Akte auf den Tisch klatschen und beugte sich vor. »Das war nicht Lilli! Das war die Beschreibung des Mädchens, das eine Woche früher entführt worden ist!«

Petzold fühlte, wie auch er blass wurde. »Ach du ...«, keuchte er. »Du meinst doch nicht ...?«

»Doch, genau das meine ich. Sie haben schlicht und ergreifend die Falsche erwischt. Und als sie es gemerkt haben, da haben sie sie einfach wieder laufen lassen.« Sie schluckte heftig. »Und weiter gesucht, bis sie endlich das richtige Kind gefunden hatten.«

Auf dem Flur gingen hallende Schritte vorbei. Es war Essenszeit. Männerstimmen lachten. Eine Tür fiel ins Schloss. Die Zierfinken zwitscherten sich leise in ihren Mittagsschlaf.

»Ich muss unbedingt noch mal mit Marlit reden«, murmelte Birgit. »Sie hat die Entführer gesehen. Die Hellsten scheinen sie ja nicht zu sein. Und Killer zum Glück auch nicht. Sonst hätten sie sie nicht einfach wieder freigelassen.«

»Immerhin haben sie Hundt eiskalt abgeknallt. Was hältst du davon, wenn wir erst noch essen gehen?«

Birgit schien nicht zugehört zu haben. »Inzwischen ist viel Zeit vergangen. Sie wird sich beruhigt und erholt haben. Bestimmt kann sie uns was über die Typen erzählen und vor allem über den Keller, in dem sie gesteckt hat.« Sie sprang auf. »Besorgst du die Phantombilder? Ich rufe an. Hoffentlich sind sie zu Hause.«

Petzold hörte sie wählen und wieder auflegen. Augenblicke später kam sie mit ihrer Jeansjacke überm Arm zurück. »Keiner da. Wir müssen hin, Nachbarn fragen, irgendwer wird ja wohl wissen, wo sie stecken. Kommst du? Ich sag Gerlach Bescheid.«

Sekunden später hastete er hinter Birgit her den Flur hinunter. Auf der Treppe nahm sie zwei Stufen auf einmal und stieß unten um ein Haar mit Hirlinger und Schilling zusammen, die eben gemütlich plaudernd durch die Tür hereinkamen.

»Wo treibt ihr euch denn die ganze Zeit rum?«, fragte Schilling, als sie an ihm vorbeihetzten.

»Arbeit«, rief Birgit. »Neue Spur!«

»Ach übrigens«, hörte Petzold Schilling noch rufen, »was ich …«

Dann fiel die schwere Eisentür hinter ihnen ins Schloss.

»Also, das ist so …« Die kräftige Frau mit grobem Gesicht und Jägerhut stellte sachte ihre prallen Einkaufstaschen ab und sah abwechselnd Birgit und Petzold ins Gesicht. »Der Vater, also der wird natürlich bei der Arbeit sein. Schließlich und endlich ist es ja noch nicht mal halb zwei. Das wird nämlich oft ganz schön spät, bis der aus dem Büro kommt.«

Sie standen vor dem schön renovierten Altbauhaus in der westlichen Sophienstraße, in dem die Familie Riedmüller wohnte. Es nieselte.

Aus dem wenige Meter entfernten Ecklokal drangen Küchengerüche. Petzold wurde bewusst, dass er seit dem Frühstück nichts gegessen hatte.

Unsicher reichte die Frau Birgit den Ausweis zurück.

»Und Frau Riedmüller?«

»Also, die ist doch mit der kleinen Marlit … Ich weiß aber eigentlich nicht, ob ich Ihnen das …« Verlegen fummelte sie an ihrem Hut herum.

»Ist das denn ein Geheimnis?«

»Also, jedenfalls, hier sind die nicht. Nicht in der Stadt. Sie wollten nach diesem furchtbaren … Dings … da wollten die also, dass das Kind Abstand gewinnt und, und … In der Schule ist sie krankgemeldet.«

Ein roter Fiat fuhr vorbei, aus dem trotz geschlossener Fenster so laute Rockmusik wummerte, dass sie warten mussten, bis er um die Ecke gebogen war.

»Und wo sind die beiden jetzt?«, fragte Petzold dann mit strenger Stimme.

»Also … Sie haben mich gebeten, niemandem … Und sie sind ja auch wirklich sehr nette Nachbarn. Wenn's nur mehr von der Sorte gäb. Wenn ich nur an diese Italiener im Dritten oben denke mit ihren vielen Kindern … So ein braves, stilles Mädel, die kleine Marlit. Nicht so ein Rabauke wie diese …« Kopfschüttelnd nahm sie ihre Taschen wieder auf. »Fragen Sie doch am besten einfach den Mann.«

»Und wo finden wir den? Können Sie uns das wenigstens verraten?« Birgit trat von einem Fuß auf den anderen. Der Regen war stärker geworden, und ein böiger Wind war aufgekommen.

Seufzend wandte die Frau sich ein letztes Mal um. »Architekt ist der. Das Büro ist irgendwo in der Beiertheimer Allee.«

Birgit war schon auf dem Weg zum Wagen. Als Petzold einstieg, hatte sie sein Handy am Ohr.

»Beiertheimer Allee 64. Gib Gas«, sagte sie nach Sekunden.

»Da drüben, der Graf Zeppelin, das ist 'ne ganz nette Kneipe. Und ich hab so einen tierischen Hunger. Könnten wir nicht ...?«

»Essen kannst du, wenn Lilli wieder da ist!«, fauchte sie.

»Jetzt mach doch nicht so 'ne Hektik!«, maulte er und ließ den Motor an. »Wir sind hier in Baden und nicht in Preußen!«

Birgit explodierte. »Ich mache aber Hektik, verdammt noch mal! Ein Kind ist entführt worden und hockt nun in irgendeinem lausigen, dreckigen, gottverdammt kalten Keller und fürchtet um sein Leben. Verstehst du? Jede Sekunde fürchtet es um sein Leben! Und deshalb fände ich es schwer in Ordnung, wenn du deine badische Gemütlichkeit mal kurz ablegen und ein bisschen auf die Tube drücken würdest!«

Petzold biss die Zähne zusammen und trat aufs Gas, dass die Reifen des Audi aufjaulten. »Gerlach hat wirklich Recht. Du bist nicht professionell. Du lässt die Sache viel zu nah an dich ran.«

»Halt einfach nur die Klappe und fahr«, erwiderte sie mit geschlossenen Augen. »Ich lasse die Sachen so nahe an mich ran, wie es mir passt.«

Petzold fegte mit quietschenden Reifen um eine Ecke. Etwas arbeitete in Birgits Gesicht. Es schien ihr schwer zu fallen, die Beherrschung zu bewahren. Lange waren nur das Brummen des Motors und das Quietschen des Scheibenwischers zu hören. Erst als sie in die Beiertheimer Allee einbogen, sprach er wieder:

»Sei mal ehrlich. Du bist doch sonst nicht so. Da steckt doch irgendwas dahinter. Vielleicht noch so 'ne alte Geschichte, von der ich nichts wissen darf?«

Sie sah zum Seitenfenster hinaus und schüttelte nur den Kopf. Petzold stellte den Wagen auf dem Gehweg vor der beeindruckenden Villa ab, in dem das »Büro für Stadtplanung – Prof. Henschel, Dr. Riedmüller und Partner« residierte. Birgit pfefferte das Polizei-Schild auf das Armaturenbrett und sprang wortlos aus dem Wagen.

Die Empfangshalle war nicht weniger imposant als das Gebäude.

Bis auf die üppigen, bis zur Decke wachsenden Grünpflanzen war hier alles weiß, schwarz oder verchromt. Selbst die Aschenbecher hatten sich ins Konzept zu fügen. Allerdings war es die Empfangsdame, die den größten Eindruck auf Petzold machte. Sie begrüßte sie mit einem Lächeln, als hätten sie den Auftrag für die Planung einer Millionenstadt in der Tasche. Zuvorkommend wurden sie gebeten, sich ein winziges Momentchen zu gedulden und doch bitte schön kurz Platz zu nehmen. Die Frau wusste sich auf ihren Stilettos zu bewegen, als hätte sie die Hälfte ihres bisherigen Lebens auf den Laufstegen der internationalen Haute Couture verbracht. Sie trug einen knappen, selbstverständlich schwarzen Rock zu einer offenherzigen weißen Bluse. Dazu schwarze Strümpfe mit exakt gerade sitzender Naht. Petzold ließ sich auf einem der Bauhaus-Ledersessel nieder und tat, als würde er interessiert eine Lifestyle-Zeitschrift lesen.

Birgit schlich ruhelos umher und sah sich die Bilder an den Wänden an. Ebenso großformatige wie langweilige Luftaufnahmen moderner Stadtviertel. Petzolds Blick wich sie hartnäckig aus.

Nach zehn Minuten kam ein athletisch gebauter Mann Anfang fünfzig aus einem der Büros, stellte sich mit strahlendem Lächeln als Karsten Riedmüller vor und drückte ihnen kraftvoll die Hand. Natürlich trug er einen schwarzen Anzug zu einem hellgrauen Rollkragenpulli. Sein optimistisches Lächeln zersplitterte, als er den Anlass des Besuchs erfuhr.

»Dann kommen Sie doch vielleicht am besten in mein Büro«, sagte er mit gesenkter Stimme.

Auch dort überwogen Chrom und Schwarz, die kantigen Sessel waren die gleichen wie draußen. Ein kräftiger Baum mit kleinen Blättern strebte einer an der Decke hängenden, bläulich scheinenden Lampe entgegen. Wie Petzold seit neuestem wusste, ein Ficus Benjamini.

Riedmüller wies linkisch auf die Sessel und nahm hinter seinem Schreibtisch Platz. Mit unglücklicher Miene faltete er die Hände auf der Tischplatte aus schwarz schimmerndem Granit. Auf dem riesigen Schreibtisch, den man mit allem, was sich darauf befand, unverändert in ein Museum für modernes Design hätte verpflanzen können, lag nichts herum, was auch nur entfernt an Arbeit erinnerte.

»Es ist so –«, begann Riedmüller zögernd, ohne aufzusehen.

»Lassen Sie mich eines klarstellen, bevor wir lange um den heißen

Brei herumreden«, unterbrach ihn Birgit in amtlichem Ton. Sie saß senkrecht auf der Sitzkante, während Petzold es sich in seinem Sessel bequem gemacht und die Beine übereinander geschlagen hatte. »Inzwischen ist eine ganz neue Situation eingetreten. Wir gehen jetzt davon aus, dass Ihre Tochter versehentlich entführt wurde, aufgrund einer Verwechslung. Und nun haben die Täter leider das richtige Mädchen erwischt. Sie können sich vielleicht denken, dass die Aussage Ihrer Tochter dadurch für uns plötzlich sehr, sehr wichtig geworden ist. Jetzt sind Sie zur Aussage verpflichtet. Es sei denn, Sie wollen sich der Verdeckung einer Straftat schuldig machen.«

»Ein anderes Mädchen?«, fragte Riedmüller ratlos. »Das ist ... das ist ja entsetzlich!«

»Sie ist im selben Alter wie Marlit«, fuhr Birgit fort. »Und sieht ihr unglücklicherweise auch ein bisschen ähnlich.«

Lange betrachtete Riedmüller seine Knöchel. Petzold konnte beobachten, wie die Gedanken und Gefühle in ihm hin- und herwogten. Schließlich gewannen die Zweifel die Überhand.

»Aber ... Ich ... müsste erst mit meiner Frau sprechen, wenn Sie verstehen. Wir hatten verabredet, dass wir das Kind von all dem fernhalten.« Er nahm seine schmale, schwarz umrahmte Brille ab und massierte sich die Nasenwurzel. »Verstehen Sie mich bitte recht, es ist natürlich nicht so, dass wir Sie nicht unterstützen wollen, aber andererseits, nun ja, hat es diesen unglücklichen Zwist zwischen Hannah und Ihnen gegeben. Das waren doch Sie?«

Birgit nickte knapp.

»Andererseits möchten wir das Kind natürlich möglichst nicht noch mehr belasten. Wir geben uns viel Mühe, sie von all diesen Scheußlichkeiten des modernen Lebens fernzuhalten. Bei uns gibt es zum Beispiel keinen Fernseher, kein Internet und keine Gameboys und all diesen informationskatastrophalen Unfug. Wir halten sie zum Lesen an, abends spielen und reden wir viel. Wir nehmen uns Zeit für unser Kind, wenn Sie verstehen.«

»Ich verstehe Sie ganz vorzüglich, Herr Doktor Riedmüller. Aber das ändert nichts an der Situation«, erwiderte Birgit scharf. »Und wenn Sie die Bemerkung gestatten: Ich bin sicher, dass Sie Ihrer Tochter keinen Gefallen tun, indem Sie sie daran hindern, sich mit dem auseinander zu setzen, was geschehen ist.«

Riedmüllers Kiefer mahlten, dass Petzold meinte, die Zähne knirschen zu hören.

Birgits Ton wurde noch eine Spur aggressiver: »Sie sollte ganz im Gegenteil so viel wie möglich sprechen über das, was ihr zugestoßen ist. Vielleicht braucht sie sogar psychologische Betreuung. Was sie aber auf gar keinen Fall braucht, ist, dass Sie sie in Watte packen und irgendwohin schleppen in der Hoffnung, dass sie einfach alles vergisst.«

»Es geht ja nicht nur um Marlit«, sagte Riedmüller nach einer Weile. »Es ist auch wegen Hannah. Sie hatte einen kleinen, nun ja, Nervenzusammenbruch. Tagelang war sie nicht ansprechbar, hat nicht geschlafen, kaum gegessen. Marlit durfte keine Sekunde mehr von ihrer Seite. Die Situation wurde immer unerträglicher, und es war dann am Ende meine Idee, dass die beiden sich für eine Weile zurückziehen an einen Ort, wo sie sich sicher fühlen können.« Endlich sah er auf. »Aber ich verstehe andererseits natürlich Ihre Situation. Wenn Sie vielleicht kurz draußen warten könnten. Ich werde mit Hannah sprechen. Wir entscheiden solche Dinge grundsätzlich gemeinsam.«

Das Telefongespräch dauerte eine ganze Weile. Manchmal wurde Riedmüller so laut, dass Petzold seine Stimme durch die dicke Tür hören konnte. Schließlich bat er sie mit rotem Kopf wieder herein. Er sah noch unglücklicher aus als zuvor.

»Tut mir Leid«, murmelte er und fuhr mit der Fingerspitze auf dem Telefonhörer hin und her. »Hannah kann da leider äußerst … entschlusskräftig sein«, sagte er kläglich.

Petzold bremste Birgit mit einem Blick und räusperte sich. »Herr Doktor Riedmüller«, sagte er mit ruhiger Stimme. »Sie haben vielleicht noch nicht richtig verstanden, worum es hier geht. Ein Kind schwebt in Lebensgefahr. Und Sie sind vielleicht der einzige Mensch, der uns helfen kann, es zu finden, solange es noch lebt. Wenn Sie bei Ihrer Entscheidung bleiben und wir später herausfinden sollten, dass Sie uns Informationen vorenthalten haben, die das Mädchen hätten retten können, dann wird es sehr, sehr ungemütlich werden für Sie und Ihre Frau.«

Birgit beobachtete ihn sichtlich verblüfft. Petzold trat zwei Schritte vor, stützte sich auf den Schreibtisch und zwang den Architekten, ihm in die Augen zu sehen. »Ich könnte Ihnen jetzt sämtliche in Frage kommenden Paragraphen aufzählen«, fuhr er fort, ohne die Stimme zu heben. »Da wären zum Beispiel Paragraph zweihundertsiebenundfünfzig StPO, Begünstigung einer Straftat oder Paragraph zweihundertachtundfünfzig, Strafvereitelung ...« Riedmüller schloss die Augen. »Vielleicht auch unterlassene Hilfeleistung, und vermutlich gibt es noch ein paar andere Gesetze, gegen die zu verstoßen Sie im Begriff sind. Aber von all dem will ich gar nicht reden. Reden will ich von den Vorwürfen, die Sie selbst sich jeden Tag Ihres restlichen Lebens machen müssten, falls Lilli etwas zustoßen sollte.«

»Lilli?«, fragte Riedmüller leise.

»Elisabeth«, sagte Birgit noch leiser. »Sie ist elf.«

Im nahen Stadtgarten kreischte ein Pfau, irgendwo im Haus klapperten Stöckelschuhe über polierte Granitplatten, in der Ferne telefonierte eine aufgebrachte Frau mit zu lauter Stimme.

»Lilli«, wiederholte Riedmüller und schien dem Klang des Namens nachzulauschen.

»Bad Säckingen? Wo is 'n ditt?«, fragte Birgit atemlos, als sie wieder im Wagen saßen, und verfiel vor Aufregung in ihren Berliner Dialekt. Hektisch sah sie auf die Uhr. »Mann! Halb vier schon!«

Petzold ließ den Motor aufheulen. »Irgendwo da unten an der Schweizer Grenze. Die A5 bis Lörrach und dann Richtung Osten, immer am Rhein lang.«

»Pass auf, großer Bär, wir machen es so: Ich nehme den Porsche und mache mich sofort auf die Autobahn. Wie lange werde ich brauchen?«

»Zwei Stunden, wenn du kein Bußgeld riskieren willst.«

»Du rufst die Kollegen da an, dass mich jemand in Empfang nimmt und begleitet, falls es wieder Stress mit der Mutter gibt. Und dann fährst du so früh wie möglich nach Hause und leistest Annmarie Gesellschaft. Vermutlich rufen sie bald wieder an.«

»Wie bleiben wir in Verbindung?«

»Die werden in Bad Säckingen wohl auch schon Telefon haben?«

»Ich sag ja immer, wenn du ein Handy hättest ...«

»Du weißt, wie sehr ich diese kleinen, wie sagte er so hübsch, informationskatastrophalen Nervensägen hasse!«

Petzold bog auf den Präsidiumsparkplatz, dass der Kies spritzte. Auf der Treppe hatte er Mühe, Birgit zu folgen. Ihre Büros waren leer, die anderen waren schon wieder unterwegs. Zum Glück trafen sie auch Gerlach nicht. Petzold fischte seinen Autoschlüssel aus dem Schreibtisch und warf ihn Birgit zu.

»Und lass dir bloß nicht einfallen, mir so ein Ding zu Weihnachten zu schenken!«, sagte sie.

»Was?« Petzold tat verständnislos.

»Es soll doch tatsächlich Kerle geben, denen nichts Besseres einfällt, als ihre Liebste mit einem Handy zu beglücken!«

Sie gab ihm einen eiligen Kuss und wandte sich zum Gehen. In der Tür drehte sie sich noch einmal um. »Das war übrigens große Klasse, wie du das vorhin gemacht hast. Hätte ich dir gar nicht zugetraut. Du wirst doch nicht auf deine alten Tage erwachsen werden?«

»Tja«, sagte er und sah verlegen grinsend auf den Tisch.

»Und sei nett zu Annmarie, hörst du? Nicht dass du am Ende Streit mit ihr anfängst!« Noch ein Kuss kam geflogen, dann war sie verschwunden. Nach einer Sekunde öffnete sich die Tür erneut.

»Aber nicht zu nett, ja?«

»Sei du vor allem nett zu meinem Auto!«, rief Petzold ihr nach. Bald hörte er, wie unten der Motor des Porsche angelassen wurde. Seufzend nahm er den Hörer und rief das Revier in Bad Säckingen an. Eine Weile diskutierte er mit dem knurrigen Schichtleiter, dessen harten Dialekt er kaum verstand. Schließlich kam man überein, dass ein Streifenwagen Birgit an der Ortseinfahrt abfangen und zu Marlit Riedmüller begleiten würde, die von ihrer entschlusskräftigen Mutter seit acht Tagen bei ihren Großeltern versteckt gehalten wurde.

Die Klinke senkte sich langsam. Die Bürotür schwang auf. Leise kam Birgit herein, schloss die Tür sorgfältig und setzte sich umständlich auf Schillings Stuhl.

»Du hast Recht«, sagte sie mit schuldbewusst gesenktem Blick. »Irgendwann muss ich es dir ja mal sagen.« Sie schloss die Augen und atmete noch einige Male tief, bevor sie weitersprach. »Sie hieß Gisela, aber alle haben sie Gitti genannt. Die Schwester meiner besten Freundin. Ich war damals fast so alt wie Lilli. Gitti war acht, als es …« Birgit nahm einen Stift von Schillings Schreibtisch und begann, damit zu spielen. »Es war im Hochsommer, wir hatten Ferien.«

Sie legte den Kuli wieder hin und schlug die Hände vors Gesicht. Aber sie schien nicht zu weinen.

»Sie ist zum Mittagessen nicht nach Hause gekommen. Sie haben dann überall nach ihr gesucht, das halbe Viertel. Aber ich war es, ich habe sie gefunden. In dem alten Kahn auf dem See im Wald, wo wir manchmal gebadet haben.« Sie nahm die Hände herunter und sah ihm mit weiten, trockenen Augen ins Gesicht. »Ich wusste, dass sie dort hingegangen war. Und ich wusste auch, mit wem. Ich hatte sie gesehen. Es war Sascha. Der Sohn von einem unserer Parteibonzen. Er war nicht ganz …« Sie tippte an ihre Stirn und nahm den Kugelschreiber wieder in die Hand. »Und seither …« Sie verstummte und drückte ein paarmal sinnlos den Knopf des Kulis.

»Kriegst du jedes Mal die Krise, wenn irgendwas mit einem Kind passiert.«

Sie nickte. »Und träume schlecht, wenn ich Wasser gluckern höre.« Sie lachte gequält auf. »Ich weiß, klingt doof. Ist aber so.«

»War das … bist du deshalb bei der Polizei gelandet?«

Sie nickte. »Zur Sitte wollte ich unbedingt. So einer sollte nie wieder … Das Schlimmste war nämlich: Dem Kerl ist gar nichts geschehen! Sie haben meiner Aussage einfach nicht geglaubt! Man hat die Sache niedergeschlagen. Ich habe damals nicht so viel verstanden von allem. Aber das war mir klar: Das war nicht richtig. Auch wenn er nicht zurechnungsfähig war, musste es doch wenigstens einen Prozess geben. Er durfte doch nicht einfach so … Zwei Jahre später sind sie dann rüber in den Westen.« Ihre Hand fuhr zum Hals. »Und das Kettchen, das hat Gitti an diesem Tag getragen. Jahre später, es war mein erster Tag in Uniform, da hat ihre Mutter es mir geschenkt. War ganz komisch. Hat kein Wort gesagt dabei. Einfach nur in die Hand gedrückt. Und ich habe mich gefreut wie nie wieder über irgendwas.« Lange schwieg sie. Hob schließlich die Schultern. »Nu weißt du's.«

Diesmal war ihr Abschiedskuss sehr warm.

Petzold holte sich zwei belegte Brötchen in der Kantine und setzte Kaffee auf. Inzwischen war es halb fünf.

Er erledigte noch einige unwichtige Telefonate und räumte nebenbei ein wenig seinen Schreibtisch auf, der es nötig hatte. Er sortierte Akten auf Stapel und heftete lose Blätter ab. Am Ende war er immer noch allein. Keiner der Kollegen tauchte auf. Der Teufel mochte wissen, wo die steckten. Schließlich war sein Schreibtisch so ordentlich wie seit Jahren nicht. Als es wirklich nichts mehr zu tun gab, faltete er die Hände auf der Schreibunterlage und dachte nach. Noch war Zeit, Gerlach über Lillis Entführung zu informieren. Was, wenn dem Mädchen etwas zustieß? Was, wenn hinterher herauskam, dass man es hätte verhindern können?

Er überquerte den Flur und erfuhr in einem der anderen Büros von einem gähnenden Kollegen, dass Gerlach und Schilling in Leopoldshafen waren, um irgendwelche Leute auszufragen, die irgendwas gesehen haben wollten. Wo Hirlinger steckte, wusste niemand. Hellmann, der Dezernatsleiter, hielt wie üblich, wenn man ihn brauchte, auf irgendeiner Tagung einen seiner wichtigen und hochtheoretischen Vorträge, die kein Mensch verstand. Blieb die Präsidentin persönlich. Langsam stieg er ein paar Stufen hinauf, machte auf halbem Weg kehrt und ging ins Büro zurück.

Lautlos vor sich hin fluchend setzte er sich wieder an den Schreibtisch. Nein, gleich zur Präsidentin, das war wohl doch keine so gute Idee. Andererseits ... Wenn Gerlach heute gar nicht mehr kam? Er könnte anonym Anzeige erstatten und später so tun, als wüsste er von nichts. Aber dann würde Lillis biestige Mutter sich vermutlich wirklich in ihrer Wohnung verbarrikadieren. Und wer würde die Verantwortung dafür übernehmen, aufgrund einer so vagen Information die Tür aufbrechen zu lassen?

Ob vielleicht alles gar kein Zufall war? Hatte Lilli womöglich absichtlich dort gestanden, auf Hundt und die anderen gewartet und dieses Ringbuch an sich genommen? Unsinn, das war wirklich zu konstruiert. Aber vielleicht hatte alles mit Annmaries Vergangenheit zu tun? Wenn es ihm gelingen würde herauszufinden, woher sie kam, vielleicht würde ihn das auf die Spur der Entführer bringen? Oder zumindest ein wenig Licht in dieses Durcheinander?

Auf Birgits Schreibtisch fand er rasch das gesuchte Papier. In holprigem Englisch schrieb er ein kurzes Fax an die Kriminalpolizei in Barreira. Vielleicht würden die dort unten es ja mit Dienstwegen und Datenschutz nicht gar so genau nehmen. Dann war es endlich halb sieben. Gerlach war nicht wieder aufgetaucht. Schilling war vermutlich mit seinem Super-Mountainbike vom Einsatz direkt nach Hause geradelt. Seit er einmal innerhalb weniger Tage zwei Dienstwagen demoliert hatte, benutzte er nur noch im Notfall ein Auto.

Petzold fuhr mit der Straßenbahn in die Innenstadt, stieg am Marktplatz aus, kämpfte sich durch das nach Bratwürsten, Gewürztee und Glühwein riechende, lärmende Gewühl des Weihnachtsmarkts und betrat einige Meter weiter einen proppenvollen Handy-Shop.

Als er endlich an die Reihe kam, durfte er sich einen gelangweilten Schnellkurs in Vertragsrecht anhören. Ergebnis war, dass er unwiderruflich für zwei Jahre glücklicher Besitzer eines supermodernen und ganz und gar überflüssigen Handys war. In einem letzten

Anflug von Gutmütigkeit riet ihm der Verkäufer am Ende, das Ding doch einfach im Internet zu versteigern. Als Petzold drohte, sich an irgendeine höhere Instanz zu wenden, erntete er nur ein müdes Grinsen, und sein schwitzender Gesprächspartner wandte sich angestrengt lächelnd einem gesetzten Paar in Lodenmänteln zu. Seine Miene hellte sich auf, als er hörte, dass sie ihre sämtlichen Enkelkinder mit »solchen putzigen Funktelefonen« zu beglücken wünschten.

Petzold zog wütend und ratlos durch die Geschäfte auf der Suche nach einem besser passenden Geschenk für Birgit. In einer Buchhandlung wurde er endlich kurz vor Ladenschluss fündig. Ein erschöpftes und sichtlich erkältetes Mädchen wickelte ihm den dicken Bildband über das moderne Berlin in weihnachtliches Papier und verzierte das Paket geduldig auch noch mit goldenem Band. In Berlin hatte Birgit lange gewohnt und gearbeitet. Über dieses Geschenk musste sie sich einfach freuen. Das Handy würde er schon irgendwie loswerden. Vielleicht konnte er es ja Schilling andrehen.

***

Nach einer halben Stunde hatte Birgit Malmberg sich an die Eigenheiten des nervtötend lauten und niemals freiwillig geradeaus fahren wollenden Porsches gewöhnt und das Gas ein wenig weiter durchgetreten. Hinter Freiburg hatte sie begonnen, Vergnügen daran zu finden, wie schnell die meisten anderen die linke Spur räumten, wenn sie den nachtblauen Neunhundertelfer Carrera im Rückspiegel auftauchen sahen. Beim Autobahndreieck Weil am Rhein war es nach Osten über Berge in Richtung Lörrach gegangen. Später, als die Autobahn plötzlich zu Ende war, hatte eine kurvige Bundesstraße über Hügel und durch Dörfer mit merkwürdigen Namen geführt. Die letzten Kilometer war sie hinter einem alten hellgrauen Mercedes Diesel hergekrochen, den ein älterer Herr mit Hut steuerte, der offenbar nichts von neumodischer Raserei hielt und keinerlei Respekt vor irgendwelchen Sportwagen an den Tag legte.

Pünktlich um halb sieben tauchte das Ortsschild von Bad Säckingen im Scheinwerferlicht auf. Wenige Meter dahinter parkte ein Streifenwagen mit eingeschaltetem Blaulicht am Straßenrand. Birgit hielt. Noch bevor sie den Motor abstellen konnte, öffnete sich vorne die Beifahrertür, eine uniformierte Frau sprang heraus, kam nach hinten gelaufen und ließ sich in den Sitz fallen.

»Wasmer. Regina Wasmer«, sagte sie atemlos und reichte ihr eine warme, kräftige Hand. »Ich werd Sie begleiten.« Die schwarz gelockte Polizeimeisterin wies nach vorne. »Wir bleiben erst mal auf dieser Straße, bis ich Ihnen was anderes sage.«

Zehn Minuten später parkte Birgit den Porsche am Straßenrand vor einem zweistöckigen älteren Einfamilienhaus.

»So«, lachte Regina Wasmer. »Da wären wir also.«

Die Luft war hier viel kälter als in Karlsruhe, es roch nach Kaminfeuern und feuchter Erde, und bis auf das leise Rauschen des Windes im Gebüsch war es still. Birgit dehnte die Glieder und schüttelte den Kopf. »Man wird ganz blöde von der Fahrerei.«

Die junge Polizistin lachte schon wieder ihr helles Lachen. Birgit angelte eine Akte vom Rücksitz und schloss den Wagen ab.

»Ich find eigentlich, wir könnten uns ruhig duzen, oder? Ich bin die Regina«, sagte ihre Begleiterin gut gelaunt und schlug Birgit auf die Schulter.

Der Name an der Tür lautete Gerstenmeyer. Wie Birgit inzwischen erfahren hatte, war Marlit Riedmüllers Großvater am hiesigen Gymnasium Oberstudienrat für Deutsch und Geschichte gewesen und vor wenigen Jahren kurz nach seiner Pensionierung verstorben. Regina hatte die Schule bis zur mittleren Reife besucht und eine Menge Schlechtes über ihn zu erzählen gewusst.

Birgit drückte den Messingknopf. Innen ertönte ein melodiöser Dreiklang-Gong.

Dieses unendlich schwere Kind

Die Frau war einfach schrecklich. Walter Matthau, der war ganz okay. Der hatte gute Augen, und obwohl er sich Mühe gab, böse zu tun, wusste Lilli genau, dass sie vor ihm keine Angst zu haben brauchte. Manchmal zwinkerte er ihr zu, wenn die Frau es nicht sehen konnte, oder lächelte ein bisschen. Einmal, am ersten oder zweiten Tag, hatte er ihr sogar heimlich eine Packung mit Süßigkeiten zugesteckt. Die waren in einer fremden Sprache beschriftet, die sie für Französisch hielt. Lilli hatte sie versteckt und nicht angerührt.

Die Frau aber, die konnte einen durch ihre dicke Brille ansehen, dass einen grauste. Natürlich hatte Lilli sie sofort wiedererkannt. Es war die Frau vom letzten Freitag, die ihr in der Straßenbahn aufgefallen war und später im Kaufhaus.

Inzwischen hatte sie sich zusammengereimt, was geschehen war. Walter Matthau hatte tagelang versucht herauszufinden, wo sie wohnte. Das hatte aber nicht geklappt. Daraufhin hatte am Freitag die Frau die Sache übernommen, und die war offenbar viel geschickter gewesen. Sie musste ihr und Annemie unbemerkt durch die ganze Stadt und bis nach Hause gefolgt sein. Dann, als sie Enten füttern waren, waren sie eingebrochen, hatten den Ordner aber natürlich nicht gefunden. Und schließlich war ihnen nichts anderes mehr eingefallen, als sie zu entführen, um von ihr zu erfahren, wo er war. Aber sie würde es niemals verraten.

Annemies Telefonnummer hatten sie dann leider rasch auf dem Zettel im Brustbeutel gefunden. Ob sie schon angerufen hatten, wusste Lilli nicht.

In den ersten Tagen hatte sie entsetzliche Angst gehabt, sich aber nichts anmerken lassen. Die ganze Zeit hatte sie bewegungslos auf ihrer Matratze gesessen, vor dem Heizstrahler, den sie ihr hingestellt hatten, und ihnen niemals ins Gesicht gesehen. Sobald sie jemanden auf der Treppe hörte, hatte sie das Hörgerät ausgeschaltet und sich ganz klein gemacht und sie einfach nicht angesehen. Sie hatte auf keine Frage geantwortet, nichts angenommen, auf kein Angebot reagiert, selbst den Fernseher, den sie ihr mit viel Mühe und Gezeter und mit Hilfe eines langen Antennenkabels am Montagabend hingestellt hatten, benutzte sie nur, wenn sie allein war.

Mit jedem Tag war die Frau wütender geworden und Walter Matthau immer verlegener und trauriger. Aus den Augenwinkeln konnte Lilli sehen, wie die Frau schrie und zeterte. Aber weil sie nichts hörte, war das nicht wirklich schlimm. Und bisher hatten sie nicht gewagt, sie anzufassen.

Der Fernseher war ein Glück. ARTE brachte zurzeit eine Alain-Delon-Reihe. Gestern war »Nur die Sonne war Zeuge« gekommen, für heute war »Der eiskalte Engel« angekündigt. Auf den freute sie sich besonders, obwohl sie ihn schon dreimal gesehen hatte.

Sonst berührte Lilli nichts, was die beiden ihr brachten. Weder das Essen noch die Comic-Hefte, die sie gestern angeschleppt hatten, nicht die Süßigkeiten von Walter Matthau, einfach nichts. Wenn sie hereinkamen, dann saß sie immer an derselben Stelle in derselben Haltung und starrte die feuchte Wand an, in deren bröckelndem Putz man die phantastischsten Dinge entdecken konnte, wenn man lange genug hinsah. Gesichter, Fabeltiere, ein weißes Schloss ganz oben auf einem ungeheuren Eisberg.

Irgendwann würden Nick Nolte kommen und Meg Ryan und ihre Kollegen, und sie würden die beiden ins Gefängnis stecken. In ein Gefängnis, das mindestens so kalt und ungemütlich war wie dieser eklige Keller hier. Und sie würden niemals, niemals, niemals wieder herauskommen. Die schlimmsten Arbeiten würden sie machen müssen. Lilli malte sich immer neue Torturen aus, die ihre Entführer erleiden mussten.

Kinder zu entführen, das war ja wohl das Schlimmste, was ein Mensch tun konnte. Schlimmer war nur noch, sie zu töten. Aber das würden sie nicht tun, das würde Walter Matthau verhindern. Und sie konnte sich nicht an einen einzigen Film erinnern, in dem ein entführtes Kind am Ende getötet worden wäre.

In den letzten Tagen dachte Lilli oft an Nick Nolte und Meg Ryan. Stellte sich vor, wie sie mit schweren Waffen in den Händen Haus für Haus durchsuchten, Türen aufbrachen, verängstigte Menschen anbrüllten und näher und näher kamen. Bestimmt würde es jetzt nicht mehr lange dauern, bis sie das richtige Haus fanden. Vielleicht beobachteten sie es schon und warteten nur, bis die Entführer schliefen? Möglich, dass sie die beiden da oben gleich erschießen würden.

Oder sie zwingen, niederzuknien, mit Pistolenläufen an den Schläfen. Und dann würden sie Lilli rufen und fragen, was mit ihnen geschehen sollte. Dann würde sie lange überlegen und am Ende einmal nicken, ganz wenig nur. Aber Nick Nolte würde sofort verstehen. Mit Walter Matthau würde sie vielleicht ein bisschen Mitleid haben. Vielleicht.

***

Marlit war nicht wiederzuerkennen. Mit vor Aufregung glänzenden Augen saß sie auf einer Küchenbank im Landhausstil und wartete auf die Fragen. Vor Birgit und Regina dampften Teetassen, Marlits unerschütterlich lächelnde kugelrunde Großmutter versuchte, sie mit frisch gebackenen Weihnachtsplätzchen und verführerisch duftender Gulaschsuppe zu mästen. Marlits Mutter hatten sie bisher nicht gesehen.

»Mein Gott, jetzt sind Sie so weit g'fahre. Extra wegen uns. Do müsset Sie doch ebbes esse, wenigschtens e' Kleinigkeit oder nitt?«, meinte Frau Gerstenmeyer.

Birgit wehrte dankend ab, während Regina sich willig von der Gulaschsuppe geben ließ.

»Die Hannah, die ischt oben. Der geht's nitt so guet«, erklärte die alte Frau. »Aber unserer Marlit, der geht's wieder blendend, was, min Spatz?« Sie stieß dem Mädchen kumpelhaft den Ellenbogen in die Seite. Marlit strahlte sie an, und Birgit vermutete, dass sie hier ein glücklicheres Leben führen durfte als in ihrem keimfreien Zuhause, wo sie vor Elternliebe und Fürsorge kaum Luft zum Atmen fand.

Birgit zwinkerte Marlit zu und schaltete das Diktiergerät ein. »Wir fangen am besten noch mal ganz von vorne an. Erinnerst du dich an mich?«

Marlit nickte eifrig. Regina löffelte genießerisch seufzend ihre Suppe. Birgit musste immer öfter schlucken.

»Okay. Dann erzähl einfach mal.« Birgit lehnte sich zurück. »Du bist aus der Schule gekommen. Das war wann?«

»Zehn nach zwölf hatten wir aus. Wir hatten Mathe in der fünften. Bei Herrn Behrendt.«

»Magst du Mathe? Und Herr Behrendt? Ist der nett?«

Das Mädchen kicherte. »Na ja. Meistens schon.«

Vorsichtig tastete Birgit sich weiter. »Fünf Minuten später warst du an der Kreuzung Sophien- und Yorckstraße, richtig?«

Marlit sah auf den Tisch und erzählte, ohne zu stocken. Sie hatte an der Ampel gewartet, bis sie grün wurde, die Yorckstraße überquert, wenige Meter weiter stand der dunkle Wagen, an dessen Typ und Farbe sie sich nicht erinnern konnte. Eine Frau war ausgestiegen, hatte ihr händeringend erklärt, ihre Mutter habe einen schweren Unfall gehabt und sie habe den Auftrag, sie sofort ins Krankenhaus zu bringen, weil es sehr, sehr ernst sei. Zu Tode erschrocken war sie eingestiegen. Sekunden später hatte sie das Bewusstsein verloren.

»Was für ein Glück, dass diese Nachbarin gerade aus dem Fenster gesehen hat, was?«, meinte Birgit lächelnd. »Sonst hätten wir vermutlich lange nicht gewusst, wo du steckst.«

Marlit bemühte sich, eine Beschreibung der Entführerin zu geben. Die Haare waren grau, glatt und kurz gewesen, die Miene unfreundlich, die Sprache »komisch«.

»Meinst du, sie war Ausländerin? Oder hat sie einen Sprachfehler gehabt?«

Marlit nickte zögernd. »Mit dem Mann hat sie Ausländisch gesprochen.«

»Kannst du sie vielleicht noch genauer beschreiben?«

Unsichere Blicke zur unbeirrt lächelnden Oma.

»Lass dir Zeit. Wir haben ganz viel Zeit.«

Mit halb geschlossenen Augen und stockender Stimme gab Marlit eine Beschreibung der Frau: »So eine ganz dicke Brille hat die gehabt. Eine runde, mit silbernem Rand, und die Augen waren so ganz groß und … haben einem Angst gemacht, wenn sie einen angeguckt hat. Und diesen … diesen Fleck auf der Backe hat sie gehabt.«

»Was für einen Fleck?«

Ratlose Blicke zur Großmutter. Birgit schob einen Ärmel hoch und zeigte Marlit ein Muttermal am Oberarm.

»So einen vielleicht?«

Nicken. Lächeln. »Und ziemlich groß war die auch. Größer als Mama sogar.«

Birgit wechselte mit Frau Gerstenmeyer einen Blick.

»Hannah ist einsvierundsiebzig«, sagte die.

»Die Sprache, hast du die vielleicht erkannt?«

Entschiedenes Kopfschütteln.

»Und der Mann? Hast du den später auch gesehen?«

»Der hat vorne gesessen. Der musste ja fahren. Später schon.«

Marlit wurde unruhig. Sie begann, auf der Bank herumzurutschen, immer öfter suchte ihr Blick den der Großmutter, die nicht aufhörte, Lächeln und Wärme zu verbreiten und Essen anzubieten. Birgit ließ sich nun doch zu einem Teller Suppe überreden.

»Dass sie Sie angezeigt hat, das finden wir nämlich schlimm«, erklärte Frau Gerstenmeyer leise mit einem Blick zur Decke. »Schließlich machet Sie ja auch nur Ihre Arbeit. Ich hab auch ordentlich gescholten mit ihr.«

Birgit lobte die Suppe und wischte sich den Mund ab. »Und irgendwann bist du dann in diesem Keller zu dir gekommen.«

Marlit nickte mit großen, feuchten Augen. Frau Gerstenmeyer legte den Arm um ihre schmalen Schultern und zog sie an sich.

»Jetzt wäre es schön, wenn du diesen Keller möglichst genau beschreiben könntest. Alles kann wichtig sein. Jede Kleinigkeit. Der Geruch, Geräusche, einfach alles, verstehst du?« Birgit riss ein Blatt aus ihrem Notizblock und malte ein großes Quadrat. »War der Raum so?«

Zögerndes Nicken.

Birgit zeichnete ein längliches Rechteck. »Oder eher so?«

»Das zweite«, sagte Marlit und kroch noch ein wenig mehr in ihre Großmutter hinein.

»Und wo warst du?«

Mit einer schnellen Bewegung deutete Marlit in eine Ecke. Birgit fragte und zeichnete weiter. Bald hatten sie die Lage der Tür, eines Bretterverschlags, der Marlit weitgehend die Sicht versperrt hatte, und eines vergitterten Fensters festgelegt, das so hoch war, dass sie gerade eben nicht hatte hinaussehen können. Nach und nach kamen immer mehr Einzelheiten zutage. In einer Ecke hatte ein großer Kohlehaufen gelegen, neben Marlits Sitzplatz einige verstaubte Weinkisten. Marlit selbst hatte auf einem alten Teppich gesessen und war mit einem Seil an ein Rohr gefesselt gewesen. Später hatten die Entführer eine alte Matratze angeschleppt. Und irgendwann hatten sie auch noch einen elektrischen Heizstrahler gebracht.

Marlit knabberte Plätzchen und trank Früchtetee. Birgit bat um einen zweiten Teller Gulaschsuppe.

***

Seit Ewigkeiten saß Annmarie nun schon auf ihren Händen und starrte den Teppich an, als gäbe es dort geheime Botschaften zu entziffern. Ihr Gesicht war ständig in Bewegung, sie kaute auf der Unterlippe, auf der Backe, zog unhörbar die Nase hoch, zwinkerte. Petzold schwieg, weil ihm längst nichts mehr einfallen wollte, was er noch hätte sagen können. Ein richtiges Gespräch war ohnehin nicht in Gang gekommen. Auf seine Fragen hatte sie ausweichend oder patzig geantwortet. So blätterte er zum dritten Mal eine langweilige Mode-Zeitschrift durch und nippte hin und wieder an seinem Rotwein im dickwandigen Wasserglas. Bier hatte sie nicht gehabt. Sie selbst hatte nichts trinken wollen. »Brauch 'nen klaren Kopf«, hatte sie nur gemurmelt.

Petzold verfluchte die ganze Geschichte und wünschte, Birgit wäre da. Einmal mehr sah er auf die Uhr. Wieder waren drei Minuten vergangen.

Inzwischen war es nach halb neun, und er kam aus dem Gähnen nicht mehr heraus. Dies hier versprach der langweiligste Abend seines Lebens werden. Mindestens so nervtötend wie die Tage und Nächte bei Maria Schönewald vor eineinhalb Jahren, dieser hochnäsigen Mutter eines jungen Schwulenmörders, der aus dem Gefängnis geflohen war.

Er hoffte, dass Birgit etwas Brauchbares aus Marlit herausbrachte und diese Geschichte endlich ein Ende fand. Er hoffte, dass Lilli immer noch lebte und ihre Entführung ohne Schaden überstand. Und er hoffte, dass er nie wieder mit ihrer zickigen Mutter einen Abend verbringen musste. Wann Birgit wohl zurückkam? Ob sie vielleicht schon unterwegs war? Warum rief sie bloß nicht an?

***

Inzwischen war Lilli nur noch wütend und unvorstellbar hungrig. Aber das machte nichts. Zweimal am Tag durfte sie auf die Toilette im Erdgeschoss. Dort trank sie dann ganz viel Wasser, weil Trinken wichtig war. Das hatten sie vor Wochen in Biologie durchgenommen. Ein Mensch kann lange Zeit ohne Essen leben, aber nur wenige Tage ohne etwas zu trinken.

Dann brachten sie sie wieder in diesen Keller, der trotz des ständig glühenden Heizstrahlers nicht warm werden wollte. Oft dachte sie auch an Will Smith. Der war jetzt bestimmt sehr traurig, dass sie nicht mehr kam, um ihn zu füttern und ihm Geschichten zu erzählen. Darauf freute sie sich besonders: sein warmes, seidiges Fell wieder zu spüren. Zu fühlen, wie er schnurrte und sich wohl fühlte und ganz weich wurde auf ihrem Arm.

Und ihre neue Freundin, die kluge Ratte mit den flinken Augen, würde nun auch jeden Vormittag vergeblich am Kohlkopfbrunnen auf ihr Frühstück warten.

Oben war alles still. Vermutlich waren sie wieder einmal weg. Manchmal fuhren sie fort. Dann hörte man Schritte im Flur, die schwere Haustür und kurz darauf ein Auto. Sie fuhren immer im Dunkeln weg und kamen immer bald zurück. Lilli vermutete, dass sie dann einkauften. Selten hörte sie oben Stimmen, nur wenn sie laut wurden. Meist stritten sie dann. Dann hatte sie doch wieder Angst. Menschen, die streiten, können gefährlich sein, das wusste sie.

Ihr etwas zu essen zu bringen, hatten sie gestern aufgegeben. Die Happy-Meal-Tüten von McDonald's und die dazugehörigen Cola mittelgroß standen unberührt neben der Matratze. Lilli hätte zu gern wenigstens das Spielzeug ausgepackt, das in jeder dieser Tüten war. Nur um zu sehen, was drin war. Aber nicht einmal diesen Triumph würde sie denen gönnen.

Ja, irgendwann würden Nick Nolte und die anderen unweigerlich kommen. Sie musste nur Geduld haben und durchhalten. Und im Geduldhaben und Durchhalten war sie ein Genie.

Oben hörte sie Schritte. Jemand sprach. Es war Walter Matthau. Es klang, als würde er telefonieren.

***

Um genau sieben Minuten vor halb zehn klingelte endlich das Telefon. Petzold schrak zusammen, sprang auf und drückte die Aufzeichnungs-Taste am Anrufbeantworter. Auch Annmarie war zusammengezuckt. Ihre Stimme klang heiser vor Anspannung.

»Ja?«

Die Antwort konnte Petzold nicht hören.

»Doch, ich weiß jetzt, wo das Teil ist. Aber erst will ich mit Lilli reden. Sonst läuft gar nichts, okay? Nothing!«

Petzold legte das Ohr an den Hörer. Sie warf ihm von unten her einen nicht zu deutenden Blick zu.

»Warum sprechen Lilli?«, fragte die dumpfe Stimme, die er schon vom letzten Anruf kannte.

»Ich will wissen, ob sie noch lebt, Mann!«

Petzold machte eine besänftigende Handbewegung. Es hatte keinen Sinn, die Situation noch komplizierter zu machen, als sie schon war. Auch die Entführer waren vermutlich am Ende ihrer Belastungsfähigkeit angelangt und konnten bei der kleinsten Provokation überreagieren, einfach auflegen und sich nie wieder melden oder Lilli in einer Kurzschlusshandlung erschießen wie Hundt. Annmarie schüttelte sich und stieß die Luft durch die Nase. Am anderen Ende gab es unverständliches Gemurmel. Petzold meinte, eine Frauenstimme herauszuhören.

»Wirklich Buch gefunden?«

»Wenn ich's doch sage!«

»Wann wir bekommen?«

»Es gibt da noch ein kleines Problem. Diese Freundin, die kommt erst morgen zurück, verstehen Sie mich? Morgen Nachmittag oder Abend. Hab vorhin mit ihren Eltern telefoniert. Es ist ganz bestimmt das Ding, das Sie haben wollen. Morgen Abend können Sie es haben. Spätestens. Aber nur, wenn ich sicher sein kann, dass es Lilli gut geht.«

»Gut«, sagte der Mann schließlich. »Jetzt holen Lilli und wieder anrufen. In Minuten.«

»Das ist todsicher ein Handy«, sagte Petzold, als Annmarie aufgelegt hatte. Sekundenlang standen sie nebeneinander und starrten den Hörer an. Ihre Oberarme berührten sich leicht, sie schien es nicht zu bemerken. »Handys kann man orten. Das ist vielleicht eine Chance!«

Noch immer stand sie auf Tuchfühlung neben ihm. Er konnte die Wärme ihres Körpers spüren, ihren schwachen Duft riechen, vielleicht von einem Duschgel oder einer Seife. Sie war über einen Kopf kleiner als er und zart wie ein Teenager.

»Lilli darf aber nichts passieren, hörst du? Die können alles von mir haben, wenn ...«

Das Telefon klingelte erneut.

»Lilli?«

»Annemie?« Die Stimme des Mädchens klang sehr weit weg. Die Verbindung war viel schlechter als zuvor.

»Wie geht's dir?«

»Gut.«

Jetzt, wo sie ihre Tochter am Telefon hatte, wusste Annmarie offenbar nicht mehr, was sie sagen sollte. »Geben sie dir genug zu essen?«, fragte sie.

»Hm.«

Petzold spürte Annmaries Nervosität. Er hielt die Luft an, um nichts zu verpassen.

»Was isst man denn da so?« Annmaries Versuch zu scherzen misslang völlig.

»Nichts.«

»Wie, nichts?«

»Ich will nichts.«

Sie warf Petzold einen entsetzten Blick zu. »Lilli! Du musst doch was essen! Du wirst krank, wenn du ... Schmeckt's dir denn nicht?«

»Ich will nichts.«

Annmarie schnaubte. Ihre Augen wurden groß und wieder klein. »Lilli! Um Himmels willen!«

Lilli schwieg.

»Was ... was würdest du denn gern essen?« Annmarie hatte offenbar ihre Fassung wiedergefunden und versuchte, Optimismus in ihre Stimme zu legen. »Was hättest du gern, wenn du wieder nach Hause kommst? Du wirst nämlich sehr bald wieder nach Hause kommen. Morgen, spätestens. Sollen wir dann ein Festessen machen? Nur für uns zwei?«

»Hm.«

»Oder mit Nick Nolte? Und Meg Ryan? Möchtest du, dass die auch dabei sind?«

»Hm.«

»Pizza vielleicht? Sollen wir Pizza machen?«

»Hm.«

Das Gespräch stockte. Petzold hörte den ruhigen, gleichmäßigen Atem des Mädchens aus dem Hörer.

»Und sie tun dir nichts?«

»Nein.«

Die Verbindung schien schlechter zu werden. Petzold überlegte fieberhaft, woran das liegen konnte. Da zwischen dem ersten und dem zweiten Anruf keine zwei Minuten verstrichen waren, konnten sie sich nicht weit bewegt haben. Vielleicht ein zweites Handy? Oder ein Ort, wo der Empfang schlechter war? Ein Keller? Hatte das andere Mädchen nicht etwas von einem Keller erzählt?

Plötzlich wieder Lillis Stimme. Leise, aber klar:

»Ich möchte Pizza mit Tomaten und Käse«, hörte Petzold sie sagen.

Durch Annmarie ging ein Ruck. »Mit Tomaten, Käse und Schinken?«, fragte sie mit veränderter Stimme.

»Mit Tomaten und Käse und Schinken und Fisch«, sagte Lilli tonlos.

»Mit Tomaten, Käse und …«

Die Männerstimme war wieder da. »Schluss Pizza. Sie jetzt wissen, dass Kind gesund. Wir überlegen und wieder Anruf. Und nicht Polizei, sonst …«

Das Gespräch brach ab.

Zögernd legte Annmarie auf. »Fisch«, sagte sie kopfschüttelnd. »Sie muss übergeschnappt sein.«

Plötzlich rückte sie von Petzold ab, als wäre sie aufgewacht. »Fisch!«, wiederholte sie ratlos.

»Glaubst du, das stimmt?« Petzold setzte sich wieder auf seinen Sessel. »Dass sie seit Sonntag nichts gegessen hat?«

»Oh, und ob ich das glaube.« Annmarie stand immer noch beim Telefon und starrte vor sich hin, ohne etwas zu sehen. »Einmal, da hab ich mir Lammkoteletts gemacht. War mein Geburtstag. Sie hat ihre ewigen Spaghetti mit Tütensoße gekriegt. Das kann die jeden Tag haben. Und wie sie begriffen hat, was ich da esse, da hat sie ihr Besteck weggelegt und so lange gefastet, bis ich geschworen habe, dass ich nie, nie wieder Tierkinder esse. Zweieinhalb Tage lang hat das störrische Gör nichts als Wasser zu sich genommen, auf dem Bett gehockt und die Wand angeglotzt.«

Endlich setzte sie sich und nahm einen großen Schluck aus Petzolds Glas. »Wenigstens ist sie okay. Ist doch immerhin 'ne gute Nachricht, oder?«

»Er hat gar nicht gesagt, wann er wieder anruft«, sagte Petzold leise.

Annmarie gähnte und schüttelte den Kopf. »Fisch! Also so was!«

***

Als Marlit in ihrem Versteck das Bewusstsein wiedererlangt hatte, war es vor dem Kellerfenster noch hell gewesen. Gesehen hatte sie nur ein paar Äste, vermutlich von einer Tanne, und viel grauen Himmel. Ihr Mund war mit einem Heftpflaster verschlossen gewesen. Später hatten die Entführer ihr das Pflaster jedoch abgenommen.

»Dann sind da vermutlich keine Menschen in der Nähe«, murmelte Birgit. »Du hättest ja schreien können.«

»War dieser Keller feucht?«, fragte Regina dazwischen. »Waren die Wände nass oder eher trocken?«

»Nass«, erwiderte Marlit unsicher.

»War das Haus alt oder neu, was meinst du?«

»Weiß nicht.«

»Denk an die Wände. Wie waren die? Waren die in Ordnung, oder hat da der Verputz gebröckelt? War da Farbe dran?«

Birgit bremste sie mit einem Blick.

»Farbe war da keine, glaube ich«, flüsterte Marlit mit gesenktem Blick. »Und alles war ganz schmutzig. Meine Sachen waren … Hannah hat dann einfach alles weggeworfen.«

Birgit fiel auf, dass Marlits Blick schon wieder zum Herd wanderte. »Magst du vielleicht doch einen Teller von der Suppe?«, fragte sie lächelnd.

Erschreckt schüttelte das Mädchen den Kopf und sah wieder auf den Tisch.

»Natürlich magscht du Suppe. Und da ischt auch garantiert kein BSE drin, wo doch sogar die Polizei davon isst«, erklärte Frau Gerstenmeyer strahlend und erhob sich. »Und wir verraten auch niemandem was, gell?«

Alle schüttelten entrüstet die Köpfe. Marlit fiel über ihre Gulaschsuppe her. Birgit ließ sich von dem selbst gebrauten Früchtetee nachschenken, der ausschließlich aus Produkten aus dem großelterlichen Garten hergestellt wurde und ganz unglaubliche Mengen Vitamine enthielt, wie Frau Gerstenmeyer wortreich erklärte. Eine neue Platte mit frischen Plätzchen wurde auf den Tisch gestellt.

»Die Sterne hab ich gemacht«, erklärte Marlit zwischen zwei Löffeln. Man kam überein, dass es die schönsten Sterne waren, die man je gesehen hatte.

Später ging es weiter.

»Denk mal an die Geräusche. Du hast doch bestimmt allerhand gehört. Autos zum Beispiel, die Eisenbahn, Tiere vielleicht, Vögel, Kühe, Schafe …«

Marlit kuschelte sich wieder an ihre Großmutter. »Vögel«, sagte sie leise. »Ein paarmal hat auch ein Hund gebellt. Aber der war ganz weit weg. Autos habe ich nie gehört. Manchmal Züge. Aber auch nicht so laut.«

»Straßenbahnen oder Züge?«

»Straßenbahnen sind ja nicht so lang.«

»Das klingt fast, als wärst du irgendwo auf dem Land gewesen, nicht wahr? In der Stadt, da gibt's doch überall Autos?«

Marlit nickte ernst. »Und da ist manchmal so ein komisches Geräusch gewesen.«

»Was für ein Geräusch?«

»Ein Brummen. Ziemlich weit weg. Und es hat nie lange gedauert.«

»Wie oft?«

»Dreimal. Oder viermal. Öfter nicht.«

»Und wie lange hat es immer gedauert?«

»Manchmal länger, manchmal nur kurz. War nicht immer gleich.«

»Eine Baumaschine?«, schlug Regina leise vor. »Ein Traktor?«

»Eine Fabrik?«, meinte Frau Gerstenmeyer. »Eine große Maschine, ein Gebläse?«

»Ein Traktor? Könnte es ein Traktor gewesen sein?«

Marlit schüttelte den Kopf. »Ich glaube, es war ...« Ein verlegener Blick zur Oma hinauf.

»Sag's ruhig.«

»Ich glaube nämlich, das war ein Zeppelin«, sagte sie tapfer.

»Ein Zeppelin?«, fragten die Polizistinnen gleichzeitig.

Marlit nickte verlegen.

»Hast du denn schon mal einen Zeppelin gesehen?«

»Bei meinem Geburtstag. Im Mai. Da ist so einer über uns rübergebrummt. Und Karsten hat gesagt, den hätte er extra für mich bestellt. Aber das war natürlich geflunkert. Der ist da nur so rumgeflogen und hat Werbung gemacht, für Bier. Hannah hat ihn dann ausgeschimpft. Er soll mir nicht immer solchen Unsinn einreden, hat sie gesagt. Und dabei hat er doch nur Quatsch gemacht.«

»Ein Zeppelin also«, wiederholte Birgit ratlos. »Nun gut. Lassen wir das mit dem Geräusch vielleicht erst mal.« Sie betrachtete eine Weile den Plan des Kellers und überlegte, was sie noch fragen könnte. Ihre Hand spielte mit dem Medaillon an ihrem silbernen Halskettchen.

Da der Früchtetee zur Neige ging, bot Frau Gerstenmeyer nun Glühwein an. Nach anfänglichem Zögern gab Birgit sich geschlagen und ließ sich einen großen, bunt bemalten Keramikbecher füllen.

Plötzlich fühlte sie sich wohl wie lange nicht mehr und erinnerte sich an ihre Kindheit in diesem jahraus, jahrein nach Holzkohle und Essiggurken riechenden Häuschen im Westen Potsdams. An Abende im überheizten Wohnzimmer, am brummenden Ofen mit Bratäpfeln und Muckefuck und »Derrick« im Westprogramm.

Sie ließ Marlit die Entführer ein zweites Mal beschreiben, wiederholte Fragen, die das Mädchen bereits beantwortet hatte, um ihre Glaubwürdigkeit zu testen. Marlit hatte offenbar ein gutes Gedächtnis und beantwortete geduldig jede Frage aufs Neue.

In der Küche wurde es wärmer und wärmer. Der Glühwein stieg Birgit zu Kopf, ihre Wangen glühten. Sie fühlte sich jung und stark und wusste auf einmal, dass sie eine Familie gründen und Kinder haben würde, mit denen zusammen sie an Winterabenden Berge von Zimtsternen und Kokosmakronen backen würde. Und wer weiß, womöglich würden diese Kinder von Petzold sein?

Die Frau mit der dicken Brille hatte rasch bemerkt, dass Marlit Angst vor ihr hatte, und ihre Verhörversuche aufgegeben. An ihrer Stelle war der Mann gekommen und hatte Marlit »lauter komische Sachen« gefragt. Wieder und wieder war es um irgendein wichtiges Buch gegangen, das sie an sich genommen habe, um einen Überfall, von dem sie nichts wusste.

Ja, weshalb eigentlich nicht? Warum nicht Petzold? Er war groß und stark und so gut wie jeder andere. Er packte an, wo es anzupacken galt, und roch, wie ein Mann zu riechen hatte. Und er hatte immer warme Hände. Die Traummänner schienen ja alle entweder ausgewandert oder längst verheiratet zu sein. Gut, ein bisschen maulfaul war er und manchmal zum Schreien unsensibel. Aber welcher Mann war das nicht? Im Bett – nun ja, es hatte schlechtere gegeben. Und war der Spatz in der Hand nicht allemal die bessere Alternative, wo doch nicht einmal eine Taube in Sicht war? Manches würde man ihm beibringen müssen, an einiges würde man sich gewöhnen. Das Leben war nun mal nicht wie in der Rama-Werbung. Hatte Mutter das nicht immer schon gesagt? Damals, als die Fernsehwerbung ihr Bild vom glücklichen Leben auf der anderen Seite des großen Zauns geprägt hatte?

Viel später, als es schon längst Nacht war, war die Frau wiedergekommen, die beiden hatten in ihrer fremden Sprache diskutiert und sich am Ende gestritten.

Birgit akzeptierte einen dritten Teller Gulaschsuppe und einen weiteren Becher Glühwein und verspürte eine unbändige Lust, Teig zu kneten, Plätzchen auszustechen, Punsch zu kochen und Kinder zu knuddeln.

»Als die da rumgeschrien haben, hast du den Eindruck gehabt, die versuchen, leise zu sein? Damit sie keiner hört?« Regina hatte längst ihre Uniformjacke über die Stuhllehne gelegt und die Ärmel ihres senffarbenen Hemds aufgekrempelt.

Diesmal schüttelte Marlit heftig den Kopf. »Die haben ja genauso gebrüllt wie …« Mit einem erschrockenen Blick nach oben hielt sie inne. Frau Gerstenmeyer drückte sie an sich und wechselte mit Birgit einen sorgenvollen Blick.

Irgendwann war der Mann wieder die Treppe herabgekommen, und um Viertel nach zwei hatte Marlit Riedmüller mit verweinten Augen, zugeklebtem Mund und auf dem Rücken gefesselten Händen vor der Haustür ihrer Eltern gestanden und mit der Nasenspitze geklingelt.

Frau Gerstenmeyer wollte schon wieder nachschenken. Ihr Glühweintopf schien unerschöpflich zu sein. Birgit beriet sich kurz mit Regina Wasmer und kramte den Zettel mit Petzolds Nummer aus der Hosentasche. Er nahm so schnell ab, als ob er das Handy in der Hand gehalten hatte.

»Hör mal, du. Ich werde hier übernachten. Hab ein bisschen viel Glühwein getrunken, und es ist ja auch schon ziemlich spät. Kann bei einer Kollegin schlafen. Wie steht's bei euch?«

Sie erfuhr, dass Lilli lebte und nichts essen wollte.

»Und Annmarie? Ist sie okay?«

»Geht so.«

»Ich fahre morgen ganz früh. Wir treffen uns im Präsidium, und dann gehen wir gleich zu Gerlach, ja?«

»Okay.«

»Ich freu mich schon darauf, dich endlich wieder zu sehen, du! Kommt mir vor, als wären wir seit Wochen getrennt!«

»Ja«, brummte er. »Ich auch.«

Nun gut. Man würde ihm noch eine Menge beibringen müssen.

***

Annmarie hatte eine CD eingelegt. Irgendein spanischer Sänger, dessen Namen Petzold noch nie gehört hatte, jammerte zur Gitarre.

Vielleicht war es auch Portugiesisch. Petzold hatte sein Glas inzwischen mit Wasser gefüllt, Leitungswasser, weil sie nichts anderes hatte. Die meiste Zeit starrte er in sein Glas. Annmarie saß nicht weit von ihm entfernt auf dem zweiten Sessel. Sie hatte sich auf ihre Füße gesetzt, sah weg, wenn sich ihre Blicke trafen, und wusste anscheinend ebenfalls nichts mehr zu sagen. Der Aschenbecher füllte sich rapide.

»Wann hast du Geburtstag?«, fragte Petzold und nahm sich eine von ihren Zigaretten.

»Was?«

»Du hast vorhin erzählt, du hättest dir Lammkoteletts gemacht als Geburtstagsessen.«

Sie musterte ihn verwirrt. »Im Juli«, sagte sie schließlich schulterzuckend.

Er wunderte sich, dass sie selbst eine so harmlose Frage irritierte. »Erzähl mir doch ein bisschen was von dir. Wo kommst du her? Was hast du so getrieben?«

»Dies und das. Wo kommst du denn her?«, fragte sie zurück und blies den Rauch zur Decke.

»Ich?«

»Oder ist das ein Verhör hier? Hab gedacht, wir unterhalten uns nur 'n bisschen?«

»Ich? Mein Vater ist Beamter. Beim Finanzamt, und ich bin hier geboren, hab immer hier gewohnt, bin hier zur Schule gegangen. Und wie's aussieht, werd ich wohl auch hier beerdigt.«

»Kein sehr aufregendes Leben«, sagte sie fast mitfühlend.

»Ich find's okay. Und du?«

»Ach.« Sie nippte an dem Glas, das sie inzwischen mit Rotwein gefüllt hatte. »Halt's nirgends lange aus. Weiß auch nicht.«

»Früher habt ihr mal in Ingolstadt gewohnt?«

»Eine Weile. Aber ...« Sie verstummte und spielte mit ihrem Glas. »Ich werd noch wahnsinnig von dieser Warterei«, fauchte sie plötzlich. »Macht dich das nicht auch irre?«

Petzold hob die Hände. »Für uns ist das der Normalfall. Im Grunde gibt's ja nur drei Arten von Fällen: Entweder der Täter hockt heulend neben seiner Leiche und ist froh, wenn du ihm Handschellen anlegst. Dann musst du 'nen Bericht schreiben und fertig. Oder er tobt rum und muss erst mal in die Ausnüchterung. Dann ist es auch schnell erledigt. Manchmal ist er aber verschwunden, und du hast nicht die leiseste Ahnung, wer er sein könnte.« Petzold drückte seine Zigarette aus und lehnte sich zurück. »Das sind dann diese ätzenden Geschichten. Zum Glück sind die selten. Dann rödelst du rum, quatschst Tage und Wochen mit irgendwelchen Idioten, sammelst Berge von Papier und schreibst von morgens bis abends Protokolle.« Diesmal füllte auch er sein Glas wieder mit Wein. »Und eigentlich wartest du nur, die ganze Zeit. Darauf, dass der Kerl irgendwann in der Tür steht, weil er es einfach nicht mehr ausgehalten hat. Oder dass er 'ner Verkehrsstreife in die Arme rennt, weil er vor Erschöpfung nicht mehr weiß, wo links und rechts ist. Oder dass einer mit verstellter Stimme anruft, ›redet doch mal ein paar Takte mit diesem Typ, der immer in der Jamaika-Bar abhängt. Der hat seit neuestem Kohle ohne Ende‹.«

»Und das ist alles?« Sie steckte sich schon wieder eine neue Marlboro an.

»Wir sammeln Fakten und warten auf den Zufall.«

Annmarie sah ihn ernst an. Nach Sekunden irrte ihr Blick ab, sie schlug die Augen nieder. »Ich find dich übrigens ganz okay. Ich meine ...«

»Für einen Bullen?« Petzold lachte.

»Na ja.« Sie kicherte nervös und nippte an ihrem Glas. »Sonst schon auch.«

Was sollte man auf so etwas antworten? Er fand sie zickig. Sie war verlogen, beleidigte ihn mit jedem dritten Satz. Andererseits ... Er schwieg. Sie rutschte herum, um eine bequemere Haltung zu finden, streckte die Beine aus und legte ihre nackten Füße auf die Lehne seines Sessels. Schlanke, zerbrechlich wirkende Fesseln lugten unter dem ausgefransten Rand ihrer Jeans hervor. Am linken Knöchel glitzerte ein Kettchen.

»Was ist eigentlich los mit Lilli?«

»Was soll mit ihr sein?«

»Wo ist sie geboren zum Beispiel?«

»In Lagos«, erwiderte sie gleichgültig und betrachtete ihre Zigarette.

»Lagos?« Petzold erhob sich und öffnete das Fenster. Als er sich wieder setzte, hatte er den Eindruck, ihre Füße wären ein wenig näher als zuvor.

»Das ist in Nigeria. Und ich hab bisher nicht gewusst, dass es verboten ist, dort auf die Welt zu kommen.«

Es gibt Lügner, die senken den Blick, weil sie einem nicht in die Augen sehen können. Und es gibt die anderen, die sehen einem erst recht ins Gesicht, damit man nicht auf die Idee kommt, sie könnten lügen. Annmarie gehörte zur zweiten Sorte.

»Wieso verboten? Ich war nur … überrascht.«

»Ich kann dir auch gern die Geburtsurkunde zeigen.«

»Und was ist mit ihrem Vater?«

Ihre Lider fielen herab. Ihre Miene wurde verschlossen. Offenbar hatte er einen empfindlichen Punkt getroffen.

»Ihr … Vater?« Sie überlegte lange. Viel zu lange. Schließlich sah sie auf. »Wenn ich dir sage, was mit ihm ist, hörst du dann endlich auf mit dieser blöden Fragerei?«

Er nickte.

»Er ist tot«, murmelte sie. »Schon lange.«

Birgit hatte Unrecht. Das hier war keine Show. Dieser Vater war kein Unhold gewesen. Hier klang kein Hass mit, nicht einmal ein Vorwurf, nur Schmerz. Er konnte spüren, wie der Gedanke an den Verlust ihr wehtat.

»Und wo wart ihr vor Ingolstadt?«

»So hör doch endlich auf, Mann! Das nervt!«

»Über irgendwas müssen wir doch reden.«

»Okay, reden wir von dir. Was ist mit deiner Mutter?«

Überrascht sah er auf. »Was?«

»Dein Vater war Beamter, okay. Aber du wirst doch auch 'ne Mutter gehabt haben?«

Diesmal war Petzold es, der den Blick senkte. »Abgehauen. Als ich drei war.«

»Deshalb also.« Sie lachte abfällig.

Ihre zierlichen Zehen machten Gymnastik. Wenige Zentimeter von seinem Oberarm entfernt. Petzold zwang sich, nicht hinzusehen. Wie konnte ein Mensch nur so faszinierende Füße haben?

»Was?«, fragte er verständnislos. »Was heißt das?«

Sie lächelte in sich hinein. »Und warum ist sie weg? Ein anderer Kerl?«

Er lehnte sich zurück und breitete die Arme auf der Rückenlehne aus. »Hab sie später selten gesehen. War vielleicht auch besser so.« Seine Hand befand sich so nah an ihren Füßen, dass er ihre Wärme spüren konnte. »Manchmal hab ich gedacht, mein Vater, der ist gar nicht mein Vater«, sagte er mehr zu sich selbst. Wenn er jetzt die

Hand ein klein wenig bewegte, würde er sie berühren. »Der war so 'n richtiger Schreibtischhengst. Nicht mal einssiebzig und fünfundsechzig Kilo. Einer von denen, die vor dem Einschlafen jedes Mal erst unters Bett gucken.«

»Es gibt so viele Geschichten«, sagte sie leise und ließ den letzten Schluck Rotwein in ihrem Glas kreisen.

»Wo habt ihr denn nun früher gewohnt?«

»Überall. Kann mich kaum noch dran erinnern.«

Irgendwo im Haus schlug eine Uhr Viertel vor eins. Die CD war endlich zu Ende. Annmarie machte keine Anstalten, eine neue einzulegen. Wie beiläufig fragte sie: »Sie kommt heute nicht?«

»Wer?«

»Deine ... Birgit?« Der Rotwein fuhr immer noch Karussell.

»Übernachtet dort unten. Es hat Glühwein gegeben.« Er lachte und wusste nicht, worüber.

Ihre Haltung veränderte sich unmerklich. Die nackten Füße schienen noch ein wenig näher zu kommen. Petzold fühlte, dass sie ihn aus den Augenwinkeln musterte. Er leerte sein Glas und schüttete beim Nachschenken einiges daneben. Plötzlich war ihm zu warm, der Kragen zu eng, der Gürtel drückte. Eigentlich konnte er nun gehen. In dieser Nacht würden die Entführer gewiss nicht mehr anrufen. Er gab sich einen Ruck, atmete tief ein und aus. Und blieb sitzen.

Sie studierte immer noch den Rotweinstrudel in ihrem Glas. »Ich find dich echt ganz okay, du. Ich meine ...« Ein schneller Blick aus graugrünen Augen unter langen Wimpern. Ein verzagtes Lächeln. Wie zufällig streifte ihr Fuß seinen Oberarm.

Die Stille lag wie Beton im Raum und schnürte Petzold die Luft ab. Aus seinen Achseln tropfte es kalt. Annmarie schwenkte ihr Glas. Der Wein stieg höher und höher den Rand hinauf. Er räusperte sich umständlich. Weshalb zum Teufel war er nicht vor einer halben Stunde gegangen? Oder vor einer ganzen? Warum ging er nicht jetzt? Er wollte nicht, verdammt noch mal. Merkte sie das denn nicht? Wollte er wirklich nicht?

»Ich dich auch«, murmelte er heiser, als die Stille unerträglich wurde. Natürlich wollte er. Sie war eine verdammt attraktive Frau. Und er brauchte nur hinüberzurutschen und sie in den Arm zu nehmen. Sie wartete doch nur darauf. Auch heute schien sie keinen BH unter ihrer Bluse zu tragen. Ob sie vielleicht auch kein Höschen trug?

»Du bist ganz schön behämmert, weißt du das?«, sagte sie plötzlich wütend und zog mit einem Ruck die Füße weg.

Petzold biss die Zähne zusammen. Wütend knallte sie das Glas auf den Tisch.

»Oder bloß verklemmt? Schwul scheinst du ja nicht zu sein.«

Er sprang auf und ging.

Unten holte er die Grappaflasche aus dem Schrank und warf sich auf die Couch, ohne Licht zu machen.

Als Petzold erwachte, dröhnte sein Kopf, und ihm war übel. Schon in der ersten Sekunde wusste er, dass er verschlafen hatte. Immerhin schien er in der Nacht noch irgendwie ins Bett gefunden zu haben. Er versuchte, einen Blick auf den Wecker zu werfen, aber der war nicht da, wo er sein sollte. Dann wurde ihm bewusst, dass das Licht aus der falschen Richtung kam. Also lag er verkehrt herum im Bett. Kein gutes Zeichen. Außerdem war sein linker Arm blockiert. Ein schweres Gewicht lag darauf. Ein Körper. Jemand kuschelte sich an ihn. Dieser Jemand schien noch fest zu schlafen.

Mit einem Schlag wurde ihm klar, dass er im falschen Bett lag und die falsche Frau im Arm hielt. Und diese Frau war nackt wie er selbst auch. Eine Weile wagte er nicht zu atmen, wodurch die Kopfschmerzen sich vom Wummern zum Hämmern steigerten. Schließlich zog er vorsichtig den Arm unter Annmarie hervor, pflückte ihre Hand von seinem Bauch und kroch aus dem Bett. Seine Sachen lagen am Fußboden verstreut, die Wohnungsschlüssel klimperten in der Hosentasche. Wenigstens ein Lichtblick.

Unten stellte er sich lange unter die Dusche. Als er ins Schlafzimmer ging, um ein frisches Hemd aus dem Schrank zu holen, war es schon halb neun vorbei.

Eine halbe Stunde und zwei starke Kaffees später betrat er mit übler Laune und einem widerlichen Geschmack im Mund das Büro. Birgit kam ihm strahlend entgegen und fiel ihm um den Hals.

»Sooo lange nicht gesehen, großer Bär!«, rief sie aufgekratzt. »Du glaubst nicht, wie ich mich nach dir gesehnt habe!« Sie schmiegte sich an ihn. »Ich fürchte fast, ich habe mich ein bisschen in dich verliebt.«

Er küsste sie auf den Mund, drückte sie an sich und fühlte sich schlecht. »Wo nimmst du bloß so früh am Morgen die gute Laune her?«, krächzte er.

»Aber es ist doch schon neun Uhr durch, großer Bär!«, schnurrte sie und schnupperte an ihm. Plötzlich ging sie auf Abstand. »Du hast gesündigt!«

Sein Atem stockte.

»Du hast geraucht! Ich kann es riechen!«

»Schlimmer. Ich hab auch noch den Grappa leer getrunken.«

»Den ganzen? Meine Hälfte auch?«

Schuldbewusst nickte er. Theatralisch seufzend zeigte sie ihm ein Fax. »Das hier ist für dich gekommen. Habe mir erlaubt ...«

Er entzifferte den Absender: Polícia Judiciária do Barreiro. »Ganz schön fix, die Jungs«, brummte er. Der Text war nur wenige Zeilen lang. Heather Merinho war am neunundzwanzigsten April dieses Jahres gestorben. Aus ungeklärter Ursache war sie aus dem Fenster ihres Penthouse im elften Stock gestürzt. Weitere Informationen sollten folgen.

»Maiden name, was heißt das?«

»Mädchenname.«

»Maiden name: Heather Callahan, born ... geboren am ersten Februar zweiundsiebzig in Londonderry, Nordirland«, murmelte er verständnislos. »Woher Annmarie die wohl kennt?«

»Wir werden es herausfinden.« Birgit küsste ihn noch einmal. »Du siehst richtig schlecht aus.«

»Höllische Kopfschmerzen«, brummte er.

»Wenn man eine ganze Flasche Grappa niedermacht, dann gehört sich das auch so«, seufzte sie liebevoll. »Die Kopfschmerzen sind natürlich von meinem Anteil.«

Schilling schob sein Fahrrad durch die Tür, stellte eine Pflanze ab und hängte den Trenchcoat an die Garderobe, den er seit einiger Zeit anstelle seines geliebten alten Dufflecoats trug. Fröhlich rief er: »Sieht man euch zwei Hübschen auch mal wieder. Seit gestern Morgen versuche ich, mit euch zu reden. Aber ihr flitzt ja immer an einem vorbei wie Speedy Gonzales auf der Flucht.«

»Kann man gegen Gummibäume etwa auch allergisch sein?« Petzold musterte misstrauisch die neue Pflanze.

»Man muss da systematisch arbeiten.« Schilling setzte sich an seinen Schreibtisch. »Jede Pflanze, jeder Teppich, alles kann es sein.«

Birgit löste sich von Petzold. »Was gibt's denn so Wichtiges?«

Schilling beugte sich vor. »Eure Annmarie Heinemann ...« Mit wichtigem Gesicht suchte er ein Blatt auf seinem Schreibtisch. »Geboren am elften Juli vierundsiebzig in Mainz?«

»Mann! Mach's nicht so spannend! Was ist mit ihr?«

Schilling ließ sein Blatt sinken. »Sie ist tot. Am dreiundzwanzigsten Februar fünfundneunzig auf 'ner Karnevalsparty in Köln ...«

Mit energiegeladenen Schritten platzte Gerlach herein. Petzold verzog gequält das Gesicht. Alle außer ihm schienen heute ausgesucht guter Laune zu sein.

»Es gibt zur Abwechslung auch mal gute Nachrichten. Die Dienstaufsichtsbeschwerde gegen Birgit ist überraschend zurückgezogen worden. Kam vorhin per Fax rein. Hab auch schon mit der Präsidentin gesprochen, ist alles geregelt.«

»Ach Gott, das hatte ich schon wieder vergessen«, sagte Birgit erschrocken.

»Gibt nicht mal einen Vermerk in der Personalakte.«

Petzold räusperte sich. »Es gibt leider auch schlechte Nachrichten. Das mit dieser Entführung, das stimmt, und –«

Birgit fiel ihm ins Wort. »Erst hatten wir ja nur so ein Gefühl. Aber letzte Nacht war sie bei uns. Es ist also wirklich wahr.«

»Wer?«

»Die Mutter. Eine Nachbarin von uns. Das Kind ist definitiv entführt worden. Am Sonntag schon. Und es gibt Forderungen.«

»Und ich verstehe das richtig: Ihr wollt das hiermit offiziell machen?«, fragte Gerlach misstrauisch.

In den nächsten Minuten berichteten Birgit und Petzold alles Wesentliche über den Fall. Nur weniges behielten sie für sich.

»Und ihr meint, die Sache hat mit den anderen Fällen zu tun?«

»Alles hängt zusammen, irgendwie.«

Gerlach sah eine Weile mit mahlendem Kiefer auf seine riesigen schwarzen Halbschuhe hinunter. Dann straffte er sich. »Okay. Ihr macht mir jetzt umgehend einen ordentlichen Bericht. Und anschließend setzen wir uns zusammen und entscheiden über das operative Vorgehen.« Er wandte sich zum Gehen. »Ich werd die Sache bei der Chefbesprechung gleich schon mal auf den Tisch bringen. Dann wissen wir, was wir an Ressourcen zur Verfügung haben.«

»Chefbesprechung!«, knurrte Petzold. »Ressourcen! Operatives Vorgehen! Noch vier Wochen, und er ersetzt Förster in jeder Beziehung!«

Birgit rutschte auf ihrem Stuhl nach vorne und wandte sich an Schilling. »Und nu mach hinne, Mann! Ick platze!«

»Wie ich sagte: Eure Annmarie ist im Februar fünfundneunzig in Köln gestorben.«

»Auf einer Karnevalsparty?«

»Heute …« Ein Hustenanfall unterbrach Petzold. »Gestern Abend war sie aber noch quietschlebendig.«

Birgit streifte ihn mit einem nicht zu deutenden Blick. »Wie hast du das rausgefunden?«, fragte sie Schilling.

»Internet. Am Anfang hab ich Glück gehabt.« Schillings Stuhl knarrte, als er sich zufrieden strahlend zurücklehnte. »Eine gewisse A. Heinemann hat vierundneunzig an der Uni Köln den dritten Platz beim Studenten-Marathon gemacht. Dann hab ich gestern, während ihr weg wart, bisschen rumtelefoniert. Ein Typ vom Sportinstitut hat sich noch an sie erinnert. Dass sie aus Mainz war, hat er sich zufällig gemerkt, weil er dort mal 'ne Freundin hatte.«

»Was hat sie studiert?«, fragte Birgit mit den Zeigefingern am Mund.

Schilling hob die Schultern. »Wusste niemand. Dann hat wieder der Zufall geholfen. Hirlinger kennt da nämlich jemanden. Über seinen Taubenzüchterverein.«

»Hirlinger? Züchtet Tauben?«, fragte Petzold. »Hätte auf Schützenverein getippt oder Kegeln. Aber Tauben …?«

Schilling warf einen Blick auf sein Blatt. »Tauben hin oder her. Jedenfalls hat er seinen alten Kumpel angetickt. Der ist da in Köln irgendwas bei der Verkehrspolizei.«

»Und er kennt auch noch Leute, die nicht in seinem Dorf wohnen!«

»Nun hör schon auf!«, zischte Birgit, ohne den erwartungsvollen Blick von Schilling zu wenden. Der suchte ein anderes Papier. »Die Uni darf solche Infos natürlich nicht so einfach rausrücken. Aber zufällig hat dann noch jemand jemanden gekannt …«

»Der vermutlich auch Tauben züchtet«, maulte Petzold.

»Und damit hatte ich dann immerhin schon mal die Adresse, wo sie damals gewohnt hat. In der Südstadt.«

»Mann! Wie ist sie gestorben?« Birgit konnte vor Spannung nicht mehr ruhig sitzen.

»Sag ich doch. Auf 'ner Party. An Weiberfastnacht.«

»Aber wie kommt man denn um Himmels willen bei einer Party ums Leben?«

»Gasexplosion. Jemand hat am Zähler rumgebastelt, hat man später rekonstruiert. Wollte wohl ein bisschen die Heizkosten drücken. Ergebnis dieser Sparaktion waren sieben Tote und neunzehn Verletzte. Und eine der Toten, das war eben eure Annmarie Heinemann. Die Kollegen haben dann am Ende gestern doch noch die alte Akte ausgegraben. Anhand der Zähne ist sie damals identifiziert worden.«

»Das kann sie aber nicht sein«, sagte Petzold. »Marathon! Hast du dir mal ihre Fesseln angesehen?«

»Mann!«, rief Birgit verzweifelt. »Natürlich ist sie das nicht! Aber es ist doch wenigstens mal eine Spur!«

Nebenan ging die Tür. Schnaufend kam Hirlinger hereingepoltert und warf seine abgewetzte Aktentasche auf den Tisch.

»Bis jetzt sind das alles nur Puzzle-Teile. Aber irgendwann, irgendwann kommt das Bild zum Vorschein«, sagte Birgit aufgeregt. »Und ich habe das Gefühl, wir sind ganz nah dran!«

»Gibt's 'ne Liste von den Leuten, die sonst noch auf dieser Party waren?«, fragte Petzold mit der Hand am Kopf.

»Scheinen 'ne Menge gewesen zu sein. Werd mich drum kümmern.«

Zögernd richtete Birgit sich auf, wechselte einen Blick mit Petzold. »Letzte Frage: Weiß man irgendwas von einer Tochter? Hat sie ein Kind gehabt?«

Schilling schüttelte den Kopf. »Negativ.«

»Wenn du schon dabei bist, versuch doch bitte was über eine gewisse Heather Callahan herauszufinden.« Sie legte ihm das Fax aus Portugal auf den Tisch. »Was du wissen musst, steht hier.«

»Hör mal. Hast du nicht eine Weile in Berlin gewohnt?«, fragte Schilling, als sie gehen wollte.

»Schon. Aber nicht lange.«

»Ich überlege nämlich immer noch, was ich Christel zu Weihnachten schenke. Und da hab ich gedacht, so ein Städtetrip über die Feiertage, das wär vielleicht was. Und in Berlin, da gibt's doch 'ne Menge Museen und so. Hast du vielleicht Tipps, wo man wohnen kann und was man sich angucken muss?«

»Einen Tipp willst du? Zu Berlin? Okay, ich gebe dir einen: Fahr mit ihr nach Rom.«

»Nach Rom?«

»Oder meinetwegen Paris, Wien, Prag. Aber nicht nach Berlin.«

»Aber du hast es doch 'ne ganze Weile da ausgehalten?«

»Genau acht Monate«, sagte sie ernst. »Und weißt du, was ich dann gemacht habe? Eine große Karte von Deutschland habe ich mir genommen und die Großstadt gesucht, die so weit wie möglich weg ist. In Saarbrücken und Freiburg war keine Stelle frei, deshalb bin ich hier. Berlin, das ist ein Dreckloch, eine Katastrophe. Fahrt überall hin. Aber da nicht.«

Petzold vermutete, dass sich hinter diesem Ausbruch wieder eine ihrer alten Geschichten verbarg. Seufzend folgte er ihr ins Nachbarbüro. Sie machten sich daran, ihren Bericht zu schreiben.

Petzold legte die Bänder aus Annmaries Anrufbeantworter in sein Diktiergerät und spielte sie ab. Immer noch hatte er Kopfschmerzen. Und ein mächtig schlechtes Gewissen. Er tat, als sei er voll und ganz auf seine Tätigkeit konzentriert, um Birgits Blick auszuweichen.

»Wir müssen das allen Zeugen vorspielen, die bei dem Überfall dabei waren«, sagte Gerlach am Ende.

»Das können wir uns sparen«, erwiderte Birgit. »Ich bin überzeugt, das ist dieser Walter-Matthau-Verschnitt.« Sie wiederholte noch einmal die Personenbeschreibung, die Marlit gegeben hat. »Passt einfach alles zu gut, nicht wahr?«

Gerlach sah in die Runde. »Wir gehen sofort an die Öffentlichkeit. Fernsehen, Radio, Plakate, die volle Palette. Oben machen sie schon die Texte.«

»Nein. Das geht nicht«, sagte Birgit leise, aber entschlossen. »Sie wird nur mit uns zusammenarbeiten, wenn wir ihr absolute Verschwiegenheit garantieren. Und sie meint das ernst. Wir haben eine Menge Spuren. Versuchen wir es doch erst mal so.«

»Das Handy«, murmelte Petzold mit geschlossenen Augen. »Damit kriegen wir sie. Die Leute bei der Telekom können problemlos rausfinden, welches Handy das war und über welchen Funkmast es am Netz hing, als sie angerufen haben. Und dann haben wir ihre Position. Auf ein paar hundert Meter genau.«

Gerlach sah Hirlinger auffordernd an. »Da könntest du dich gleich mal drum kümmern. Anträge schreiben und so weiter.«

Petzold diktierte ihm Annmaries Telefonnummer. »Zwei Anrufe. Einer kurz vor Mittag, und einer abends gegen halb zehn.« Hirlinger erhob sich brummelnd. »Und mach es dringend!«, rief Petzold ihm nach. »Lass dich nicht abwimmeln, hörst du?«

»Da kannst du beruhigt sein«, meinte Schilling grinsend. »Der ist ungefähr so leicht abzuwimmeln wie ein Panzerkreuzer mit verklemmtem Gashebel.« Er trat an die Wandtafel und zerrte die Kappe von einem der Filzstifte. »Okay. Was haben wir weiter?«

»Dieses Geräusch, das Marlit beschrieben hat«, sagte Birgit mit gesenktem Blick.

Schilling schrieb »Geräusch« und zog einen dicken, geraden Strich darunter. »Was war das, was sie gehört hat?«

Birgits Augen wurden schmal. Sie las ihre Notizen vor.

»Eine Fabrik? Irgendeine Industrie?«, schlug Gerlach vor.

»Ein Bauernhof? Ein großer Stall?«, meinte Schilling. »Die haben doch da so Lüftungen, die springen hie und da an und schalten sich nach ein paar Minuten wieder ab.«

Petzold war mit seinen Gedanken bei der vergangenen Nacht. Er konnte sich einfach nicht erinnern, wie er in Annmaries Bett gekommen war. Heute Morgen hatte er die nahezu leere Grappaflasche gefunden, ordentlich verkorkt und an ihren Platz zurückgestellt. Er wusste noch, wie er sich damit auf die Couch geworfen hatte. Da musste es lange nach zwölf gewesen sein. Danach war alles dunkel.

»Landwirtschaft«, murmelte er mit geschlossenen Augen. »Das könnte sein.« Er sah auf. »Wir fragen Hirlinger. Der wohnt doch auf dem Dorf. Der muss so was kennen.«

Schilling schrieb »Hirlinger fragen«.

»Marlit sagt, zurück in die Stadt sind sie zehn Minuten gefahren. Höchstens eine Viertelstunde«, sagte Birgit.

Petzold erhob sich ächzend und trat an den Stadtplan an der Längswand. »Dann können sie nicht weit weg sein.«

Schilling steckte die Kappe auf den Stift. »Wer sagt uns, dass es dasselbe Versteck ist wie bei der ersten Entführung?«

»Warum sollten sie es wechseln?« Petzold steckte ein Fähnchen an die Stelle, wo Hundts Leiche aufgetaucht war. Der zweite Tote hatte nur wenige Kilometer entfernt gelegen.

»Nehmen wir mal an, sie haben ein festes Quartier irgendwo hier im Norden. Sie wollen in der Nähe bleiben, um schnell reagieren zu können, und weit genug draußen sein, damit sie nicht ständig Leute treffen. Und sie werden die Leichen vielleicht nicht groß in der Gegend rumkutschiert haben. Weit genug, dass man keine Spur zurückverfolgen kann, nah genug, dass sie keine Weltreise machen müssen. Hier nördlich von der Stadt gibt's zwei Eisenbahnlinien und Landwirtschaft, so viel wir wollen. Und massig allein stehende Häuser, die als Versteck in Frage kämen.«

Eine vage Erinnerung zuckte durch seinen Kopf. Er sitzt im dunklen Treppenhaus. Mit dem Rücken gegen Annmaries Tür. Die Tür öffnet sich. Er kippt rückwärts in ihren Flur. Plötzlich bemerkte er, dass die anderen schon weiterdiskutiert hatten.

»Ein Haus, das vorübergehend leer steht?«, hörte er Schilling sagen. »Die rechtmäßigen Bewohner sind vielleicht in Urlaub?«

»Da hat er Recht.« Birgit sah um sich. »Wer geht schon zum Makler, wenn er vorhat, ein Kind zu entführen?«

»Sie haben vermutlich gar nicht vorgehabt, jemanden zu entführen.« Gerlach knackte mit seinen Fingern. »Anfangs haben sie vielleicht im Hotel gewohnt. Alles hat ja ganz einfach ausgesehen. Aber dann ging auf einmal der Stress los. Einer von ihnen liegt im Krankenhaus. Und Hundt hat nicht, was sie von ihm wollen. Sie legen ihn um, vielleicht 'ne Kurzschlussreaktion, müssen die Leiche verschwinden lassen. Dann taucht ihr Kumpel wieder auf und ist auf einmal auch tot, und sie haben schon wieder eine Leiche am Hals.« Nachdenklich wiegte er den Kopf. »Seit sie in der Stadt sind, haben sie nur noch Pech gehabt. Sie entführen ein Mädchen, und es ist das falsche. Sie entführen das zweite und sind immer noch kein Stück weiter.«

Petzold steckte weitere Fähnchen in den Stadtplan. Das Haus, wo Lilli und er selbst wohnten, und die Stelle, wo Marlit Riedmüller entführt worden war.

»Aber warum?« Langsam wandte er sich um. »Wieso ausgerechnet Lilli?«

»Sie war eben in der Nähe, als es passiert ist.« Birgit ließ zwei Finger den Oberschenkel hinauf- und hinablaufen.

»Da waren viele!«

»Jemand hat ihnen einen Tipp gegeben?«

»Hätten sie dann erst das falsche Kind entführt?«

Eine Weile herrschte ratloses Schweigen.

»Wie sind sie auf Lilli gekommen?«, fragte Petzold beharrlich. »Vielleicht liegt hier der Schlüssel?«

»Lasst uns 'nen Kaffee trinken«, brummte Gerlach schließlich. »So kommen wir nicht weiter.«

Zusammen gingen sie zur Kaffeemaschine und füllten ihre Becher. Schilling kippte dampfenden Malventee aus einer Thermoskanne in seine Tasse, trat wieder an die Tafel und studierte seine Aufzeichnungen mit zusammengezogenen Brauen. »Wenig«, murmelte er, »verdammt wenig.«

Petzold verbrühte sich die Oberlippe und fluchte.

»Dieses Geräusch«, sagte Birgit. »Da war in dreihundert Kilometern Umkreis kein Zeppelin in der Luft an diesem Tag. Ich habe sogar die Flugaufsicht in Frankfurt angerufen.«

»Das Handy«, sagte Petzold. »Sobald wir das lokalisiert haben, sitzen sie hier und singen uns was vor. Und Lilli ist wieder daheim.«

»Das dauert aber.« Birgit leerte ihren Becher und spülte ihn aus. »Das dauert vielleicht zu lange.«

»Leute, lasst euch was einfallen«, stöhnte Gerlach kraftlos. »Ich hab keine Lust, demnächst auch noch eine Kinderleiche in der Zeitung zu besichtigen!«

Es dauerte Sekunden, bis das Gehörte zu Petzolds Gehirn durchgedrungen war. Dann starrte er Birgit plötzlich groß an. »Natürlich, die Zeitung!«, stieß er hervor. »Die Sonntagszeitung! War da nicht ein Foto?«

Schilling hielt den Hörer schon in der Hand. Mit der anderen blätterte er im Telefonbuch. Während er telefonierte, kam Hirlinger zurück.

»Antrag ist beim Richter. Aber zwölf Stunden brauchen sie schon, sagen sie. Wenn's Probleme gibt, sogar länger. Hab nicht alles kapiert, was dieser Knallkopf von der Post gequatscht hat, aber ...«

Schillings PC machte »Piep«. Er öffnete die E-Mail, und Augenblicke später füllte ein Farbfoto den Bildschirm. Lilli war auf den ersten Blick zu erkennen. Unter dem Arm hielt sie ein weißes Ringbuch mit einem Gemälde auf der Vorderseite.

»Das ist es«, flüsterte Petzold heiser. »Leute! Das ist es!«

»Rehe im Walde«, erklärte Schilling. »Von Franz Marc.«

»Jetzt wissen wir immerhin schon mal, wie dieses Ding aussieht«, sagte Birgit. »Das ist doch was.«

»Ausdrucken«, befahl Gerlach. »In Farbe, wenn's geht.«

»Jawohl, Herr Hauptkommissar«, sagte Schilling stramm.

Gerlach stutzte, verkniff sich aber eine Antwort. »Ich kümmere mich um die Organisation. Wir brauchen einen Stab und alles.«

Hirlinger reichte Schilling ein Papier. »Fax für dich. Aus Köln.«

Es war die angeforderte Liste aller namentlich bekannten Gäste der Party, die ein so dramatisches Ende gefunden hatte. Schilling warf das Blatt wortlos zu Petzold herüber.

»Puh«, sagte der, nachdem er es überflogen hatte. »Keine einzige Adresse. Das wird nicht leicht.«

Schilling hob die Schultern. »Datenschutz. Sei froh, dass wir die Namen haben. Kann ich den Wisch noch mal sehen?«

Er griff nach der Maus und konzentrierte sich auf seinen Monitor. Minuten später segelte eine neue Liste über den Tisch. Zu immerhin drei Namen hatte er weitere Informationen gefunden. Vor allem ein gewisser Ottfried Karenke weckte Petzolds Interesse. Damals, Mitte der neunziger Jahre, hatte er in Köln an der Fachhochschule Grafik und Design studiert. Jetzt tauchte er als Mitarbeiter einer Freiburger Werbeagentur im Internet auf. Der Name war so ungewöhnlich, dass es sich mit einiger Wahrscheinlichkeit um denselben Mann handelte.

Er glaubte schon, Glück zu haben. Nach wenigen Sekunden hatte er eine Dame der Agentur »Schulze & Friends – Advertising for Winners« am Apparat.

»Karenke? Ja. Also …«

»Der arbeitet doch bei Ihnen?«

»Nein«, antwortete sie zögernd. »Nicht mehr.«

Er erklärte ihr, dass er Karenke als Zeugen suche. Als die Frau weiter herumdruckste, verlangte er ihren Chef. Der sei aber leider unglücklicherweise gerade nicht da. Und Informationen über Mitarbeiter dürfe sie leider …

Er versuchte die nächste Adresse auf der Liste. Eine Floristin namens Elvira Zülke, Inhaberin eines Blumenladens in Dresden, schwor unentwegt kichernd, noch nie in ihrem Leben auch nur in der Nähe von Köln gewesen zu sein.

Der dritte Name lautete Tanja Weißkopf. Die Dame bot ihre Dienste im Internet als »Unterhaltungskünstlerin und Tänzerin – gern auch für Ihre Privatveranstaltung, Herrenabende usw.« an. Als sie Petzolds Anliegen erfuhr, ging ein Hagelsturm von Flüchen und Verwünschungen auf ihn nieder, der jeder Bulacher Waschfrau Ehre gemacht hätte. Anschließend nahm sie nicht mehr ab.

Seufzend versuchte er es noch einmal bei Schulze & Friends. Nein, der Chef war leider immer noch nicht wieder da. Dafür aber Herr Manthey, und der könne vielleicht auch …

»Karenke, sagen Sie?«

»Müsste jetzt dreißig bis fünfunddreißig sein. Hat vor zehn Jahren in Köln studiert.«

»Jau. Das ist er wohl, das Arschgesicht. Der ist nicht mehr bei uns.«

»Können Sie mir sagen, wie ich ihn erreichen kann?«

»Wir haben vermutlich eine Adresse in der Personalakte. Ob die aber noch stimmt ... Und solche Informationen geben wir sonst eigentlich nicht so am Telefon ... Aber in diesem Fall ...«

Unter der angegebenen Nummer in der Sternwaldstraße meldete sich eine aufgeregte ältere Dame, die den Atem anhielt, als der Name Karenke fiel.

»Nein. Der wohnt nicht mehr hier. Gott sei Dank.«

»Und wo könnte ich ihn finden?«

»Ja. Eigentlich ...«

»Sie wissen nicht, wo er jetzt wohnt?«

»Doch. Das schon. Ich weiß aber nicht. Vielleicht ...«

»Vielleicht?«

»Rufen Sie bei der Polizei an? Das sind doch Kollegen von Ihnen. Die können doch bestimmt ...«

Von den Freiburger Kollegen erfuhr er endlich, dass Ottfried Karenke seit Wochen in Untersuchungshaft saß. Er hatte sein künstlerisches Talent zur Herstellung hervorragend gefälschter Dollarnoten eingesetzt.

»Nein, zu sprechen ist der nur mit richterlicher Genehmigung. Und telefonisch geht das natürlich schon gar nicht«, wurde er von einer Staatsanwältin aufgeklärt, die sich offenbar schon mitten in ihrer Winterdepression befand. »Sollten Sie eigentlich wissen, als Polizeibeamter.«

Er sah auf die Uhr. Halb zwölf. Bald Zeit fürs Mittagessen.

Gerlach kam herein. »Die Show kann losgehen«, erklärte er im Vorgesetztenton. »Ich hab drei Leute von der Spurensicherungsgruppe. Die fahren demnächst los, um die Wohnung der Mutter noch mal gründlich zu filzen. Du begleitest sie.« Er deutete auf Birgit. »Du kannst da rein und raus, ohne dass es auffällt. Die anderen kommen als Küchen-Monteure verkleidet. Ein passendes Fahrzeug wird gerade organisiert. Kontakt halten wir per Telefon.«

Birgit zog schon ihre Jeansjacke über.

»Und immer hübsch die Nerven behalten, ja?«, fügte er sorgenvoll hinzu.

»Was, wenn sie es nicht finden?«, fragte Schilling, als Birgit die Tür hinter sich geschlossen hatte. »Wir haben noch höchstens sechs Stunden. Sie werden sich kaum noch mal vertrösten lassen.«

»Wenn es diesen Ordner gibt, dann werden sie ihn auch finden«, sagte Gerlach bestimmt. »Das sind Profis.«

Es war unüberhörbar, dass ihn derselbe Gedanke plagte.

»Es gibt ein paar Ecken, wo wir noch nicht gesucht haben«, ergänzte Petzold beruhigend.

»Was, wenn es ihn gar nicht gibt? Wenn das Kind das Teil einfach nicht mehr hat?«

»Dann bauen wir einen Türken«, schlug Petzold vor.

»Hab ich auch schon dran gedacht.« Gerlach zog eine Grimasse, als ob ihn Zahnschmerzen plagten. »Ist fast nicht zu verantworten.«

»Bei Hundt im Regal hab ich solche weißen Ordner gesehen, mit Bildern drauf«, sagte Petzold.

»Sie werden sich vermutlich trennen«, grübelte Schilling mit halb geschlossenen Augen. »Einer fährt weg, um das Ding zu holen, der andere bleibt bei dem Kind und lässt es frei, wenn …«

»Im Grunde ist es doch völlig egal, ob es der richtige oder der falsche Ordner ist. Wir werden uns denjenigen greifen, der ihn abholt. Und dann werden wir ihn so durch die Mangel drehen, dass er nicht mehr weiß, ob er Männlein oder Weiblein ist. Der wird uns schon verraten, wo das Mädchen steckt.« Unglücklich hob Gerlach die Hände. »Trotzdem. Ich weiß nicht …«

»Es kann so weit kommen, dass wir keine andere Wahl haben«, sagte Petzold. »Es ist immerhin eine letzte Option.«

»Oder sie fahren getrennt, mit zwei Autos«, fuhr Schilling hartnäckig fort. »Einer mit dem Kind und der andere zur Übergabe. Sie verständigen sich per Handy.«

»Es gibt noch 'ne dritte Möglichkeit«, sagte Petzold. »Sie lassen Lilli in ihrem Versteck und geben uns die Adresse, sobald sie haben, was sie wollen. Alles schon da gewesen.«

»Erstens«, sagte Gerlach scharf, »ist noch keineswegs sicher, dass wir diesen Ordner nicht finden. Zweitens darf uns der Kerl bei der Übergabe dann eben nicht durch die Lappen gehen. Wir haben genug Leute, verdammt noch mal! Wir sind doch keine Anfänger!«

»Es kann auch ganz anders ausgehen«, brummte Hirlinger.

»Daran will ich jetzt nicht mal denken!« Gerlach schlug auf den Tisch.

»Aber er hat Recht«, warf Schilling ein. »Das sind Killer.«

»Darüber können wir diskutieren, wenn es schief gegangen ist und wir uns auf unsere Versetzung freuen«, zischte Gerlach. »Und jetzt ist Schluss mit der Spekuliererei. Ich schick 'ne Streife in

Hundts Wohnung. Die sollen einen von diesen Ordnern holen. Nur für alle Fälle.«

»Selbstverständlich, Herr Hauptkommissar«, maulte Schilling. »Du bist schließlich der Chef.«

Gerlach fuhr herum. »Glaub bloß nicht, ich wäre scharf darauf! Meinst du, das macht mir Spaß hier? Meinst du, ich fühl mich groß dabei? Weißt du, wann ich das letzte Mal im Schachclub war? Gott sei Dank hat Vera mir zum Geburtstag so 'nen tollen Computer geschenkt. Der kann nämlich gegen sich selber spielen.«

Petzolds Telefon klingelte. Es war Birgit. »Draußen ist alles ruhig«, berichtete sie. »Weit und breit niemand zu sehen.«

»Trotzdem«, sagte Petzold. »Bleibt von den Fenstern weg, macht keinen unnötigen Krach. Man weiß ja nie.«

»Wir sind ja nicht von gestern«, versetzte sie patzig.

»Und was machen wir jetzt? Das Telefon bewachen, bis es Nacht wird?«, fragte Petzold, nachdem er aufgelegt hatte.

»Okay«, sagte Gerlach nach kurzem Nachdenken. »Was Besseres fällt mir nicht ein: Nehmt euch die Akten noch mal vor. Geht alles noch mal durch. Vielleicht haben wir was übersehen. Irgendeine Winzigkeit. Ich trommle in der Zwischenzeit so viele Leute zusammen, wie ich kriegen kann. Wir brauchen jede Menge Zivile, das SEK muss sich einsatzbereit halten, die ganze Armee.« Schon wieder sah er auf die Uhr. »Ihr habt mindestens Zeit bis fünf, dann wird's dunkel.« Vor sich hin zischelnd verschwand er in seinem Büro.

Die drei Übriggebliebenen teilten die Aktenstapel auf und gingen an die ungeliebteste Arbeit von allen. Außer dem Rascheln von Papier und wütenden Seufzern war nichts mehr zu hören. Hin und wieder eilten Schritte über den Flur, manchmal klingelte ein Telefon, wobei jedes Mal alle erschraken und den, der den Hörer abnahm, so lange beobachteten, bis er mit einem Schulterzucken wieder auflegte.

»Wo sind eigentlich deine Piepmätze geblieben?«, fragte Petzold gähnend.

»Freispruch. Sie waren es nicht. Christel niest auch, wenn sie weg sind.«

»Schade. Hatte gerade angefangen, mich an sie zu gewöhnen.« Petzold klappte seinen Ordner zu. »Ich werd heute aufs Mittagessen verzichten und mal für zwei Stunden verschwinden.«

»Du willst das Essen ausfallen lassen?«, fragte Schilling verdutzt. »Schon wieder 'ne neue Diät?«

»Dieser Karenke will mir nicht aus dem Kopf. Ich muss da hin. Nach Freiburg brauch ich 'ne halbe Stunde.«

»Das sind mindestens hundert Kilometer!«

»Eben. Bis ich dort bin, könntest du dich um den Papierkram kümmern, dass die mich mit ihm reden lassen.«

Schilling zog die Stirn in Falten. »Und du bist ganz sicher, dass das schlau ist, was du vorhast?«

»Diese Annmarie, ich will jetzt endlich wissen, was dahinter steckt. Wer sie ist, wo sie herkommt.« Petzold schlug mit dem Handrücken auf seinen Aktenstapel. »Und das hier schafft ihr doch spielend ohne mich. Bring mir irgendwas aus der Kantine mit.«

»Gebongt. Wenn Gerlach fragt, erzähl ich ihm, deine Waschmaschine hat Feuer gefangen. Und fahr anständig!«

»Werd mich hüten«, erwiderte Petzold müde grinsend. »Und ruf bitte die Autobahnpolizei an, ob die irgendwo auf der Strecke blitzen. Du hast meine Handy-Nummer.«

Zehn Minuten später war er auf der Autobahn. Bis Freiburg machte er sich ungefähr einhundert Feinde.

Dennoch dauerte es über eine Stunde, bis er den Porsche vor dem alten, weitläufigen Festungsbau abstellte, der jetzt als Gefängnis diente. Irgendjemand hatte es für nötig befunden, den Eingangsbereich mit Kunst zu verschönern. Merkwürdige, farblich zur zinnengekrönten Mauer passende Sandsteinköpfe beobachteten teilnahmslos, wie er zur Treppe lief. Obwohl es nicht regnete, platschten schwere Tropfen von den Bäumen. Eine nahe Kirchturmuhr schlug Viertel vor eins. Es roch nach Kantinenessen. Bratwürste mit Sauerkraut schien es zu geben. Sein Magen knurrte vorwurfsvoll. Immerhin hatte er endlich keine Kopfschmerzen mehr.

Zwei schläfrige Uniformierte an der Pforte erwarteten ihn schon, als er mit seinem Ausweis wedelnd ankam. Er unterschrieb zwei Formulare, ohne hinzusehen. Der Türöffner summte.

Ottfried Karenke war ein braun gebrannter Frauentyp in leicht zerknittertem italienischem Maßanzug. Als Untersuchungsgefangener trug er natürlich Zivil. Seine trotzige Miene ließ nichts Gutes erwarten.

»Einen Dreck werd ich«, erklärte er mit vor der Brust verschränkten Armen, noch bevor Petzold zu Ende gesprochen hatte. »Ihr könnt mich mal.«

»Herr Karenke, hören Sie …«

»Ihr geht mir auf den Keks, ich geh euch auf den Keks. So einfach ist das.«

Petzold faltete die Hände auf der grauen Kunststoffplatte des stabilen Tischs. »Es geht um eine Kindesentführung. Die genaueren Umstände kann ich Ihnen jetzt nicht erklären, dazu reicht die Zeit nicht.«

»Und was springt für mich dabei raus?«

»Nichts vermutlich.«

»Tja.« Karenke wandte sich an den Aufsichtsbeamten. »Ich möchte dann bitte in meine Zelle zurück.« Er erhob sich mit weichen Bewegungen und ging zur Tür.

»Einen Augenblick noch«, sagte Petzold, ohne die Stimme zu heben. »Vor knapp zehn Jahren ist in der Kölner Südstadt während einer Party ein Haus in die Luft geflogen. Hat eine Menge Tote gegeben. Sie waren unter den Überlebenden.«

Karenke blieb stehen. Der uniformierte Beamte wog grinsend seinen Schlüsselbund in der Hand.

»Man hat später rausgefunden, dass jemand am Gaszähler rumgebastelt hat. Der Täter ist bis heute nicht ermittelt worden.«

Karenke stand entspannt mit dem Rücken zum Raum vor der verschlossenen Stahltür.

»Erst jetzt ist es uns gelungen, eine Zeugin aufzutreiben. Und die schwört, dass Sie es waren«, sagte Petzold absichtlich leise. »Die Sache ist noch nicht verjährt.«

Karenke fuhr herum und schnappte nach Luft. »He! Sie wollen mich verscheißern! Lassen Sie das! Ich werde Sie anzeigen!«

Petzold nickte ruhig. »Machen Sie das.«

Karenke sah den Beamten an. Der zählte grinsend seine Schlüssel und tat, als würde er nicht zuhören.

»Ihr …«, keuchte Karenke. »Ich will sofort meinen Anwalt sprechen! Aber sofort!«

»Warum so kompliziert?«, fragte Petzold. »Setzen Sie sich und erzählen Sie, was Sie wissen. Wenn Sie es nicht waren, dann brauchen Sie auch keinen Anwalt.«

Karenke kam zurück und setzte sich in Zeitlupe. Er schwitzte. »Wer? Wer soll das sein? Diese Zeugin?«

»Eine gewisse Annmarie Heinemann. Sind durch Zufall auf sie gekommen. Und jetzt rollen wir den Fall wieder auf.«

»Heinemann? Nie gehört.«

»Wenn Sie es nicht waren, wer war es dann?«

»Keine Ahnung. Ich bin nur dabei gewesen und hab gesoffen und geschwoft und ...«

»Sie haben ziemliches Glück gehabt. Sie waren nicht mal verletzt.«

»Stimmt. War gerade Kotzen, auf dem Klo im Erdgeschoss. Das ging zum Glück nach hinten raus.«

»Unsere Liste der Leute, die auf dieser Party waren, ist ziemlich lückenhaft. Es wäre nett, wenn Sie mir helfen würden, sie zu vervollständigen.«

»Mann!« Karenke fuhr sich über die Stirn. »Wo sind wir denn hier?«

»Im Knast«, brummte der Vollzugsbeamte gutmütig.

Karenke überlegte eine halbe Minute fieberhaft. Dann knickte er zusammen. »Okay.«

Petzold drückte den Knopf seines Kugelschreibers. »Fangen wir mit den Frauen an.«

»Frauen? Da waren 'ne Menge Frauen. Die Bude war gerammelt voll. Okay, ein paar hab ich gekannt, andere nicht ...«

»Einfach der Reihe nach.«

»Da war die Silke, die rote Isabell, die Tanja ...«

»Nachnamen?«

»Da hat doch keiner wen mit Nachnamen gekannt! Dann war da natürlich die kleine Rosi, die war ja überall dabei. Ganz scharfe Nudel, damals. Sobald die ihre drei Kölsch intus hatte, war nichts mehr vor ihr sicher, was Haare an den Beinen hat. Jetzt ist sie mit 'nem Bäcker in Deutz verheiratet und hat ungefähr zwölf Kinder, hab ich gehört. Dann die Petra, die ist einsfünfundachtzig und hat damals schon ihre neunzig Kilo gewogen. Sonst? Lassen Sie mich überlegen. Doch. Ein paar Minuten hab ich mit einer gequatscht, die hat damit angegeben, dass sie mal fast ein Marathon gewonnen hätte, und mir 'nen Vortrag über ihr Trainingsprogramm gehalten und warum sie kein Bier trinken darf. Wie die geheißen hat, weiß ich nicht. War jedenfalls 'ne ziemliche Schnepfe. Kann mich nur noch dran erinnern, dass sie 'ne Handtasche dabei gehabt hat. Auf so 'ner Irrsinns-Fete 'ne Handtasche!«

Petzold schrieb geduldig mit. Bei dieser Frau handelte es sich mit ziemlicher Sicherheit um die echte Annmarie Heinemann.

»Weiter?«

»Dann war da noch so 'ne Junge, Schmale. Mit 'nem Baby war die da. Auf ‘ne Fete mit ungefähr tausend Leuten kam die mit ‘nem Baby! Aber das Blag war ganz cool. Hat immer irgendwo rumgelegen und gepennt. Mitten in dem Radau. Einfach gepennt. Ich weiß es, weil ich mich einmal fast draufgesetzt hätte.«

Petzold gab sich Mühe, sich seine Anspannung nicht anmerken zu lassen. »Können Sie die beschreiben?«, fragte er gespielt gleichmütig. »Die Frau oder das Kind?«

»Mann, das ist zehn Jahre her!« Karenke nagte an seiner Unterlippe. »Doch. Warten Sie. Die hatte so ‘nen Akzent. Als ob Deutsch nicht ihre Muttersprache wäre. Aber ganz leicht nur.«

»Und der Name?«

»Keinen Schimmer. Hab nur kurz mit ihr geredet. Hatte sie aber früher schon mal irgendwo gesehen. Mit Pit war die meistens zusammen, wenn ich mich richtig erinnere.«

»Pit?«

»Peter Achterndiek. Hat damals Kunst studiert. Hab ihn dann später mal getroffen, in Hamburg, zufällig, auf dem Bahnhof. Der wohnt jetzt in Husum.«

»An den Namen der Frau können Sie sich nicht erinnern?«

»Vielleicht irgendwas wie Jenny, Billy, Mary …«

»Angy?«, schlug Petzold auf gut Glück vor.

»Genau! Angy hat die geheißen. Genau.«

»Angy?«, fragte Schilling am Telefon. »Aber das heißt ja …«

Petzold fuhr mit hundertneunzig auf der linken Spur und telefonierte mit der einen Hand, während er mit der anderen die Lichthupe betätigte.

»Das heißt – falls es sich tatsächlich um dieselbe Angy handelt –, dass unsere Sexy Angy identisch ist mit der falschen Annmarie Heinemann«, brüllte Petzold gegen den Motor an.

»Dann wäre sie also Hundts geheimnisvolle Freundin?«, fragte Schilling. Einige Sekunden war er still. »Ich hab da übrigens auch noch was. Betrifft diese Heather Callahan.«

»Schieß los!« Petzold ging vom Gas, weil ein Mercedesfahrer vor ihm nicht einsehen wollte, dass er auf der linken Spur nichts zu suchen hatte. Die ersten Schilder der Ausfahrt Baden-Baden tauchten auf. Die Autobahn wurde dreispurig. Petzold trat das Pedal wieder durch.

»Ihr Vater war ein gewisser Paul Callahan. Und der, ich hoffe, du bist angeschnallt, der war damals einer der führenden Köpfe der IRA!«

»IRA?« Der Porsche machte einen Schlenker. »Und wieso ist er es nicht mehr?«

»Die komplette Familie ist ermordet worden. Im September vierundneunzig. In Larne ...«

»Sagtest du ›Larne‹?«, brüllte Petzold. »Wo ist das denn?«

»Ein völlig unbedeutendes nordirisches Hafenstädtchen, hab ich gelernt.«

»Alle außer Heather?«

»Die war auf Urlaub. In Portugal. Der Rest ist tot.«

»Du musst lauter sprechen! Ich versteh dich so schlecht!«

»Vielleicht solltest du langsamer fahren?«

Petzold ging vom Gas und wechselte die Spur. »Und wer hat die Leute umgebracht?«

»Die Kollegen scheinen sich wegen der Sache keinen großen Kopf gemacht zu haben. Der Chiefinspector, mit dem ich geredet hab, meint, es war 'ne IRA-interne Sache. Da mischen die sich nicht ein. Aber er sucht die Akte und ruft mich wieder an.«

»Und jetzt ist diese Heather also auch noch tot.«

Als Gerlach um halb vier wiederkam, saß Petzold an seinem Schreibtisch, mampfte ein Wurstbrötchen und tat, als würde er Protokolle lesen.

»Alles in allem haben wir fünfunddreißig Leute und achtzehn Fahrzeuge«, erklärte Gerlach. »Sieben Trupps sind seit einer Stunde unterwegs und klappern die Randgebiete der Stadt ab. Überall, wo es Häuser gibt ohne unmittelbare Nachbarschaft und so. Aber das ist natürlich Stochern im Heuhaufen.«

»Immer noch besser als hier rumhängen und Papier sortieren«, brummte Petzold und ließ eine Akte aufs Parkett klatschen.

»Das SEK bleibt vorläufig in Reserve. Aber wenn wir sie brauchen, sind sie in zwanzig Minuten da. Außerdem stehen vier Notarztwagen parat. Und drüben präparieren sie gerade einen Ordner, der dem Ding auf dem Foto möglichst ähnlich sieht. Alles Weitere müssen wir dann spontan entwickeln, wenn wir wissen, wie die Übergabe ablaufen soll.«

»Zum Glück scheinen sie wirklich zu warten, bis es dunkel wird«, meinte Schilling mit einem Blick aus dem Fenster.

»Sie wären wahnsinnig, wenn nicht.« Gerlach sah von einem zum anderen. »Irgendwas erreicht?«, fragte er ohne Hoffnung in der Stimme. Alle schüttelten die Köpfe. »Dann können wir nur noch warten.«

»Und Tee trinken.« Schilling schaltete seinen Wasserkocher ein.

Gerlach ging. Hirlinger verzog sich brummend in sein Büro. Bald begann das Wasser im Kocher zu summen. Schilling goss seinen Malventee auf.

Kurz vor vier klingelte Petzolds Apparat. Es war Birgit. Sie hatten wieder nichts gefunden.

»Sie haben wirklich alles auf den Kopf gestellt«, sagte sie mutlos. »Wirklich alles. Sie hat sogar ihren Schreibtisch aufgeschlossen. Aber hier ist einfach kein weißer Ordner. Nirgends. Ich fange an, den Verstand zu verlieren. Wie steht's bei euch?«

»Wir sitzen uns den Hintern platt und lesen Akten.«

»Was soll ich nun weiter machen?«

»Gerlach sagt, du sollst bei ihr bleiben und auf sie aufpassen. Die anderen schickst du zurück. Wie geht's ihr?«

»Ist ziemlich durch den Wind.«

»Hast du eigentlich was über diesen Pit Achterndiek rausfinden können?«, fragte er Schilling, während er auflegte.

»Stimmt. Hatte ich ganz vergessen.« Schilling drückte ein paar Tasten und drehte seinen Monitor so, dass Petzold ihn sehen konnte. Peter Achterndiek hatte sogar eine eigene Homepage, »Heimatseite des berühmten nordfriesischen Gestalters von See- und Sehstücken«, auf der man die Werke sowie das Porträt eines wichtig guckenden, Pfeife rauchenden Seebären bewundern konnte. Die Telefonnummer stand gleich auf der ersten Seite, und erfreulicherweise schien der Künstler ein umgänglicher Mensch zu sein. Als er den Grund des Anrufs erfuhr, wurde er plötzlich wortkarg.

»Die Angy? Doch, das ist richtig. Die hat mal eine Weile bei uns gewohnt«, gab er nach einigem Hin und Her zu.

»Sie seien damals mit ihr … liiert gewesen. Stimmt das?«

»Liiert?«

»Zusammen. Ein Paar?«

Ein gedehnter Seufzer. »Nun ja. Schon irgendwie. Ein halbes Jahr. Wir haben im selben Zimmer geschlafen und so, aber liiert …«

»Angy, war das der richtige Name?«

»Angela. Angela Kramer. Sie sind von der Polizei, sagen Sie? Hat sie was ausgefressen?«

»Routineangelegenheit. Wir brauchen sie für eine Zeugenaussage. Was wissen Sie sonst noch über sie?«

»Nichts. Ich habe sie damals in der Stadt aufgelesen, irgendwann Mitte September. Hat da mit dem schreienden Baby auf dem Arm gebettelt. Hinter dem Dom, wo heute die Punker hausen. Obwohl sie eigentlich gar nicht so aussah, als ob sie auf der Straße lebt. War ganz gepflegt und keine Drogen und so.«

»Und weiter?«

»Bei uns stand damals gerade eine Bude leer. Ich habe ihr eine Bratwurst spendiert und eine Cola und sie bei uns einquartiert. Fällt einem schließlich nicht jeden Tag eine so hübsche Frau vor die Füße.«

»Wie lange hat sie bei Ihnen gewohnt?«

»Bis zu dieser ... Sache im Februar. Sie war ganz in Ordnung. Hat sich in der WG nützlich gemacht, geholfen, wo Not am Mann war. Ich habe ihr Jobs besorgt und ... Später hat sie dann eben in meinem Zimmer gewohnt. Bisschen eng, zu dritt, aber es ging.«

»Wie hieß dieses Baby?«

»Lilli«, antwortete Achterndiek ohne Zögern.

Petzold hielt den Atem an. Mit diesem einen Wort war aus einer vagen Vermutung, einer verwegenen Spekulation, eine Tatsache geworden. »Warum mussten Sie ihr Jobs besorgen? Konnte sie das nicht selber?«

»Weshalb interessieren Sie sich denn so für sie? Das mit der Zeugenaussage, das stimmt ja wohl nicht, oder?«

Petzold zögerte und schluckte. »Sie ist das Opfer einer Erpressung. Lilli ist entführt worden«, sagte er schließlich.

Achterndiek schwieg lange. »Angy hatte ... Nun ja, Sie werden mir hoffentlich keinen Strick daraus drehen. Sie hatte keine Papiere. Und ich bin mir auch sicher, dass Angela Kramer nicht ihr richtiger Name war. Ich vermute, dass sie nicht einmal Deutsche war. Nachts, im Traum, da hat sie manchmal englisch gesprochen.«

»Englisch?«

»Nicht wirklich. Vor zwei Jahren, da war ich mal in Dublin. Hatte eine kleine Ausstellung in der deutschen Botschaft. Und so ähnlich hat sich das angehört. Irisches Englisch. Sie hat eine Menge gesprochen in den Nächten. Und geschrien auch.«

»Haben Sie was verstanden?«

»Nein. Ja. So viel schon: Da muss was gewesen sein in ihrer Vergangenheit. Vor irgendwas hat sie eine Heidenangst gehabt. Stand ständig unter Strom. Wenn ich sie darauf angesprochen habe, dann hat sie reagiert wie eine wilde Katze. Später hab ich's dann lieber gelassen. War ja ihr Leben. Ging mich ja nichts an.« Petzold hörte ein Feuerzeug klicken. Achterndiek zog an seiner Pfeife. »Ja, das war sie, die Angy, eine Katze. Eine Katze, die vielleicht in ihrer Kindheit misshandelt wurde. Wenn man ihr zu nahe kam, nett zu ihr sein wollte, dann hat sie geschnurrt, und … Und dann … Dann war eben diese Nacht …«

Wieder hörte Petzold eine Weile nur das hohle Geräusch der Pfeife. Er bekam Lust auf eine Zigarette.

»Morgens um halb drei ist der Keller explodiert. Zum Glück ist das Treppenhaus stehen geblieben. Ich selbst war verletzt, Verbrennungen, Arm gebrochen. Bin ein Stockwerk in die Tiefe gefallen. Und als ich dann später aus der Klinik kam, da waren sie weg. Schon am nächsten Tag spurlos verschwunden, hat man mir erzählt.«

»Und Sie wissen nicht, wohin?«

»Eine Zeit lang habe ich ihr nachgeforscht. Aber das ist nicht so leicht. Ich wusste ja im Grunde nichts über sie. Nach ein paar Monaten habe ich es dann gelassen.«

»Sie …«, Petzold räusperte sich, »… hat Ihnen ziemlich nah gestanden, was?«

»Würde mich jedenfalls freuen, sie mal wiederzusehen«, sagte Achterndiek nach einigen Zügen aus der Pfeife. »War schon was Besonderes, die Angela oder wie immer sie heißen mag. War auch im Bett eine Katze, wenn Sie verstehen, was ich meine. Vielleicht grüßen Sie sie von mir? Und falls sie … Ich habe hier ein ziemlich großes Haus nahe am Meer und bewohne es ganz allein, und … großen Reichtum kann ich ihr nicht bieten. Aber für drei würde es schon reichen.«

»Nehmen wir also mal an, unsere Angy hat wirklich in dieser Nacht den Namen gewechselt. Nennt sich ab sofort Annmarie Heinemann und verschwindet mit dem Kind in der Versenkung«, grübelte Petzold mit kleinen Augen. »Sie sei viel umgezogen, hat sie erzählt. Und irgendwann taucht sie hier in der Stadt auf. Lilli ist inzwischen elf. Angy lernt Andreas Hundt kennen. Er verknallt sich in sie. In den letzten Wochen soll er seinen Frauenverschleiß ja mächtig reduziert haben …«

»Sie verdient sich nebenbei ein bisschen Geld mit Telefonsex …«

»Passt irgendwie doch alles zusammen, oder nicht?«

Schillings Miene veränderte sich. Er kramte in seinen Notizen und hob schließlich einen Zettel in die Höhe wie einen seltenen Fund. »Natürlich, hier hab ich's: Am zwölften September vierundneunzig wird Heather Callahans Familie in Larne abgeschlachtet. Wenige Tage später taucht eine gewisse Angy mit einem Baby in Köln auf, die nachts irisch-englische Alpträume hat. Ohne Papiere, ohne Geld …«

Petzold nickte nachdenklich. »Aber wie passt Hundt da rein? War's vielleicht wirklich kein Zufall, dass Lilli da gestanden hat? Und haben wir jetzt womöglich die IRA am Hals?«

»Der eine von den Räubern war rothaarig. Und diese merkwürdige Sprache, das könnte Gälisch gewesen sein.«

Hirlinger kam herein und lud einen Stapel Ordner auf Schillings Schreibtisch ab. Anschließend wusste er offenbar nichts mehr mit sich anzufangen. Schnaufend lungerte er in den Büros herum, ging hinaus, kam wieder herein, schaute Petzold über die Schulter, dann Schilling.

Nach einer Weile sah Petzold plötzlich auf. »Hast du eigentlich 'ne Ahnung, wie das funktioniert?«, fragte er Schilling. »Telefonsex? Wie kommt die Dame zu ihrem Geld? Ich kann die doch einfach anrufen und hinterher nicht bezahlen?«

Schilling grinste. »Die modernen haben eine Null-Hundertneunziger-Nummer. Da zahlst du von der ersten Sekunde an, wirst ein paar Minuten mit netten Sprüchen vom Band bei Laune gehalten, und irgendwann kriegst du, wenn du Glück hast, eine real existierende Tante ans Telefon. Die altmodischen, die haben in der Regel ein Handy, damit sie nicht ständig Besuch von anhänglichen Freiern kriegen. Du rufst sie an, handelst den Preis aus, sie gibt dir ihre Kontonummer, und dann ruft sie dich zurück und stöhnt dir was vor. Wenn du nicht zahlst, kreuzt irgendwann ihr Macker mit 'nem Baseball-Schläger bei dir auf. Oder deine Frau kriegt 'ne höfliche Zahlungserinnerung.«

»Wie war sie denn so?«

»Wer?«, fragte Schilling verständnislos.

»Angy? War sie gut?«

Schilling verdrehte die Augen und blaffte Hirlinger an: »Hast du nichts zu tun? Du nervst!«

»Kann nicht mehr sitzen. Der Arsch tut mir weh«, maulte der

und wies zur Tafel. »Was heißt das da: Hirlinger fragen? Was wollt ihr mich fragen?«

Schilling trat neben seinen Kollegen und kratzte sich am Kopf. »Stimmt. Irgendwas wollten wir dich fragen.«

»Es geht um dieses Geräusch.« Petzold lehnte sich in seinem Stuhl zurück und klärte Hirlinger auf.

»Es wird langsam lauter und langsam leiser, sagst du? Wie langsam?«

»Halbe Minute lauter, halbe Minute leiser.«

»Immer gleich? Im gleichen Zeitabstand?«

»Ganz unregelmäßig. Wir haben an eine Lüftung gedacht, Industrieanlagen oder ein Bauernhof, ein Stall, irgendwas …«

»Blödsinn«, brummte Hirlinger. »Das hier ist was anderes.«

»Aber was?«, fragte Schilling genervt.

Hirlinger musterte seine Kollegen mit unbewegter Miene. »Ihr wisst es ehrlich nicht?«

»Mann!«, zischte Schilling. »Entweder du rückst jetzt augenblicklich raus mit deiner Weisheit, oder ich mach ein paar kleine Karateübungen mit dir!«

»Schiffe«, sagte Hirlinger ungerührt. »Ich verwette meinen wunden Arsch, dass das Kind Schiffe gehört hat, auf dem Rhein.«

»Fische!«, stieß Petzold hervor und schlug sich an den Kopf. »Ich bin ja so ein Riesen-Idiot!«

»Du musst es wissen«, sagte Hirlinger freundlich nickend.

»Was ist mit Fischen?«, fragte Schilling verständnislos.

»Lilli! Sie wollte Fisch auf ihre Pizza! Sardellen! Und dabei isst sie doch überhaupt keinen Fisch!«

Schilling wechselte mit Hirlinger einen besorgten Blick. »Werden wir einen Arzt brauchen, oder wird es so gehen?«

»Versteht ihr nicht! Sie wollte uns einen Tipp geben! Dass da Wasser in der Nähe ist!«

»Mithilfe einer Pizza mit Sardellen?« Schilling trat einen Schritt zurück. »Das ist doch hoffentlich nicht ansteckend?«

»Aber wir Blödköpfe haben's nicht kapiert. Wir haben's einfach nicht kapiert! Ich könnte mich ins Knie beißen!«

»Schiffe«, sagte Schilling tonlos, nachdem Petzold sich beruhigt hatte. Er sah Hirlinger an. »Wie weit kann man weg vom Rhein, bis man die nicht mehr hört?«

Der hob die massigen Schultern. »Zweihundert Meter?«

Schilling trat an die Karte und markierte mit Daumen und Zeigefinger einen Streifen parallel zum Rhein. »Da bleibt nicht viel.«

»Da bleibt verdammt wenig!«, korrigierte Petzold aufgeregt. »Da sind vielleicht noch zehn Häuser, die in Frage kommen. Wir müssen sofort mit Gerlach reden!« Wieder schlug er sich an die Stirn. »Fische! Mein Gott, sind wir blöd!«

»Ihr«, grunzte Hirlinger. »Ich nicht.«

Schon Sekunden später war Gerlach da. Petzold dachte laut, die Blicke der anderen folgten seinem Zeigefinger auf dem Stadtplan.

»Hier im Norden haben wir den Ölhafen. Glaub kaum, dass es da ein passendes Haus gibt.«

»Definitiv nicht«, bestätigte Schilling. »Ich war da öfter mit dem Rad. Da ist nur Industrie. Und außerdem sind hohe Zäune drum.«

»Das andere Mädchen, Marlit, hat ausgesagt, sie hätte auch Züge gehört.« Petzolds Finger wanderte flussaufwärts und verharrte bei den Rheinbrücken. »Wenn das stimmt, dann können sie nur irgendwo hier sein. Nördlich haben wir den Yachthafen. Da gibt's vermutlich genug Gebäude. Dann die Papierfabrik. Sind da Wohnhäuser?«

»Ein paar«, sagte Hirlinger. »Wohnblocks für die Arbeiter.«

»Hier südlich das Hofgut Maxau. Das müssen wir überprüfen. Weiß nicht, ob das derzeit bewohnt ist. Und dann hier, in der Nähe der Eisenbahnbrücke, noch mal zwei Wohnblocks.«

»Das ist was für euch.« Gerlach deutete auf Schilling und Petzold. »Lasst eure Akten liegen und fahrt sofort da raus. Schnüffelt mal vorsichtig rum.« Er drückte Petzold einen Wagenschlüssel in die Hand. »Ihr nehmt den blauen BMW. Aber reißt euch zusammen, okay? Keine Alleingänge, keine Heldentaten, keine kaputten Türen. Nur aufklären und melden. Alles Weitere entscheiden wir hier im Stab.«

***

Lange Zeit war es oben so still gewesen, dass Lilli schon fürchtete, ihre Entführer wären einfach verschwunden und hätten sie allein in diesem Keller zurückgelassen. Aber jetzt herrschte auf einmal Unruhe. Türen klappten, Schritte waren zu hören, draußen wurden Autotüren geöffnet und zugeschlagen. Lilli war sicher, dass sie nun bald freikommen würde. Sie überlegte, was heute für ein Tag war. Mittwoch oder sogar schon Donnerstag? Draußen war es schon seit einer Weile dunkel.

Plötzlich wurde es oben still. Sie hörte die Stimme des Mannes. Es klang, als würde er telefonieren. Aber es dauerte nicht lange. Dann kam jemand die Treppe herunter, und Lilli erkannte am Schritt, dass es die Frau war. Mit einer schnellen Bewegung ans Ohr schaltete sie das Hörgerät aus und mit der anderen den Fernseher. Die Frau winkte Lilli knapp, sie solle aufstehen. Sie verklebte ihren Mund mit einem Pflaster und band ihr die Hände auf dem Rücken zusammen. Lilli wehrte sich nicht.

Sie wurde grob am Oberarm gepackt und zur Tür geschoben. Dort verharrte die Entführerin und sah noch einmal prüfend zurück. Sie ließ Lilli los, durchquerte den Keller, zog den Stecker aus der Wand und klemmte sich den kleinen Fernseher unter den Arm. Dann ging es nach oben. Es war das erste Mal, dass Lilli mehr von dem Haus zu sehen bekam als den Keller und den Flur zur Toilette. Sie wurde durch eine dunkle Küche geführt, durch eine weiß lackierte Tür nach außen, ein paar Stufen hinab und eine kurze Strecke durch hohes, feuchtes Gras zu einem Auto, das unter den Bäumen stand, die sie durch das Kellerfenster gesehen hatte. Sie konnte das nahe Wasser riechen.

Die Wolken hingen tief, es war sehr kalt. Die Frau öffnete den Kofferraum und bedeutete Lilli stumm, sie solle hineinsteigen. Lilli zögerte, aber als die andere eine drohende Geste machte, kletterte sie hinein und rollte sich zusammen. Die Klappe fiel zu. Es war dunkel.

Lilli schaltete das Hörgerät wieder ein. Von draußen hörte sie gedämpfte Stimmen. Das Auto schaukelte, Türen knallten, der Motor wurde angelassen. Es roch nach Benzin und Gummi. Das Auto setzte sich ruckelnd in Bewegung. Erst schaukelte es heftig, und sie wurde hin- und hergeworfen. Dann fuhr es ruhiger. Offenbar war man jetzt auf einer Straße. Das Auto bog um eine enge Kurve. Lilli rutschte ein wenig herum, bis sie eine halbwegs bequeme Lage fand. Nun würde es nicht mehr lange dauern. Dass sie heute den Alain-Delon-Film verpassen würde, war zu verschmerzen. Inzwischen hatte sie eine enorme Lust auf Pizza.

***

Birgit Malmberg stampfte heftig mit dem Fuß auf. Zum dritten Mal hatte sie nun Petzolds Nummer gewählt, aber niemand hob ab. Seufzend wählte sie die Eins-Eins-Null. Sekunden später hatte sie Gerlach am Apparat.

»Sie haben angerufen! In einer Viertelstunde soll sie vor dem ehemaligen Kaufhaus an der Haltestelle Herrenstraße stehen! Und euer verflixter Ordner ist noch nicht mal hier!«

An der Tür läutete es. Annmarie, die schon in Jacke und Schuhen von einem Fuß auf den anderen trat, öffnete.

Birgit hob Annmaries Handy wieder ans Ohr. »Da ist er. Es geht los.«

»Hat sie den Hut auf?«

Der Hut war Gerlachs Idee gewesen. Sie hatten verabredet, dass Annmarie ihn abnehmen sollte, sobald sie Kontakt mit einem der Entführer hatte.

»Ab sofort absolute Funkstille«, befahl Gerlach. »Wir bleiben beim Handy. Man kann nie wissen.«

»Sie ist unten«, berichtete Birgit.

»Gruppe eins hat sie«, sagte Gerlach nach kurzer Pause. »Wir sind dran.«

»Viel Glück«, murmelte Birgit. Aber Gerlach hatte schon aufgelegt.

In der nächsten Viertelstunde war Gerlach damit beschäftigt, die Bewegungen der Observationsteams zu koordinieren, von denen sich keines länger als wenige Sekunden in Annmaries Nähe aufhalten durfte. Die Zivil-Fahrzeuge mit den Beamten, die die Randgebiete der Stadt durchkämmt hatten, waren auf dem Weg zur Innenstadt. Die vorsorglich angeforderten Notarztwagen wurden zu den Ausfahrten der City kommandiert. Auf den Computerbildschirmen wanderten bunte Kreuzchen und Ringe über flimmernde Stadtpläne. Das blinkende Kreuz bewegte sich zügig in Richtung Stadtmitte. Annmarie hatte die Straßenbahn genommen. Sie saß in der S11, wie Gerlach erfuhr.

Um dreizehn Minuten vor sieben kam die Meldung: »Sie steht. Wir sind in Position.«

Das blinkende Kreuzchen bewegte sich nicht mehr. Gerlach lehnte sich zurück. Nun begann die Warterei. Das Schlimmste.

***

Petzold ging vom Gas und bog von der B10 auf die Zufahrt zur Papierfabrik und zum Yachthafen.

»Da!« Schillings Kopf fuhr herum.

»Was?«

»Dunkler Volvo, Frankfurter Kennzeichen.« Schilling fischte das Diensthandy aus der Manteltasche. »Ist aber schon weg.«

»Wohin?«

»Richtung Stadt.«

Schilling gab Typ und Nummer des Wagens durch. Petzold bremste und stellte den BMW auf dem großen, so gut wie leeren Parkplatz am Rhein ab. »Wenn du 'ne Frau wärst, wären wir unauffälliger.«

»Tja.« Schilling grinste. »Nobody is perfect.«

»Mal ehrlich. Uns sieht doch 'ne kurzsichtige Nonne aus hundert Metern an, dass wir Bullen sind.«

Petzold überblickte den Parkplatz. Ganz vorne, nah am Wasser, stand ein Mercedes. Leer. Hinten, in der Nähe der »Rheinterrassen«, des neu erbauten Lokals, dessen Vorgänger vor Jahren einem Hochwasser zum Opfer gefallen war, ein alter Ford-Kombi. Ebenfalls leer. Das Lokal selbst war dunkel.

Schilling hakte Petzold unter. »Was meinst du, Süßer, sollen wir mal wieder die Schwulen-Show abziehen?«

»Das könnte dir so passen. Heute geben wir die Besoffenen-Nummer.«

Heftig schwankend und leise vor sich hinsingend schlenderten sie auf das erleuchtete Haus des Wasser- und Schifffahrtsamts zu, wo offenbar noch jemand arbeitete. Eine Weile taten sie so, als würden sie es betrachten und den Anblick überwältigend komisch finden, während ihre Blicke die Umgebung absuchten.

»Hier ist nichts. Sollen wir's mal Richtung Süden versuchen? Da sind weniger Häuser«, sagte Petzold halblaut.

Sie machten kehrt und wankten leise singend flussaufwärts. Links neben dem Lokal standen zwei weitere Wagen. Ein Alfa Romeo und ein silberfarbener Mitsubishi.

»Merk dir mal die Nummern. Sobald wir unter der Brücke sind, geben wir sie durch.«

Schilling bog sich vor Lachen. »Gebongt, großer Bruder im Glühwein«, brüllte er. »Siehst du noch andere Autos?«, fragte er leiser.

»Den Mercedes da vorne. An dem kommen wir gleich vorbei, falls du nicht vorher in den Rhein fällst, so wie du rumschlingerst.«

»Bist ja nur neidisch, weil du nicht so gut schauspielern kannst.«

In der Ferne tauchte eine Silhouette auf, begleitet von einem herumtollenden Punkt, der sich bald als älterer, zügig ausschreitender Mann in Begleitung eines aufgeregten Rauhaardackels herausstellte. Misstrauisch grüßend tippte der Mann an seinen Hut, schloss den Mercedes auf, ließ den Hund hineinhüpfen und fuhr davon.

Petzold sah an den Himmel. »Sieht nach Regen aus.«

Ein tief im Wasser liegender Schubverband brummte stromaufwärts. Die beiden Polizisten hatten die Brücke erreicht, Petzold nahm das Handy ans Ohr und gab der Einsatzleitung die Autonummern durch, die Schilling ihm vorsagte.

»He! Du kannst dir ja seit neuestem Zahlen merken!«

Schilling grinste nur und begann aus voller Kehle »Rudi the red-nosed Reindeer« zu singen. Über ihnen donnerte der abendliche Berufsverkehr in Richtung Westen.

»Bist du bescheuert?« Petzold steckte das Handy ein. »Was schreist du denn so?«

»Nächste Woche ist Weihnachten«, meinte Schilling mit unschuldigem Augenaufschlag. »Da wird man ja wohl 'n bisschen singen dürfen.«

Petzold hakte seinen Kollegen unter und schleppte ihn weiter. Die Straßenbrücke blieb zurück, sie unterquerten die Eisenbahnbrücke. Schilling war zu »Ihr Kinderlein kommet« übergegangen, las eine leere Bierdose vom Boden auf und hielt sie Petzold hin. Der nahm sie seufzend und tat, als würde er trinken.

»He«, brüllte Schilling, »lass mir was drin!«

Inzwischen waren sie auf der Höhe der Wohnblocks südlich der Eisenbahnbrücke angelangt. Aus einem geöffneten Fenster beobachtete sie ein breiter Kerl in weißem Feinripp-Unterhemd mit ausdrucksloser Miene.

»Prost Kamerad«, grölte Schilling und schwenkte seine Dose. Der Mann grüßte mit einer laschen Handbewegung zurück.

»Hier haben sie keine Chance«, sagte Petzold durch die Zähne. »Alles bewohnt.«

»Right!« Schilling imitierte einen Schluckauf und warf die Bierdose in weitem Bogen fort. Irgendwo im Dunkeln schepperte sie auf Steine und platschte dann ins Wasser.

»Da vorne, das ist dieses Hofgut. Was hältst du davon?«

Etwa zweihundert Meter weiter schimmerte Licht durch die Bäume.

»Ist das nicht ‘ne Kneipe?«

»Ein Lokal, wenn ich bitten darf«, lachte Schilling. »Keine Kneipe!« Er wollte sich gar nicht mehr beruhigen. »Doch keine Kneipe! Also hör mal!«

»Ich finde, du übertreibst«, brummte Petzold.

»Je mehr wir auffallen, desto weniger fallen wir auf. Sagte schon Konfuzius.«

»Ehemaliger Kollege?«

»Schwachkopf«, sagte Schilling friedlich. »Der war mein Fahrlehrer.«

»Muss ein schöner Idiot sein, so wie du Auto fährst.« Petzold blieb so abrupt stehen, dass Schilling sich an ihm festhalten musste, um nicht das Gleichgewicht zu verlieren. »Wenn das ein Lokal ist, dann sind da auch zu viele Leute.«

Schilling wies über die Schulter. »Da oben, ehemaliges Bahnhöfchen. War auch mal ‘ne Weile so was wie ‘ne Kneipe, Vereinsheim von ‘nem Fasnachtsclub, glaub ich. Steht aber seit längerem leer.« Plötzlich klang er sehr konzentriert. »Und liegt ziemlich abgelegen!«

»Könnte hinhauen«, murmelte Petzold. »Weit vom Schuss, neben der Eisenbahn, nah genug am Wasser. Auf geht’s.«

Schilling stakste im Halbkreis um seinen Kollegen herum. Bedenklich schlingernd bogen sie in ein Sträßchen, das vom Rhein weg landeinwärts führte.

»Eines sag ich dir, Junge. Nie wieder zieh ich mit dir über den Weihnachtsmarkt!«, grölte Petzold, weil der Kerl am Fenster sie immer noch beobachtete. »Man soll verdammt noch mal nicht mehr saufen, als man verträgt!«

»Guck mal«, zischte er plötzlich. »Da steht ja noch ein Haus!«

»Oops«, flüsterte Schilling und brüllte los: »Warum hast du bloß so wenig Bier mitgenommen, du Arsch?«

»Beruhig dich«, schrie Petzold. »Da oben kriegst du ja welches.«

»Versprochen?«, schluchzte Schilling. »Verarschst du deinen alten Freund Berthold auch nicht, Thomas? Mein lieber, lieber Thomas? Bitte, bitte sei ehrlich zu mir!«

Petzold schleppte seinen torkelnden Kollegen weiter. Das Haus war zweigeschossig und stand einige Meter von der Straße entfernt hinter einem übermannshohen Lattenzaun. »Scheint auch ‘nen Keller zu haben. Das könnte es sein!«

»O Gott! Ich glaub, mir wird schlecht«, röchelte Schilling, der inzwischen völlig in seiner Rolle aufging. Er stützte sich gegen den Zaun und begann, dramatisch zu würgen. »Könnte wirklich passen«, murmelte er zwischen zwei Rülpsern.

»Da!« Petzold wies nach rechts. »Frische Reifenspuren!«

»Der Volvo?«

Petzold hob die Schultern. »Lass uns weitergehen. Von da hinten haben wir 'ne bessere Aussicht.«

Schilling stieß sich vom Zaun ab und jodelte in höchster Lautstärke: »Ich geh mit meiner Laterne …«

»Ich bin nicht deine Laterne«, grunzte Petzold.

Im Schatten einer großen Tanne blieben sie stehen. Petzold zückte das Handy. »Der Volvo ist ein Hertz-Mietwagen aus Frankfurt«, berichtete er nach einem kurzen Gespräch. »Vor drei Wochen angemietet. Von wem, stellen sie gerade fest.«

»Was ich dich die ganze Zeit schon fragen wollte«, sagte Schilling in normalem Tonfall. »Dein Wasserbett, ist das noch zu haben?«

»Was? Wieso?«

»Christels Arzt meint, sie könnte vielleicht gegen unsere Matratzen allergisch sein. Hat uns geraten, es mit 'nem Wasserbett zu versuchen.«

Petzold schluckte. Und schluckte noch einmal. Dann atmete er tief ein und straffte sich. »Doch«, sagte er, »das ist zu haben. Birgit kann es nicht leiden.«

»Wohnt ihr denn jetzt zusammen?«

»Ja«, sagte Petzold fest. »Ab sofort wohnen wir zusammen.«

»Lass uns zurückgehen, mein Freund«, jubelte Schilling.

Auch aus dieser Perspektive war das Haus dunkel.

»Die Spur führt nach hinten. Das Auto muss da unter den Bäumen gestanden haben.«

Schilling zog ein kleines Rollmaßband aus der Hosentasche und ging in die Hocke. »Merk dir mal: Spurweite einsvierundsechzig, Reifenbreite siebzehn Zentimeter.«

»Was treibt ihr zwei Hübschen denn da?«, fragte eine kräftige Männerstimme. Schilling fuhr herum. Es war der Mann im Unterhemd, der sich mit in die Hüften gestemmten Händen vor ihnen aufbaute. Er hatte die Figur eines Schwergewichtsboxers und schien kein bisschen zu frieren. »Ihr seid doch im Leben nicht besoffen. Baldowert ihr was aus? Plant ihr 'nen Bruch, oder was?«

Schilling trat einen Schritt auf ihn zu und fuhr ihn an: »Ich wüsste nicht, was dich das angeht, Arschloch! Zieh lieber Leine, bevor ich ungemütlich werde!«

Offenbar hatte er inzwischen vergessen, dass er gar nicht betrunken war. Der Preisboxer grinste gemütlich. »Hab lang genug im Bau gesessen, dass ich weiß, was abgeht. Je mehr wir auffallen, desto weniger fallen wir auf, was? Kenn ich doch alles. Entweder ihr seid in zwei Sekunden verschwunden, oder es setzt was.«

»Ach, es setzt was, ja?«, brüllte Schilling. »Ich werd dir gleich zeigen, wer …«

Petzold versuchte, ihn zurückzuhalten, aber Schilling schlug nach hinten aus und trat noch einen Schritt näher an den Mann heran, der ihn unbeeindruckt von oben herab musterte. Schilling ging in Angriffsstellung, knickte die Knie ein und streckte die Hände vor. Einen Augenblick später lag er am Boden.

***

»Wo bleibt eigentlich die Malmberg?«, fragte Gerlach in die Runde.

»Die hast du doch vorhin selber heimgeschickt.«

»Ruft sie an, sie soll herkommen. Wir können jeden brauchen.«

Einer der Uniformierten griff zum Hörer. »Nimmt nicht ab«, erklärte er nach einer Weile. »Sie ist nicht in der Wohnung von der Mutter und auch nicht in der vom Petzold.«

»Versuch's auf dem Handy.«

»Hat keins.«

»Und warum hat sie dann kein Dienst-Handy dabei?«

»Weil die alle im Einsatz sind. Und wir so schon knapp sind mit den Dingern.«

»Vielleicht ist sie ja so schlau und kommt von allein wieder her«, meinte ein Dritter beruhigend.

Wieder klingelte eines der Telefone.

Ein schnurrbärtiger, drahtiger Kollege von der Schutzpolizei nahm das Gespräch an. »Nichts Neues. Steht sich vor dem Kaufhaus die Füße in den Bauch und langweilt sich 'nen Wolf.«

»Zwanzig Minuten jetzt schon«, murmelte Gerlach. »Wird Zeit, dass sich was tut.«

»Die Idee hat schon was: Übergabe mitten in der Stadt im dicksten Gewühl«, meinte ein beleibter Uniformierter anerkennend. »Die Jungs wissen, wie's läuft.«

»Das sind Profis«, erklärte eine junge Kollegin gähnend. »Das war vorher klar.«

Schon wieder klingelte ein Telefon.

***

Birgit Malmberg stand gegenüber dem ehemaligen Hertie-Kaufhaus, das derzeit wegen Umbau geschlossen war. Die meiste Zeit hielt sie sich im Eingangsbereich eines gut besuchten Haushaltswarengeschäfts auf und beobachtete Annmarie aus den Augenwinkeln, so weit das bei dem herrschenden Fußgänger- und Straßenbahnverkehr möglich war. Unglücklicherweise befand sich zwischen ihr und der unauffälligen jungen Frau mit Hut die Haltestelle Herrenstraße. Ständig wurde der Sichtkontakt durch haltende Bahnen unterbrochen. Ein endloses Geschiebe von Menschen, beladen mit Tragetaschen, Paketen oder verschnürten Tannenbäumen wogte vorbei. In der Nähe pries ein Marktschreier in gellender Lautstärke weltraumbeschichtete Pfannen an. Als Zugabe gab es, und zwar nur ausnahmsweise und nur, weil bald Weihnachten war und er deshalb so gute Laune hatte, eine garantiert niemals stumpf werdende Kartoffelreibe. Und das alles für sage und schreibe nur neunzehn neunundneunzig.

Ein blinder Bettler fröstelte mit trostloser Miene hinter einem Pappschild. Hin und wieder klimperte etwas in seine Büchse, und er murmelte einen unverständlichen Dank. Birgit zählte vier Weihnachtsmelodien, die sie gleichzeitig hören konnte.

Selten erblickte sie ein bekanntes Gesicht. Kolleginnen und Kollegen, die als einkaufende Pärchen getarnt Arm in Arm vorbeischlenderten. Und selten genug auch das Objekt der Observation selbst, das gegenüber mit dem Ordner unter dem Arm scheinbar entspannt an einer Säule lehnte und nun schon seit fast einer halben Stunde wartete, ohne zu wissen worauf.

Wieder hielt eine S-Bahn. Hunderte Menschen stiegen aus, hundert andere ein, als sie anfuhr, hielt schon eine andere Bahn in Gegenrichtung. Dann war die Sicht wieder für einen kurzen Augenblick frei. Annmarie stand noch immer drüben. Birgit trat von einem Fuß auf den anderen und betrachtete wieder einmal das altertümliche Rosenthal-Geschirr. Einen Vorteil hatte die Situation immerhin: Es bestand kaum Gefahr, dass sie selbst von der anderen Seite aus entdeckt wurde. Außerdem hatte sie sich vorhin, bevor sie entgegen allen Anweisungen Annmarie gefolgt war, eine Pudelmütze übergezogen und einen langen Wollschal um den Hals gewickelt, der Kinn und Mund bedeckte. Selbst Petzold hätte Mühe gehabt, sie zu erkennen.

Birgit verließ den Eingang des Haushaltswarengeschäfts und schob sich in die Menschenmenge, die auf die nächste Bahn wartete. Duft von gebrannten Mandeln, Glühwein und Bratwurst stieg ihr in die Nase. Er kam vom nahen Weihnachtsmarkt, der um diese Uhrzeit natürlich schwarz vor Menschen war. Um sich Bewegung zu verschaffen und weil eine Frau, die sich ständig vor dem selben Schaufenster herumdrückt, einem aufmerksamen Beobachter möglicherweise doch aufgefallen wäre, ging sie ein Stück in Richtung Westen.

Gegenüber spazierte eng umschlungen ein sich angeregt unterhaltendes Paar. Arne Schneider und Beatrix Mankowitz, Kollegen aus dem Betrugsdezernat, die heute wie so viele das Vergnügen hatten, ihr Überstundenkonto weiter aufzublähen. Sie hatten Tragetaschen dabei. Vielleicht nutzten sie die Pausenzeiten, während derer sie in Deckung zu bleiben hatten, um letzte Geschenke zu besorgen.

Jeder der Beobachter durfte nur alle paar Minuten kurz in Annmaries Nähe kommen. Inzwischen waren unter Steuerung der Einsatzleitung über dreißig Personen damit beschäftigt, an ihr vorbeizupromenieren und dann in irgendeinem Geschäft zu verschwinden und per Handy Bericht zu erstatten, während bereits der nächste Observationstrupp im Anmarsch war.

Birgit besah sich die Auslagen eines Musikgeschäfts und erinnerte sich an ihr Cello. Ob sie die alten Noten wohl noch fand? Ob sie am Heiligen Abend ein Liedchen zusammenbrachte, ohne sich zu blamieren? Ob Petzold wohl schreiend wegrennen würde? Im Spiegel des Schaufensters konnte sie erkennen, dass Annmarie nach wie vor an ihrem Platz stand. Birgit sah auf die Uhr: bald Viertel nach sieben. Die Entführer machten es spannend.

Plötzlich stand jemand neben ihr. Ein Mann. Er musterte sie strahlend. Birgit lächelte flüchtig zurück und wollte sich abwenden. Er versperrte ihr den Weg.

»Na, schöne Frau. Auch nichts vor an diesem himmlischen Abend?«

Er roch nach Alkohol, Zimt und Nelken und trug eine Weihnachtsmann-Zipfelmütze mit roten Blinklichtern. Eigentlich war er gar nicht zu verachten, groß, breitschultrig und mit diesem siegessicheren Grinsen im Gesicht, das sie schon immer für Männer eingenommen hatte.

»Keine Zeit und keine Lust«, versetzte sie und versuchte erneut, ihn stehen zu lassen.

Aber er gehörte offenbar nicht zu der Sorte, die leicht aufgibt. »Ich schmeiß 'ne Runde Glühwein! Wär doch was, oder?«

»Tut mir Leid, ich erwarte jemanden.« Zwischen zwei Bahnen erhaschte sie einen Blick auf die andere Seite. Annmarie hatte sich keinen Millimeter bewegt. Den Ordner trug sie gut sichtbar unter dem Arm. Birgits neuer Verehrer hielt sie am Ärmel fest.

»He! Du wirst doch einem einsamen Weihnachtsmann einen kleinen Wunsch nicht abschlagen, Süße?«

Seufzend wandte sie sich um, fiel dem Kerl um den Hals, der fast so groß wie Petzold war, und hauchte ihm ins Ohr: »Pass mal auf, du einsamer Weihnachtsmann. Wenn du nicht sofort Leine ziehst, dann ramme ich dir mein Knie so dermaßen in die Klunkerchen, dass du bis Pfingsten denkst, du bist das Osterhäschen! Haben wir uns verstanden, Süßer?«

Sie zog sich wieder in den hell erleuchteten Eingang des Haushaltswarengeschäfts zurück und bewunderte zum tausendsten Mal das Rosenthal-Geschirr, das sie nie im Leben haben wollte. Der trotz der Kälte schwitzende Kerl mit den Patent-Kartoffelreiben und Weltraum-Pfannen schaltete endlich seinen Verstärker aus und begann, seinen Kram zusammenzupacken. Der blinde Bettler leerte seine Büchse, klemmte sich sein Schild unter den Arm und strebte fröhlich pfeifend und strammen Schritts nach Hause.

Annmarie stand immer noch drüben.

Die Bewegungen der Fußgängerströme hatten inzwischen unmerklich ihren Rhythmus verändert. Aus den Bahnen stiegen weniger Leute aus und immer mehr stiegen ein. Die ersten Geschäfte begannen, ihre Auslagen von der Straße zu räumen. Zwanzig vor acht. Birgit bemerkte plötzlich, dass sie hungrig war. Sie ging ein paar Schritte in Richtung Osten und wieder zurück. Der feucht-kalte Westwind hatte aufgefrischt. Schwere Wolken trieben tief über die Stadt. Birgit fröstelte. Es würde wohl Regen geben. Bei der herrschenden Temperatur vielleicht sogar Schnee.

Als sich das nächste Mal zwischen zwei Bahnen eine Lücke auftat, war Annmarie verschwunden. Birgit stellte sich auf die Zehenspitzen und ließ ihren Blick schweifen – nichts. Sie schloss sich einer fröhlich lärmenden Fußgängergruppe an, die hörbar aus dem Elsass stammte und schwer beladen dem Weihnachtsmarkt zustrebte. Vielleicht um sich vor der langen Heimfahrt noch ein wenig zu stärken.

Birgit atmete auf. Fünfzig Meter weiter vorne entdeckte sie Annmaries wippenden Hut. Offensichtlich war auch sie auf dem Weg zum Weihnachtsmarkt – in das dichteste Gewühl im Umkreis von einhundert Kilometern. Jemand musste ihr unbemerkt, vielleicht im Vorbeigehen und flüsternd, den Befehl erteilt haben, loszugehen.

Birgit ließ sich mit den Elsässern treiben, hielt den Kopf gesenkt und sah sich unauffällig um. Irgendwo in diesem dichter und dichter werdenden Getümmel mussten Kollegen stecken, die jetzt sicherlich aus allen Himmelsrichtungen auf den Weihnachtsmarkt zuströmten. Und mindestens einer von Lillis Entführern.

Hinter ihr klingelte schrill eine Bahn. Birgit sprang von den Gleisen. Dann war Annmarie wieder verschwunden. Vermutlich in einer der Gassen zwischen den Ständen. Menschentrauben vor ihr, Menschentrauben hinter ihr. Und irgendwo dort, irgendwo in diesem selig brodelnden Irrsinn, befand sich die Person, die ihr demnächst den Ordner abnehmen würde. In diesem Tumult lagen die Chancen der Polizei, im entscheidenden Moment zuzugreifen, gefährlich nahe bei null. Birgit ließ sich einmal der Länge nach über den Markt treiben. An Ständen vorbei, die duftende Bienenwachskerzen anboten, aus oberbayerischem Holz geschnitzte Krippenfiguren, Schüsseln und Vasen aus Soufflenheim-Keramik, noch mehr Weltraum-Pfannen und ewig scharfe Kartoffelreiben. Ein Kinderkarussell, wo mit dröhnendem Bass »Jingle Bells« lief, während herzzerreißend weinende Kleinkinder unter den Augen ihrer erschöpften, verzweifelten Eltern im Kreis herumgekarrt wurden.

Ständig stieß Birgit mit jemandem zusammen, wurde hierhin und dorthin geschoben. Sie wimmelte einen weiteren Verehrer ab, machte kehrt und kämpfte sich durch die zweite Gasse wieder zurück.

Annmarie war nirgendwo zu entdecken.

Undurchdringliche Trauben von Glühwein trinkenden, Lebkuchen essenden, strahlenden, zankenden, singenden, zum Erbrechen fröhlichen Menschen versperrten ihr den Weg, begrapschten sie oder pöbelten sie an, wenn sie sich vorbeiquetschte.

Annmarie war und blieb verschwunden.

In Birgits Magen breitete sich eine saugende Leere aus, die nicht vom Hunger kam, während gleichzeitig verlockende Düfte von Bratwürsten, Fischsemmeln und Zimtsternen um ihre Nase strichen.

Hoffentlich, hoffentlich hatten die Kollegen das im Griff! Hoffentlich waren sie inzwischen zahlreich genug zur Stelle, dass nichts anbrannte, dass Annmarie nicht auch noch verschwand, dass dieser verfluchte Ordner nicht in falsche Hände geriet. Oder in die richtigen, deren Besitzer dann bald genug feststellen würden, dass man ihn gelinkt hatte. Und niemand, niemand, niemand würde ihn dann noch aufhalten. Seelenruhig würde er zu Lilli zurückkehren, die irgendwo dort draußen in diesem kalten Keller saß, wimmernd um ihr Leben fürchtete und nur eines noch wollte: zurück nach Hause, zu ihrer Mutter. Zurück in die vertraute Umgebung, in ihr kleines Leben mit Schule und Ferien und Weihnachten und Geschenken.

Der blaue Frosch fiel Birgit wieder ein, den sie noch immer nicht besorgt hatten, während sie versuchte, an einem sturzbetrunkenen Frührentner vorbeizukommen, der unbedingt Brüderschaft mit ihr trinken wollte. Endlich hatte sie ihn zur Seite gedrängt, rannte fast ein Tannenbäumchen um, schrammte an einer der aus rohem Holz gezimmerten Hütten entlang und bemerkte den Schmerz an der Hand nicht einmal.

Himmel hilf, dass das gut geht! Ich werde Weihnachten nach Jahren zum ersten Mal wieder in eine Kirche gehen und alle Lieder mitsingen und ein halbes Gehalt an »Brot für die Welt« spenden, wenn dieses Kind wieder gesund nach Hause kommt! Wenn es überhaupt wieder nach Hause kommt!

Leichter Regen hatte eingesetzt, mit ersten nassen Schneeflocken durchsetzt, die auf den Schultern kleben blieben. Um ein Haar wäre Birgit mit einer groß gewachsenen Frau zusammengestoßen, die sich, ohne nach links oder rechts zu sehen, ihren Weg quer durch das Gedränge bahnte. Birgit brauchte eine halbe Sekunde, um zur Besinnung zu kommen. Dann blieb sie stehen wie zu Eis erstarrt.

»So eine ganz dicke Brille hat die gehabt. Eine runde, mit silbernem Rand. Und diesen … diesen Fleck auf der Backe.«

Als sie herumfuhr, war die Frau schon verschwunden. Sie konnte sich nur zwischen zwei Hütten hindurchgezwängt haben, sonst hätte sie noch zu sehen sein müssen, bei ihrer Größe. Birgit zwang sich, ruhig zu bleiben, nicht loszurennen, keine hastigen Bewegungen zu machen. An der Rückseite der Hütten wurde es offen, der Lärm ebbte ab, aber auch hier waren überall Menschen, so unglaublich viele Menschen.

Da, schon ein gutes Stück entfernt, da war sie. Mit zügigen Schritten auf dem Weg zur Straßenbahnhaltestelle vor der Volksbank. Unter dem Arm trug sie etwas Flaches, in eine Tragetasche Gewickeltes. Den Ordner, natürlich. Aber wo waren die anderen? Warum stürzten sich nicht von allen Seiten Polizisten in Zivil auf die Frau? Warum schrie niemand Befehle? Gleichgültig jetzt. Irgendwas war schief gegangen. Und sie, Kriminaloberkommissarin Birgit Malmberg, war vielleicht die Letzte, die Einzige, die noch dran war. Sollte sie sie auch noch verlieren, dann war Lilli zum Tode verurteilt.

Birgits Atem ging keuchend. Schneeflocken verklebten ihr die Wimpern. Sie zog den Schal höher, senkte den Kopf, achtete darauf, nicht direkt hinter der Frau zu gehen, wie sie es gelernt hatte. Erst im Winkel von dreißig Grad nach rechts. Vor irgendeinem Schaufenster stehen bleiben, bis die andere um die Ecke war, ein paar Sprünge, dann wieder ganz langsam weiter, im Schlenderschritt. Die Lichterketten in den Bäumen betrachten, als hätte man nie im Leben etwas so Bezauberndes gesehen. Lächeln. Immer lächeln. Ein unwissender Beobachter musste sie für geisteskrank halten. Ruhig atmen! Und bloß nicht hinsehen! Immer nur aus den Augenwinkeln! Niemals direkten Blickkontakt mit dem Zielobjekt! Nie zu nahe herankommen! Nie in genau die gleiche Richtung gehen!

Da war sie wieder, Gott sei Dank. Wenige Meter entfernt stand sie an der Haltestelle und wartete gelassen auf die Straßenbahn, die auch schon kam. Die Eins. Richtung Durlach.

Birgit verfluchte den Umstand, dass sie kein Handy dabeihatte. Als sie die Bahn durch die hinterste Tür bestieg, warf sie einen unauffälligen Blick zurück. Aber es war wie verhext: Weit und breit kein bekanntes Gesicht. Waren die anderen weiter vorne eingestiegen? Bestimmt waren sie vorne eingestiegen. Es war einfach undenkbar, dass sechsunddreißig bestens ausgebildete Kripo-Beamte, achtzehn mit allen Wassern der Polizeitaktik gewaschene Zweierteams, nicht im Stande sein sollten, auf ein popeliges weißes Ringbuch im Wert von zwei Euro fünfzig aufzupassen.

Die Tür schloss sich. Die Bahn fuhr an.

***

»Sie steht neben dieser Würstchenbude wie angewachsen.« Der schnurrbärtige Schupo warf den Hörer aufs Telefon. »Und das Ding hat sie immer noch unter dem Arm.«

»Sie sollen bloß nicht zu nah rangehen, hört ihr? Schärft das jedem ein, den ihr an die Strippe kriegt! Bringen wir jemanden hoch, auf einen Balkon, an ein Fenster?«

»Ins Rathaus vielleicht? Soll ich mal anrufen?«

»Mach das. Sofort. Ich will jemanden oben haben, der das überblickt. Das wird mir zu gefährlich!«

»Ich war ja gleich dafür, ihr einen Sender anzuhängen. Dann hätten wir jetzt nur halb so viele Probleme«, warf der Leiter der Verkehrspolizei mürrisch ein.

»Die sind doch nicht vom Mond!«, herrschte Gerlach ihn an. »Jeder Idiot hat heute einen Detektor dabei. Kostet neun neunzig in jedem Bastelgeschäft!« Ruhiger fuhr er fort. »Und außerdem haben wir bis jetzt noch gar keine Probleme. Probleme kriegen wir erst, wenn dieser verdammte Ordner weg ist und wir die Kontaktperson verlieren.«

»Undenkbar«, sagte einer von hinten. »Völlig undenkbar bei dem Aufmarsch. Da kommt nicht mal ein Mäuschen raus.«

»Dein Wort in Gottes Ohr«, brummte ein anderer.

Zwei Telefone klingelten gleichzeitig.

»Nichts«, sagte der eine, »Tote Hose«, der andere. »Sie steht da und hält dieses Ding fest, als wär's ihr Kind.«

Petzold kam herein und schleppte Schilling hinter sich her. Schilling hatte ein blaues Auge und schien nicht ganz bei Besinnung zu sein. Ächzend fiel er auf einen Stuhl.

»Was ist mit dem Volvo?«, fragte Petzold. »Habt ihr ihn?«

»Weißt du, wie's in der Stadt aussieht? In fünf Tagen ist Weihnachten«, meinte Gerlach achselzuckend. »Wie willst du da auf die Schnelle irgendein Auto finden?«

»Das hier ist vorhin für dich gekommen. Aus Portugal.« Einer der Männer an den Telefonen überreichte Petzold ein Fax. »Und dann hat da noch so 'n Typ angerufen für Schilling. Irgendwie aus Irland, wenn ich richtig verstanden hab. Hat nur Englisch gesprochen. Er soll ihn zurückrufen. Hier ist seine Privatnummer. Der hat nämlich schon Feierabend.«

»Der Glückliche.« Stöhnend rieb Gerlach sich das Gesicht. »Ich werd wahnsinnig! Wenn nicht bald was passiert, werd ich todsicher wahnsinnig!«

Plötzlich schlugen alle Telefone gleichzeitig Alarm.

»Sie hat den Hut abgenommen!«, brüllte der, der eine halbe Sekunde schneller war als der Rest. »Sie hat Kontakt!«

»Aber den Ordner hat sie noch!«, schrie ein anderer.

»Der Kontakt ist weg!«, schrie ein dritter. »Irgendwas ist schief gegangen!«

»Aber sie hat doch den Ordner noch!«

»Ruhe!«, brüllte Gerlach. »Der Reihe nach!«

Nach einer halben Minute war so viel klar: Annmarie Heinemann stand in Tränen aufgelöst und zitternd auf dem Weihnachtsmarkt, und der Ordner unter ihrem Arm war nicht mehr der, den man ihr vor einer guten Stunde übergegeben hatte. Irgendjemand hatte ihn ihr unter dem Arm hervorgezogen und wortlos einen anderen, ähnlich aussehenden untergeschoben. Die Fälschung durch eine Fälschung ersetzt. Sie war nicht einmal im Stande, eine vernünftige Personenbeschreibung zu geben, so schnell war alles gegangen. Eine Frau sei es gewesen, erfuhr man nach Minuten endlich, eine ziemlich große Frau.

»Von wegen, kein Mäuschen kommt da raus! Funkstille ist aufgehoben!«, brüllte Gerlach, der inzwischen am ganzen Leib schwitzte. »Jetzt geht's um die Wurst!«

»Wieso hat das denn keiner mitgekriegt?«, wunderte sich einer, »Wo gibt's denn so was, dass das keiner mitkriegt?«

Aber niemand hörte ihm mehr zu.

***

Birgit Malmberg machte sich klein in ihrem Sitz. Die Frau mit der Brille saß fünf Reihen weiter vorne, ein bisschen zu nah vielleicht, aber so konnte sie wenigstens die Bahn im Gedränge nicht unbemerkt verlassen. Ein kräftiger Kerl, dessen Hals dicker war als sein Kopf, wollte sich neben Birgit setzen.

»Ist doch frei hier?«, fragte er freundlich grinsend.

»Nein«, erwiderte Birgit, ohne hinzusehen. »Meine Oma ist vorne, Fahrkarten kaufen.«

»Na, dann eben nicht.« Beleidigt setzte er sich in die Reihe gegenüber.

Ein schneller Blick zur Uhr: zwei Minuten vor acht. Die Bahn war überfüllt. Zig Leute mussten stehen, und immer wieder musterte jemand vorwurfsvoll oder begehrlich den freien Platz neben Birgit. Sie verschränkte die Arme vor der Brust und versenkte das Kinn im Schal und tat, als hörte sie nichts.

Die Bahn hielt. Kronenplatz, Universität. Ein paar wenige stiegen aus, das Gedränge im Gang wurde etwas lichter, nach Sekunden ging es weiter. Birgit riskierte einen Blick am Hut des Fahrgastes vor ihr vorbei, der seiner steif dasitzenden Gattin die Vorteile eines UMTS-Handys erklärte.

»Du hast einfach viel mehr Bandbreite, verstehst du nicht?«

Die Entführerin saß aufrecht auf ihrem Platz und sah nicht rechts noch links. Sie hatte etwas Gouvernantenhaftes an sich mit ihrer Brille und dem leicht angegrauten kurz geschnittenen Haar. Kein Mensch wäre auf die Idee gekommen, diese ältliche und bemitleidenswert weitsichtige Dame könnte Mitwisserin eines Mordes sein. Wenn nicht die Mörderin selbst.

»Das ist eine völlig neue Technik. Das hat nichts mehr zu tun mit diesen alten Gurken, mit denen du nur telefonieren kannst.«

»Was soll man denn sonst wohl tun mit einem Handy?«

Jetzt, nachdem sie aus der Fußgängerzone heraus war, fuhr die Bahn schneller. Hinter manchen Fenstern der Universität brannte noch Licht. Dann tauchte das Durlacher Tor auf, die Bahn hielt erneut, Türen öffneten sich, wieder wurden Plätze frei. Plötzlich wurde Birgit klar, dass das von nun an bei jeder Haltestelle so sein würde. Früher oder später lief sie Gefahr, mit der Frau allein in der Bahn zu sitzen.

»Du kannst zum Beispiel damit ins Internet! Mit dem Handy! Wo immer du bist! Und sogar in Farbe!«

»Wie, wo immer ich bin?«

»Auf dem Klo zum Beispiel!«

»Und was soll ich da? Im Internet? Auf dem Klo? Steht da vielleicht, ob ich endlich mal wieder richtige Verdauung haben werde?«

»Den Wetterbericht abrufen, zum Beispiel.«

Der abgeblitzte Bodybuilder grinste Birgit immer noch an. Schien ein zäher Bursche zu sein. Die Frau mit der Brille saß regungslos. Lag der Ordner auf ihrem Schoß und sie blätterte ihn gerade durch, um festzustellen, dass sie einem Schwindel aufgesessen war? Fasste sie eben den Beschluss, dass Lilli in den nächsten Minuten sterben würde?

»Und was interessiert mich der Wetterbericht, bitte schön, wenn ich auf dem Klo sitze und nichts aus mir rausbringe?«

»War doch nur ein Beispiel. Es gibt ja noch …«

»Kann mir schon denken, wozu du auf dem Klo Internet brauchst!«

»Die Fahrscheine bitte!«, sang eine fröhliche Stimme von hinten.

Birgit wurde kalt. Das hatte noch gefehlt. Überall begannen Menschen, Taschen zu durchwühlen, Brieftaschen zu zücken, in Portemonnaies zu nesteln.

Unaufhaltsam kam der Kontrolleur näher. Birgit hoffte verzweifelt, dass er auf einen Schwarzfahrer treffen möge. Auf einen renitenten, streitsüchtigen, ganz und gar uneinsichtigen Schwarzfahrer, der ihn lange, lange aufhalten würde. Wieder stoppte die Bahn. Das inzwischen verstummte Paar vor Birgit stieg aus.

Sie machte sich noch eine Spur kleiner. Der Kontrolleur war noch zwei Reihen hinter ihr. Warum ging das nur so verflixt schnell? Noch eine. Jetzt war er da. Freundlich lächelnd hielt er ihr seinen Ausweis unter die Nase. Birgit packte ihn am Ärmel und zog ihn auf den freien Sitz.

»Hören Sie«, flüsterte sie ihm ins Ohr. »Ich bin Polizistin im Einsatz.« Sie zeigte ihm ihren eigenen Dienstausweis. »Das ist kein Witz oder so was. Ich beschatte jemanden.«

Der Mann studierte den Ausweis neugierig. »Kripo, Wow!«, sagte er schließlich ebenso leise. Er erhob sich und zwinkerte ihr zu. »Geht in Ordnung.«

»Ey«, rief der Bodybuilder. »Was ist mit ihrem Ticket?«

Der Kontrolleur wandte sich um. »Was soll damit sein?«

»Die Tussi da hat keinen Fahrschein, und der Typ macht nichts! Hab's genau gesehen! Bumst ihr zusammen oder was? Hat sie versprochen, dir nachher einen zu blasen?«

Der Kontrolleur warf Birgit einen hilfesuchenden Blick zu.

»Ich bin eine Kollegin von ihm«, erklärte sie und wedelte mit ihrem Ausweis. »Und Angestellte der Verkehrsbetriebe müssen nicht bezahlen.«

»Das glaub ich erst, wenn ich's gesehen hab!« Der Kerl redete sich in Rage, und der Fall mit der Schwarzfahrerin und dem immer tiefer errötenden Kontrolleur entwickelte sich zu einer Angelegenheit öffentlichen Interesses. Die Bahn hielt und fuhr wieder an. Haltestelle Gottesauer Platz, wie Birgit aus den Augenwinkeln bemerkte.

»Hören Sie«, sagte sie mit knirschenden Zähnen. »Es ist nicht so, wie Sie denken.«

Ein zweiter Kontrolleur kam nach hinten, um seinen Kollegen zu unterstützen. »Was ist? Hat sie nun oder nicht?«

»Es ist nicht so, wie du ...«

Birgit bemerkte, dass die Frau unruhig wurde, ihre Haltung veränderte, sich umsah. Jetzt stand sie auf, kam nach hinten. Direkt auf sie zu. Die Kontrolleure traten höflich zur Seite, und für eine halbe Sekunde trafen sich ihre Blicke. Mit unbewegter Miene ging sie weiter, aber dieser kurze Blick hatte alles gesagt, was es zwischen ihnen zu sagen gab. Die Bahn hielt.

Birgit sprang auf. Der Bodybuilder hielt sie am Arm fest.

»Ey! So läuft das aber nicht! Hier zahlt jeder oder keiner!«

Die Türen schlossen sich schon wieder. Draußen ging die Frau mit schnellen Schritten davon. Die Bahn fuhr an.

»Halt«, schrie Birgit und zückte ihre Walther. »Anhalten! Sofort!«

Der Bodybuilder fuhr erschrocken zurück. Der Kontrolleur zog die Notbremse, jemand verlor das Gleichgewicht und stürzte mitsamt seinen Einkäufen zu Boden. Eine Flasche zersplitterte, eine Frau schrie, Apfelsinen kullerten den Gang entlang. Nach endlosen Sekunden öffnete sich zischend die Tür, Birgit sprang hinaus in den Regen, nein, inzwischen mehr Schnee als Regen, umrundete die Bahn. Weit vorne, viel zu weit vorne lief die Frau, wandte sich nicht ein einziges Mal um, strebte mit großen Schritten dem riesigen, rappelvollen Parkplatz vor dem Möbelmarkt zu. Die Fußgängerampel war rot, Birgit versuchte, die Autos zu stoppen, erreichte endlich unter wütendem Gehupe die andere Straßenseite.

Irgendein Idiot erteilte ihr brüllend Verkehrsunterricht, meinte, dass Verkehrsregeln auch für Blondinen gälten, und falls sie farbenblind sei, das rote Männchen sei das obere, und wie ein Männchen aussähe, das wisse sie ja wohl.

»Sonst zeig ich dir's gern mal, du Schlampe!«

Sie rannte, rannte, erreichte endlich außer Atem den Parkplatz, um eben noch zu sehen, wie die Frau sich in den Kofferraum eines dunklen Wagens beugte, ein kurzer Lichtschein, sie warf die Klappe zu und machte sich nun ebenfalls im Laufschritt davon. Am anderen Ende des Parkplatzes fuhr ein Wagen an, ein Mercedes, soweit Birgit es bei dem Schneetreiben erkennen konnte, stoppte kurz, die Frau stieg ein, und der Wagen verschwand mit ausgeschalteten Scheinwerfern. Nicht die geringste Chance, ein Nummernschild zu erkennen.

Eine Sekunde stand Birgit außer Atem mitten auf dem Parkplatz. Ein Handy, warum hatte sie bloß kein Handy? Wie um alles in der Welt sollte sie jetzt Alarm schlagen? Gleichgültig jetzt. Lilli.

Sie rannte zu dem dunklen Wagen. Ein Volvo, Frankfurter Kennzeichen, schwarz, wie sie automatisch registrierte.

Der Kofferraum war unverschlossen, die Klappe schwang hoch, ein Glühbirnchen glimmte auf. Lilli, friedlich schlafend. Eine Woge der Erleichterung schlug über Birgit zusammen.

Doch dann fiel ihr Blick auf diesen bösen schwarzen Punkt an der Schläfe des Kindes, aus dem ein kleiner, unscheinbarer Faden Blut sich langsam, spielerisch zur Nasenspitze schlängelte.

Birgit schrie. Packte Lilli. Schüttelte sie, schüttelte sie, schrie ihren Namen.

»Was hat die denn?«, hörte sie eine Frau neben sich.

»Mir egal. Bloß weg hier«, sagte eine Männerstimme. »Hab die Schnauze voll für heute. Restlos voll.«

»Stop!«, schrie Birgit. »Haben Sie ein Handy? Ich muss dringend telefonieren!«

»Gar nichts haben wir«, bellte der Mann. »Seh ich aus wie 'ne Telefonzelle?«

»Gustav«, mahnte die Frau. »Sei doch bitte nicht immer gleich so grob!«

Birgit holte die beiden ein, versperrte dem Mann mit ausgebreiteten Armen den Weg.

»Um Himmels willen! Sie hat eine Pistole!«, kreischte die Frau und ließ ihre Pakete fallen. »So gib ihr doch das Handy! Was ist denn schon ein Handy!«

»Wählen sie die Eins-Eins-Null«, befahl Birgit und steckte die Walther weg. Der Mann gehorchte mit bebenden Händen.

»Verlangen Sie Hauptkommissar Gerlach, Hauptkommissar Gerlach, sagen Sie, es ist sehr dringend. Sagen Sie, Lilli ist schwer verletzt. Lilli. Wir brauchen einen Notarzt. Sofort. Auf dem Mann-Parkplatz. Ich warte an der Einfahrt. Haben Sie alles?«

Der Mann nickte. Birgit hetzte zurück zum Volvo, packte Lilli unter den Achseln, wuchtete sie aus dem Kofferraum, schleppte sie zur Parkplatz-Einfahrt und blieb stehen. Mitten in der Einfahrt. Blind vom Regen, der über ihr Gesicht strömte, von pappigen Schneeflocken, die ihre Wimpern verklebten und die sie nicht abwischen konnte, weil sie dieses so entsetzlich leblose Kind in den Armen halten musste. Verkehr brandete an ihr vorbei. Verzerrte Lichter, Glitzern, Hupen, Dröhnen, weiße Sterne, rote Sterne. Hupen, Schimpfen, so viele Autos, so viele Menschen und Birgit Malmberg und Lilli, allein mitten in diesem Chaos, inmitten dieses überwältigenden Krachs, und keine Spur von einem Notarztwagen. Jemand versuchte, sie zu packen und von der Fahrbahn zu zerren, aber sie wich nicht. Jemand sprach sie an, schrie, schüttelte sie, aber sie antwortete nicht. Hielt nur dieses leblose Kind fest, Lilli, die pummelige, verstockte, rothaarige Lilli. Hielt sie nur immer fest und stand wie ein Fels im Regenmeer und wartete und wartete. Dann endlich, erst weit weg, bald schnell näher kommend, die Signalhörner des Notarztwagens. Bestimmt des Notarztwagens. Hoffentlich nicht irgendeiner Streife auf dem Weg zu einem dämlichen Auffahrunfall auf der Autobahn. Dann Licht, Blaulicht, kreischend laut jetzt das Martinshorn, Motorengedröhn, Bremsen, Türenknallen, schwere, schnelle Schritte, und endlich, endlich nahm jemand dieses unendlich schwere Kind aus ihren Armen.

Birgit Malmberg stand, wo sie stand, der Regen strömte über ihr Gesicht, getauter Schnee sickerte durch die Mütze in die Haare, durch den Schal, in den Kragen, über den Rücken. Niemand beschimpfte sie mehr. Niemand kümmerte sich mehr um sie. Plötzlich mehr Blaulichter, viele Autos, aufgeregte Stimmen. Warum fährt denn dieser verdammte Krankenwagen nicht weg? Lilli muss doch in die Klinik! Die müssen Lilli doch wegbringen! Was treiben die denn noch hier? Worauf warten sie nur?

Jemand nahm sie in den Arm, und sie wusste, ohne etwas zu sehen, dass es Petzold war.

»Sie kommt!«, brüllte eine Stimme. »Wir haben Puls! Sie lebt! Abflug!«

Eine Tür krachte zu, ein Motor brüllte auf, das Martinshorn setzte wieder ein, der Notarztwagen raste davon.

Mit einem bunten Handtuch-Turban um die feuchten Haare und wächsernem Gesicht hockte Birgit am Boden und spielte mit Pedro. Wieder und wieder warf sie eine Wollmaus den Flur entlang, die er begeistert jagte und todesmutig erlegte. Manchmal kam er zu ihr, um an ihr zu schnuppern und seinen breiten Kopf an ihrem Arm zu reiben.

»Er kann sie an mir riechen«, sagte sie tonlos.

Petzold stand mit den Händen in den Taschen an die Wand gelehnt dabei und sah ihr zu. Er hatte Gerlach versprechen müssen, sie keine Sekunde allein zu lassen. Lillis Mutter war noch im Präsidium zum Verhör.

»Schilling hat jetzt doch Interesse am Wasserbett«, sagte er nach einer Weile. »Hab's mir überlegt. Ich werd's ihm verkaufen.« Er hatte Gerlach versprechen müssen, sie auf andere Gedanken zu bringen.

Ihre Hand fuhr tastend zum Hals. »Das Kettchen. Jetzt ist es schon wieder weg«, murmelte sie verwirrt. »Hoffentlich habe ich es nicht in dem Tumult irgendwo verloren.«

»Hast du den Verschluss endlich reparieren lassen?«

Mechanisch schüttelte sie den Kopf. »Ich will nie Kinder haben. Niemals.« Sie nahm einen Ball und kullerte ihn den Flur hinunter. Pedro rannte ihm nach, biss symbolisch hinein und ließ ihn liegen. Petzold kickte ihn sachte zurück.

»Sie wird wieder gesund. Du wirst sehen. Es ist nicht so schlimm, wie's aussah. Der Schuss ist glatt ...«

»Ich bin schuld. Ich war zu langsam. Ich hätte diesem Kontrolleur gleich ...«

»Unsinn«, brummte Petzold. »Du bist an gar nichts schuld. So was darfst du nicht mal denken.«

Mit ausdruckslosem Blick sah sie auf. »Weißt du, was ich mir zu Weihnachten wünsche? Ein Handy. Muss auch gar nichts Tolles sein. Man muss nicht damit im Internet surfen können und so. Nur telefonieren.«

»Birgit, du hast ihr das Leben gerettet! Du bist an nichts schuld, hörst du? Und außerdem wird sie bestimmt …«

Auf der Treppe waren Schritte zu hören. Es klingelte. Petzold öffnete. Vor ihm stand die Frau, die er bis vor kurzem noch als Annmarie gekannt hatte, begleitet von zwei betreten dreinschauenden uniformierten Kollegen.

»Kann ich bei euch bleiben?«, fragte sie. »Nur 'ne Weile vielleicht? Ich …« Sie machte eine fahrige Bewegung nach oben und schüttelte den Kopf.

»Logo.« Petzold öffnete die Tür weit. »Magst du was trinken?«

»Tee. Tee wäre okay.« Mit schleppenden Schritten ging Annmarie in die Küche. »Du hast doch Tee?«

»Logo«, sagte Petzold noch einmal und folgte ihr. »Möchtest du auch was?«, fragte er Birgit im Vorbeigehen.

Die schüttelte apathisch den Kopf. »Gummibärchen hast du ja nicht.«

Petzold fischte eine knisternde Tüte aus seinem Jackett an der Garderobe und warf sie ihr wortlos zu. Dann folgte er Annmarie in die Küche, setzte Wasser auf und suchte nach Kanne und Teebeuteln. »Was Tolles wird er nicht, der Tee. Muss schon ziemlich alt sein.«

»Hauptsache heiß.« Annmarie sank auf einen Stuhl. »Wisst ihr was Neues?«

»Sie operieren immer noch. Über drei Stunden schon.«

Klein und schmal saß sie da und starrte vor sich hin, als wagte sie nicht, ihm ins Gesicht zu sehen. »Und?«

»Sie wird durchkommen.«

»Sterben wird sie«, murmelte Annmarie.

»Es war ein kleines Kaliber. Die Kugel ist auf der anderen Seite nicht mal ausgetreten. Ich hab schon Fälle erlebt –«

»Sie wird sterben. Ich weiß es.«

Endlich hatte Petzold die Teebeutel gefunden. »Warum hast du das Signal nicht gegeben?«

Annmarie antwortete nicht.

»Es war doch verabredet, dass du den Hut abnimmst, sobald du Kontakt hast.«

»Ich konnte nicht«, sagte sie tonlos. »Ich hab einfach nicht gekonnt.« In ihrer Miene irrlichterte das Entsetzen der letzten Tage und Stunden. »Ich … Ich hab das Gesicht dieser Frau gesehen und ihre Augen und diesen Blick, und auf einmal war alles wieder …«

»Aber als sie weg war? Da hättest du doch …?«

»Ich konnte nicht, verstehst du nicht?« Plötzlich schrie sie. »Ich konnt's nicht! Verdammt noch mal, ich konnt-es-ein-fach-nicht!«

»Ist ja gut«, sagte Petzold erschrocken. »Ist ja gut!«

Das Teewasser begann zu singen. Er stellte Tassen und Zucker auf den Tisch. Lautlos öffnete sich die Tür. Birgit schien noch blasser zu sein als zuvor. Auf Strümpfen kam sie herein und legte mit einer feierlichen Bewegung einen weißen, schmalen Ordner auf den Tisch, als wäre er aus hauchzartem Glas. Die Vorderseite zierte die Reproduktion eines Gemäldes, das Petzold inzwischen so gut kannte wie sonst keines. Sekundenlang war nichts zu hören als das Summen des Wasserkochers.

»Wo?«, fragte er schließlich rau.

»In Pedros Spielzeugkiste«, flüsterte Birgit. »Ganz unten drin.« In der anderen Hand hielt sie ihr Halskettchen. »Muss mir vorhin reingefallen sein, als ich die Maus geholt habe und den Ball. Ich musste alles ausräumen, es lag ganz unten drin. Auf diesem Ding hier. Wir sind ja so unglaubliche Idioten!«

»Unsinn«, widersprach Petzold ohne rechte Überzeugung.

»Wenn wir ein bisschen nachgedacht hätten! Nur ein winziges bisschen!«

»Quatsch«, wiederholte er hartnäckig. »Wir haben getan, was wir konnten.« Er versuchte, sie in den Arm zu nehmen. Ohne den Blick zu wenden, schob sie ihn weg.

»Nun hör endlich auf damit! Sie hätte auch auf Lilli geschossen, wenn du nicht hinter ihr gewesen wärst. Aber dann hätte sie bestimmt besser gezielt. Und es wäre niemand da gewesen, der gleich den Krankenwagen alarmiert!«

Sie setzte sich und klappte mit spitzen Fingern den Ordner auf. Petzold füllte das kochende Wasser in die Kanne, stellte sie auf den Tisch und sah Birgit über die Schulter. Der Ordner enthielt nur wenige Blätter. Kopien offizieller Papiere. Frachtbriefe, eine Zollbescheinigung über siebzehn Tonnen griechische Auberginen, Handelsklasse A.

»Gemüse?«, flüsterte Birgit fassungslos. »Griechisches Gemüse? Das ist es doch wohl nicht?«

Dann kamen mehrere Blätter aus dünnem, grauem Karton, auf die sorgfältig Polaroid-Fotos geklebt waren. Die ersten beiden zeigten eine zerborstene Holzkiste, die auf einem rohen Betonboden lag.

Die Ecke eines altertümlichen, vergoldeten Bilderrahmens war zu sehen. Auf dem nächsten Bild war das Gemälde ausgepackt.

»Eine Ikone.« Inzwischen war etwas Farbe in Birgits Gesicht zurückgekehrt. »Verstehst du irgendwas? Kunstraub? Versicherungsbetrug vielleicht?«

Annmarie hielt den Blick gesenkt. Sie schien sich nicht für die Bilder zu interessieren. Birgit blätterte langsam zurück.

Petzold legte die Hand auf ein Papier und las laut den Empfänger der Gemüselieferung: »Jacques Martel Expeditions n.v. in Antwerpen. Nie gehört.« Er nahm die Teebeutel aus der Kanne, warf sie in die Spüle und schenkte ein.

Annmarie trank mechanisch ein paar kleine Schlucke, atmete tief ein, als ob sie etwas sagen wollte, schloss den Mund wieder mit einem unterdrückten Seufzer.

Petzold stützte sich auf die Stuhllehne und sah sie fest an. Sie wich seinem Blick hartnäckig aus. »Findest du nicht, dass es langsam an der Zeit wäre …?«, sagte er schließlich.

Sie schwieg.

»Okay. Dann erzähle eben ich. Es waren mal zwei Schwestern in Nordirland. Zwillinge. Heather und Angel Callahan. Die Familie ist vor fast zehn Jahren ermordet worden. Aber die Schwestern sind entkommen. Beide. Es soll noch ein drittes Kind gegeben haben, aber das hat nicht überlebt …«

Sie schluckte und schluckte. »An unserer Stelle sind zwei andere gestorben«, sagte sie dann sehr leise.

»Ich darf also vorstellen.« Er sah Birgit an und wies auf Lillis Mutter. »Angel Callahan.«

»Ihr wisst ja schon 'ne Menge«, murmelte Angel in ihren bernsteinfarbenen Tee.

»Wir wissen noch mehr. Wir wissen zum Beispiel, dass dein Vater, Paul Callahan, ein hohes Tier bei der IRA war, bevor sie ihn und seine Familie hingerichtet haben. Und dass du selbst seit damals auf der Flucht bist.«

»Es wird eine Weile dauern. Ich muss weit ausholen.«

»Wir haben jede Menge Zeit.«

Vorsichtig, als ob sie Angst hätte, etwas zu verschütten, stellte sie ihre Tasse ab. »Es war Jack. Jack Callahan, das ist mein Onkel. Der Bruder meines Vaters Paul«, begann sie zaghaft.

Birgit klappte den Ordner zu und legte die Hand darauf.

»Jack Callahan ist der Bruder meines Vaters Paul«, wiederholte Angel, als hätte sie den Satz als Kind auswendig lernen müssen. »Und er ist einer der schlimmsten Fanatiker Nordirlands. Manche nennen ihn ›the Butcher‹.«

Petzold setzte sich endlich. Angel nahm ihre Tasse in beide Hände, als müsste sie sich die Finger wärmen, und begann mit leiser, immer wieder stockender Stimme zu erzählen.

»Sie waren Zwillinge. Als es achtundsechzig losging, da waren sie gerade neunzehn.«

»Was?«, fragte Birgit. »Als was losging?«

»›The Troubles‹. Der Krieg, der Bürgerkrieg. Jack und Paul waren sofort dabei. Haben eigenhändig geholfen, die rostigen Knarren der ›Border Campaign‹ auszugraben, haben die ersten Schlachten gegen die Protestanten geschlagen und überlebt. Und bald waren sie mittendrin. Ich war noch nicht auf der Welt, da war Vater schon Mitglied des Army Council, des innersten Kreises der IRA.« Tief in Gedanken nippte sie an ihrem Tee. »Jack, der war immer der Ruhigere von beiden. Hat früh geheiratet, eine Spanierin, Tira. War wohl ziemlich verliebt und hat sich deshalb zurückgehalten. Vielleicht war es aber auch so abgesprochen, dass er in Deckung blieb. Zweiundsiebzig kamen dann Heather und ich.« Mit einem winzigen Lächeln sah sie auf. »Liegt irgendwie in der Familie bei uns, das mit den Zwillingen.« Das Lächeln erlosch. »Zwei Tage nach dem ›Bloody Sunday‹ sind wir auf die Welt gekommen. In Derry, nur ein paar Straßen weg von diesem Schlachtfest. Und dann ging die Post ab. Als ich laufen konnte, hatten sie schon vierhundert Protestanten umgebracht. Vater war damals kaum zu Hause. Ständig sind wir umgezogen, von einer Wohnung in die andere, von einer Stadt in die nächste. Alle paar Wochen ein neuer Name. Für uns Mädchen war das normal, wir kannten ja nichts anderes. Man findet nicht so leicht Freunde, okay. Aber sonst … Ich hatte Heather, und Heather hatte mich.«

Angel hielt die Augen geschlossen und schien in sich hineinzuhorchen, auf den Nachhall der Geschichte, ihrer Geschichte.

»Jack und Tira, die hatten es besser. Die konnten ein ganz normales Leben führen. Er war der Logistiker, der Organisator im Hintergrund, der Geld und Waffen besorgt. Hat 'ne Firma für Import und Export von Obst und Gemüse in Larne. Und dadurch hatte er natürlich Kontakte ins Ausland. In Pfirsichkisten kannst du 'ne Menge verstecken. MPs, Munition, Sprengstoff, alles. Er selbst hat aber damals nie ‘ne Waffe angefasst. Nur so kann die IRA ja funktionieren. Durch diese unzähligen sauberen Hände, all die schweigenden Münder.«

Birgit erhob sich lautlos und holte sich eine Tasse aus dem Schrank. Petzold schenkte ihr ein.

»Logisch haben die Briten ihn verdächtigt, wieder und wieder seine Büros und Hallen gefilzt, seine Container ausgeräumt. Aber nie irgendwas gefunden. Da kam ein Kühllaster aus Santander mit den faulsten Papieren der Welt, die Bobbys haben das Ding komplett zerlegt, die Reifen in Stücke geschnitten, die Tanks ausgepumpt. Und gleichzeitig kam ein Lieferwägelchen mit holländischen Tomaten über Antwerpen und Dublin rein, für das sich kein Schwein interessiert hat.« Wieder huschte dieses fast unmerkliche Lächeln über ihr Gesicht. »Manchmal, wenn es gerade ging, haben sie uns besucht. Ich war immer Jacks Liebling. Sie hatten selbst keine Kinder, mit Tira war irgendwas. Dann hat er mich auf den Knien geschaukelt und seinen ›Angel of Eire‹ genannt. Heather ist immer ganz schrecklich eifersüchtig gewesen.«

In Gedanken versunken pustete sie in ihren sicherlich schon fast kalten Tee. »Einundneunzig war auf einmal alles anders. Da haben sie Tira erschossen, und danach war alles anders. Sie hat nie irgendwas mit dem ganzen Wahnsinn zu tun haben wollen. Sie sei Spanierin, hat sie immer gesagt, und wenn die Iren Spaß daran hätten, sich die Köpfe blutig zu schlagen, dann sei das nicht ihr Problem. Ist mit dem Zug aus Larne gekommen, damals haben wir gerade mal wieder in Derry gewohnt, ist ein paar Straßen gegangen und einfach umgekippt. Bums. Auf dem Zebrastreifen an der Ecke fünfzig Meter von unserer Tür.«

Birgit rührte so vorsichtig ihren Tee um, als könnte jedes Geräusch Angel für immer zum Verstummen bringen.

»Tira, das war die schönste Frau, die ihr euch vorstellen könnt. Eine Prinzessin. Schlank, kerzengerade, blauschwarze Locken. Auf die war ich immer so neidisch mit meiner roten Wolle.« Verlegen lächelnd griff sie sich ins Haar. »Alles gefärbt. In Wirklichkeit bin ich genauso rot wie Lilli.«

Petzold hätte um ein Haar »ich weiß« gesagt.

»Aus welcher Kanone die Kugel kam, ist nie geklärt worden. Hat auch niemanden wirklich interessiert. Ein Protestant, ein Katholik? Vermutlich einfach irgendein Besoffener, dem das Dartspielen zu langweilig geworden war.« Mit unsicherer Hand füllte sie ihre Tasse erneut und tat zwei Löffel Zucker hinein. »Das Schlimmste an der Geschichte, das, was dann die Katastrophe ausgelöst hat, haben wir erst später erfahren. Die Briten sind gekommen, aus ihren Streifenwagen gestiegen, haben den Fall besichtigt, und da hat sie noch geatmet, der Schuss war nicht gleich tödlich. Dann müssen sie das Kreuz an ihrem Hals bemerkt haben, sind zum Wagen zurückgeschlichen und haben per Funk einen Krankenwagen gerufen. Und jemand hat gehört und später beschworen, wie sie am Ende gesagt haben: ›Dont't worry. She's a catholic‹.«

Abrupt hörte sie auf umzurühren. Sekundenlang stand der Löffel still. »Und nach über einer Dreiviertelstunde hat dann endlich ein Notarztwagen hingefunden. Und da war sie tot. Gestorben an Gleichgültigkeit und all diesem sinnlosen Hass.«

»Was war das für eine Katastrophe?«, fragte er.

»Da oben ist ja immer Katastrophe. Und damals hab ich auch ganz schön tief dringesteckt. Hin und wieder ein Paket wo abgeliefert, wo dann später die Feuerwehr zu tun hatte. Zum Glück hat's wohl nie Tote gegeben. Weiß nicht, ›who cares‹. War doch genauso irre drauf wie die anderen alle. Man hat ja nie was anderes gekannt. So war das eben. Bevor du das Haus verlässt, siehst du aus dem Fenster. Auf dem Gehweg hältst du dich nah an den Häusern und hast immer ein Auge darauf, wo die nächste Tür ist. An den Ecken bleibst du eine Sekunde stehen und sicherst. Ich mach das heute noch manchmal so.«

Lange blieb es still.

»Und?«, fragte Birgit. Es war klar, dass man sich dem Kern der Geschichte näherte.

Es kostete Angel sichtlich große Mühe weiterzusprechen. »Jack ist nach Tiras Tod total durchgeknallt. Bald war er ein schärferer Hund als Vater. Der hing damals schon eher der Friedensbewegung an. Und seine Meinung hat viel gegolten. Bei den Geheimverhandlungen in London hat die ›Sinn Fein‹ jedenfalls kein Komma akzeptiert, zu dem er nicht genickt hatte.«

»Wieso sprichst du eigentlich so gut Deutsch?«, fragte Petzold dazwischen.

»War ein Jahr in Oldenburg, als Au-pair. Heather war gleichzeitig in Krefeld. Vater war auf einmal der Meinung, wir müssten raus, weg aus Ulster. Aber wir haben auch schon vorher Deutsch gehabt, in der Schule. Die Katholiken in Ulster lieben Deutschland. Schon, weil die Briten es hassen.«

Sie lehnte sich zurück. »Jack war gegen die Verhandlungen. Hat wüste Diskussionen gegeben. Sie haben getobt, gebrüllt, und dann ist er nicht mehr zu Besuch gekommen. Dafür gab's diese Gerüchte. Und irgendwann war's offiziell: Er hat die TIRA gegründet. Die ›True Irish Republican Army‹, die Splittergruppe der Splittergruppen. Der Name wird kein Zufall gewesen sein. Dreiundneunzig ist das gewesen. Damals war ich schon nicht mehr dabei. In der Zeit in Oldenburg ist mir 'ne Menge klar geworden.« Sie sah auf, Petzold ins Gesicht. »Eine Stadt, wo die Kids stundenlang auf der Straße spielen können, ohne dass ein Schuss fällt, ohne dass ein Panzer vorbeirast oder die Feuerwehr. Weit und breit kein Bulle mit schusssicherer Weste und Schnellfeuergewehr. Und du kannst einfach jede Straße langgehen. Einfach so. Ohne eine Sekunde nachzudenken, wer da wohnt und ob du das darfst, versteht ihr?« Dankbar registrierte sie Petzolds und Birgits Nicken.

Im Flur klingelte das Telefon. Birgit ging hinaus. Es dauerte eine ganze Weile, bis sie zurückkam.

»Sie haben sie«, berichtete sie und legte das Telefon auf den Tisch. »An der Grenze nach Luxemburg. Ohne Widerstand. Das Bild lag im Kofferraum.«

»Also haben sie das blöde Ding doch gefunden«, sagte Angel. »Was wollten sie denn dann noch mit diesem verdammten Teil?« Sie wies auf den Ordner. »Warum sind sie nicht einfach abgezischt, als sie das Bild hatten?«

»Spuren«, sagte Petzold. »Vermutlich wollten sie nur Spuren verwischen.«

»Was weißt du darüber? Was ist mit dieser Ikone?«, fragte Birgit.

»Andi«, fauchte Angel wütend. »Es war seine Idee.«

»Andreas Hundt?«

»Der große Künstler«, schnaubte sie und lachte kalt. »Und ich hab ihn geliebt, den Idioten! Hab ihn in Ingolstadt kennen gelernt. Hat dann ziemlich gefunkt zwischen uns. Andi war ein Spinner, okay, aber nicht so 'n Klammeraffe. Der wollte nichts wissen, was ihn nichts anging. Bin dann hierher gezogen. Und hab mal wieder gedacht, jetzt wird alles gut. Ulster hat uns vergessen.«

»Diese Leute, die ihn überfallen haben und Lilli entführt und alles, die haben deiner Meinung nach mit der IRA zu tun?«, fragte Petzold.

Angel nickte heftig. »Das war nämlich so: Andi hatte mir 'nen Job verschafft, bei Eurimex im Büro. Ich kann ja nun mal ganz gut Englisch, und die machen viel mit Export. Sie haben auch keine Fragen gestellt. War alles ganz okay so weit.« Sie schnaufte wütend. »Aber dann muss dieser Laster ausgerechnet hier am Karlsruher Dreieck verunglücken, und die Polizei muss den verbeulten Container auf den Hof der Eurimex schleppen lassen, und logisch muss Andi diese Kiste finden zwischen all dem Auberginen-Matsch. Dann hat er angefangen zu rechnen. Blöd war er ja nicht, nur unglaublich naiv. Das Bild war vor zwei Jahren in Kiew aus 'nem Museum verschwunden, das hat er in einem Tag rausgefunden, und es war mindestens seine vier Mios wert. Und wozu kriegt ein verdammter belgischer Gemüsehändler wohl so ein Bild geliefert? Und mitten zwischen Auberginen? Ich hab gleich gewusst, was dahinter steckt. Vater hatte mal Andeutungen gemacht, wie Jack das Geld organisiert, und der Handel mit gestohlenen Bildern war nicht die schlechteste Masche. Mit dieser Firma in Antwerpen hat Jack seit ewig Geschäfte gemacht. Ich hab natürlich den Mund gehalten und Andi nur gesagt, er soll die Finger davonlassen.«

»Ganz schön frech, so heiße Ware einfach per Spedition durch halb Europa zu karren«, warf Birgit ein.

Müde winkte Angel ab. »Welcher Zoll macht denn schon 'nen Gemüselaster auf? Der Fahrer wird irgendwo in Bulgarien übernachtet haben, und hinterher war die Plombe nicht mehr dieselbe. Hat wahrscheinlich nicht mal was davon gemerkt.« Eine Weile knetete sie ihre Hände. »Hab dann später nichts mehr gehört von der Sache. Anfang Oktober ist die Frau aus dem Mutterschutz zurückgekommen, und damit war mein Job weg. Hab ehrlich nicht gewusst, was Andi da plant. Bis es in der Zeitung gestanden hat. Und da war mir natürlich sofort klar, dass der Trottel versucht hat, die Jack Callahan Limited abzuzocken. Ausgerechnet die, die humorloseste Firma dieser Erde wollte dieser Knallkopf erpressen! Die haben natürlich postwendend ihre Leute losgeschickt, so was ist für die doch ein Furz! Das siehst du schon daran, dass sie für den Job die dämlichsten Idioten genommen haben, die sie auftreiben konnten.« Sie entspannte sich und rieb ihre Augen. »Ich weiß nicht, wie sein Plan ging. Kann mir aber denken, dass es ein kreuzdämlicher Plan war. Hat sich vermutlich vorgestellt, er trifft sich mit denen irgendwo, gibt ihnen das Bild und die Polaroids, kriegt ein hübsches Köfferchen voll Geld, man schüttelt sich nett die Hände und fertig.«

»Bis auf eine Kleinigkeit«, sagte Petzold. »Weil ...«

»Und Lilli, von den zigtausend neugierigen Girlies dieser Stadt muss ausgerechnet meine Lilli dabei stehen, als sie diesen Trottel ...« Angel schlug die Hände vors Gesicht.

»Was war das für eine Katastrophe?«, fragte Birgit.

Angel zog die Nase hoch und sah zur Decke. »Wenn es damals nicht so nach Frieden gerochen hätte, dann hätte Vater bestimmt auch nie ein drittes Kind in die Welt gesetzt. Vielleicht war's auch umgekehrt, dass Lillis Geburt ihm zu denken gegeben hat. Jedenfalls hat er sein dickes, rothaariges Baby über alles geliebt.«

»Dann bist du nicht ...?«, fragten Birgit und Petzold gleichzeitig.

Müde schüttelte Angel den Kopf. »Nein. Ich bin ihre große Schwester. Aber ich denke, sie hält mich für ihre Mutter. Braucht sie doch auch, irgendwie. Sie hat ja sonst niemanden mehr. Aber sie sagt nie Ma oder Mom wie die anderen Kids. Immer nur dieses dämliche Annemie. Als ob sich irgendwas sperrt in ihr. Als ob sie was ahnt.« Wieder lächelte sie ihr erschöpftes Lächeln.

Petzold erhob sich, stellte einen Teller mit Keksen auf den Tisch und setzte neues Wasser auf.

Sichtlich froh über die Unterbrechung sah Angel aus dem Fenster. »Seht mal, es schneit immer noch. Und ich hab ihr gesagt, hier schneit's überhaupt nie. Dabei mag sie den Schnee so.«

Sie nahm einen Keks. »Vierundneunzig hieß es dann endlich: Waffenstillstand. Damals haben wir in Larne gewohnt, gar nicht weit von Jack. Zum ersten Mal mit dem richtigen Namen an der Tür, standen sogar im Telefonbuch und so. Vater hat geplant, in die Politik zu gehen. Hat sie ja alle gekannt, Reynolds, Adams, alles Freunde von ihm. Aber im September, da hieß es, Jack hätte was vor. Monatelang war es still gewesen, aber dann hörten die Gerüchte nicht mehr auf, dass er ein Riesending plant. Vater hat seine Fühler ausgestreckt und erfahren, dass sie einen Hubschrauber voller TNT in die Londoner City fliegen wollten. Nicht Buckingham oder Westminster, nein, Piccadilly, Trafalgar, irgendwas, wo's möglichst viele tote Engländer geben wird. Der Pilot hatte schon gebeichtet und die letzte Ölung empfangen, da hat Vater in London angerufen.«

Angels Gesicht war jetzt in ständiger Bewegung, die Augen blind, die Hände rastlos. »Danach war klar, wir müssen weg. Vater hat versucht, uns zu beruhigen. Sagte, wir haben auf jeden Fall Zeit, bis es dunkel ist. War aber nicht. Abends um halb acht sind sie gekommen und haben uns umgebracht. Und da war's noch hell.«

Ihre Stimme war kaum noch zu verstehen, sie sprach sehr hastig, als müsste sie es nun hinter sich bringen. »Unten haben sie gepackt wie die Irren. Ich oben mit Lilli, um ihr ein Schlaflied vorzusingen. Dorothy war da, um zu helfen, meine neue Freundin aus dem Nachbarhaus, meine erste richtige Freundin. Und noch irgend 'ne andere Nachbarin. Heather hat Glück gehabt, die war gerade in Portugal. Und Punkt halb acht sind sie gekommen. Lilli war fast eingeschlafen, da hat's unten gekracht. Ich hab ihr sofort ein Kissen aufs Gesicht gedrückt, damit sie nicht schreit. Vier Schüsse: Vater, Mutter, Dorothy und diese Nachbarin, weiß nicht mal, wie die hieß. Und wie's wieder still ist, da fragt einer: ›Where's the Baby?‹ Als sei er gerade mal so zu Besuch und wollte noch kurz die Kinder begrüßen, bevor er wieder geht. ›Where's the Baby?‹ Haben wohl die Leichen gezählt und gemerkt, dass es nur vier waren. ›Let it burn‹, hat der andere gemeint.« Mit loderndem Blick sah sie auf. »Wie wenn du beschließt, irgend 'ne blöde alte Zeitung in den Kamin zu werfen, verstehst du? ›Let it burn‹! Irgendwas hat geklirrt, und dann hat's auch schon gebrannt. Lilli war da schon halb erstickt unter dem Kissen. Hat gezappelt und gekämpft, aber ich konnt sie doch nicht loslassen! Dann hab ich endlich unten die Tür gehört, bin los, aber die Treppe stand schon in Flammen. Alles Holz, versteht ihr, alles Holz da! War ja kein teures Haus, wir haben da nicht so teure Häuser wie ihr hier! War klar, ich hab vielleicht eine Minute. Bin in mein Zimmer, irgendwelche Schuhe an, Geld eingesteckt, was ich grad finden konnte, Mantel über, Lilli gepackt, Decke drum. Alles schon voller Rauch, ein Fenster zum Garten auf, über den Schuppen, irgendwie runter und weg. Auf der Straße alles tot. Türen zu, Fenster dicht. Kein Mensch guckt da nach, wer geschossen hat! Oder was da brennt! Ich runter zum Hafen, immer gelaufen, gelaufen, gelaufen. Um neun geht die Nachtfähre nach Liverpool, drei Minuten vor war ich da. Mit neunzig Pfund, 'nem alten Mantel, zu engen Schuhen. Und Lilli.«

Angel holte so tief Luft, als ob sie bei den letzten Sätzen das Atmen vergessen hätte. »Auf der Fähre hab ich ihr 'nen Kuli gekauft, damit sie was zu spielen hat. Was anderes gab's nicht. In Liverpool dann irgendein Zug. Keine Ahnung, wie oft wir umgestiegen sind. Irgendwann Folkestone, die Fähre, da war's schon wieder Nachmittag. Von

Calais aus hab ich Heather angerufen in ihrem Hotel in Lissabon. Sie soll sofort untertauchen. Die Nummer hab ich zum Glück auf 'ner Karte gehabt, die sie mir geschickt hat, um mich neidisch zu machen. Dann der nächste Zug nach Deutschland, den ich kriegen konnte.«

Petzold brachte den neuen Tee. »Und warum Köln?«

»Da war das Geld alle. Hab mich ein paar Tage am Rhein und am Bahnhof rumgetrieben, paar komische Bekanntschaften gemacht und am Ende Pit getroffen. Ging gar nicht mal schlecht da. Mit 'nem plärrenden Balg auf dem Arm bettelt sich's ganz gut. Aber mit Pit war's dann doch besser. In seiner WG konnten wir bleiben fürs Erste. Musste auch nicht gleich mit ihm pennen und so. Pit war echt okay. Wie all diese Künstler: null Kohle und eingebildet wie die Queen persönlich. Er hat mir Jobs organisiert, die man ohne Papiere machen konnte. Sich um Lilli gekümmert, wenn ich weg war. Das war 'ne Riesen-WG da. Das ganze Haus haben die bewohnt, drei Stockwerke Altbau. Musiker, Maler, Kiffer, Irre. Irgendwie war immer Dope da, irgendwer hat immer gerade Geld oder wenigstens Bier gehabt. Und ich hab gedacht, wir haben's geschafft. Aber jedes Mal, wenn jemand Englisch gesprochen hat, ist mir der Schreck bis in die Haarspitzen geschossen.«

Lange starrte sie blind in ihre Tasse.

»Aber Ulster vergisst seine Kinder nicht«, flüsterte sie dann. »Niemals.« Sie lehnte sich zurück. »Und dann war da diese Nacht. Karneval. Die Bude voller Leute, die kein Mensch gekannt hat. Gedränge, Musik, Schnaps, Dope ohne Ende. Lilli, die hat irgendwo gepennt, in einer Ecke. Die konnt ja bei jedem Krach schlafen. War auch echt 'ne supergeile Fete. Die Polizei ist dreimal angerückt, dann haben sie's aufgegeben. Und irgendwann hat's gekracht. Ich hab Glück gehabt, war gerade in der Küche, um 'ne Flasche zu holen. Das Haus hat gewackelt, dann war's stockdunkel und überall nur noch Gebrüll und Gekreische. Und ich hab nur noch gedacht, die IRA, Jack, Lilli. Bin über tausend Leute gestolpert, irgendwo runtergefallen. Und das Nächste, was ich weiß, ist, wie ich in 'nem Pendlerzug nach Düsseldorf sitze. Mit Lilli und ein paar Schrammen und 'ner Handtasche, die mir nicht gehört.«

»Die von Annmarie Heinemann«, sagte Petzold.

»Muss drüber gestolpert sein. Oder Lilli hat sie als Kopfkissen benutzt. Keine Ahnung. Weiß auch nicht, was aus ihr geworden ist, aus der richtigen Annmarie, meine ich.«

»Sie ist tot«, sagte Birgit leise.

»Hab's mir gedacht.« Angel sah abwechselnd Birgit und Petzold in die Augen. »Aber das war meine Chance, versteht ihr? Das war mir sofort klar: Eine neue Identität, ein neues Leben, das ist die Chance! Vielleicht die letzte, die ich kriege!«

Petzold nahm sich einen Keks. Er schmeckte muffig. Er aß ihn trotzdem.

»Sogar bisschen Geld war drin, zweihundert Mark ungefähr. Und dann sind wir abgetaucht. Einfach weg von der Bildfläche. In Düsseldorf hab ich 'nen Zug Richtung Osten genommen. Magdeburg ist es dann geworden. Erst mal.«

»Und Lilli?«, fragte Birgit. »Wie hat sie das alles verkraftet?«

»Konnte ja noch nicht mal sprechen, damals. Der war's egal, wo sie gepennt hat. Nur das mit den Ohren, das war Pech. Die Druckwelle muss ihr die Trommelfelle zerrissen haben. Und ich hab's viel zu spät gemerkt. Erst, da hab ich gedacht, okay, sie ist ein bisschen still, kein Wunder nach allem. Und dann hab ich ja auch keine Versicherung gehabt, da gehst du nicht so leicht zum Arzt. Erst ein Jahr später bin ich dann mit ihr hin. Und seither hat sie dieses Hörgerät. Sie hat sich dann natürlich schwer getan mit dem Sprechenlernen. Die richtige Zeit dafür hatte sie verpasst. So hat sie's eben mehr mit den Bildern.« Sie nippte an ihrem Tee. »Ganz so einfach war's dann doch nicht. Ein Ausweis allein ist noch nichts, hab ich bald begriffen. Du brauchst Geburtsurkunde, Lohnsteuerkarte, Versicherungen, damit du ein richtiger Mensch bist. Aber irgendwie hab ich mich durchgemogelt. In Leverkusen hab ich später Maurice getroffen, der kam aus Nigeria. Ulkiger Typ, der tausend Leute kannte. Und der hat mir 'ne richtig echte Geburtsurkunde für Lilli besorgt. Seither ist sie offiziell in Lagos geboren, Vater unbekannt. So konnte sie dann wenigstens in 'ne richtige Schule.«

Birgit erhob sich. »Ich muss mal«, sagte sie entschuldigend und verschwand. Stumm starrten die Zurückgebliebenen vor sich hin.

»Hör mal«, sagte Petzold schließlich verlegen. »Letzte Nacht ...«

»Als du besoffen vor meiner Tür gelegen hast?«

»Was war da? Später ...?«

Angel legte ihre schmale weiße Hand auf seine. »Kannst dich beruhigen. Weißt du, Tiger, ich bin weiß Gott mit 'ner Menge Kerle im Bett gewesen. Und viele davon sind hinterher gleich eingepennt. Aber du bist ehrlich der Erste, der schon vorher ...«

Draußen rauschte die Klospülung, sie zog ihre Hand weg. Birgit kam zurück, legte die offene Gummibärchen-Tüte auf den Tisch, öffnete den Kühlschrank und schloss ihn wieder, nachdem sie seinen Inhalt unschlüssig gemustert hatte, und setzte sich endlich wieder an den Tisch.

»Der Engel von Irland«, sagte sie in das Schweigen hinein.

»Wenn Lilli auch noch stirbt, dann bin ich die Letzte.« Angel sah aus dem Fenster in das Schneetreiben. »Im April Heather, jetzt Lilli ...«

»Sie kommt durch«, widersprach Petzold. »Ganz bestimmt.«

»Er kriegt uns. Alle.«

»Nein, er kriegt euch nicht. Jack Callahan ist nämlich schon seit vier Jahren tot.«

Über Angels Gesicht zog ein April-Gewitter.

»Ganz friedlich im Bett gestorben. An einer Lungenentzündung.«

»Aber ...«

»Und das mit Heather war eindeutig ein Unfall. Sie wollte eine ihrer Katzen von dieser Balustrade angeln, und dabei hat sie das Gleichgewicht verloren.«

»Aber ...«

»Nichts aber. Wir haben es schriftlich von der portugiesischen Polizei.«

»Es ist nichts als ein unglaublicher Zufall, dass Lilli in diese Sache geraten ist«, ergänzte Birgit.

»Und ich bin fast übergeschnappt, als ich das mit Heather erfahren hab«, murmelte Angel. »Sie war der einzige Mensch auf der Welt, der immer wusste, wo wir stecken. Hat's da unten ganz gut getroffen. Ziemlich reichen Typ geheiratet. Manchmal, wenn gar nichts mehr ging, hat sie mir Geld geschickt. Und im letzten Brief, da hat sie geschrieben, sie sei schwanger. Mann, hab ich die beneidet! Einfach so leben. Abends ohne Angst ins Bett gehen, und immer mit demselben Kerl. Am Morgen ohne Schreck aufwachen. Und dann auf einmal das ...«

Sie wandte sich wieder ihren Zuhörern zu. »Ich bin seit Köln vorsichtig wie ein ... wie ein Mäuschen, das mit Glück den Einsturz seiner Kirche überlebt hat. Paar Wochen am selben Ort, und ich fange an, kribbelig zu werden. Kann nicht mehr ruhig sitzen, nicht mehr richtig schlafen. Und irgendwann muss ich dann weg. Muss einfach. Und Lilli immer mit. Muss die Hölle sein für sie. Aber sie klagt nie. Lebt ihr stilles Leben, guckt ihre Bilder an oder stiert in die Glotze.«

Sie sah erst Petzold und dann Birgit in die Augen. »Hier hab ich zum ersten Mal wieder gedacht, jetzt wird's besser. Karlsruhe, das ist ja fast noch harmloser als Oldenburg. Alles so sonnig und grün und friedlich. Im Norden, da erinnert mich so vieles an Irland. Der Regen, die Wolken, die so tief vom Meer her kommen.« Sie senkte den Blick. »Obwohl ... das Meer, die Schiffe, diesen Geruch, die Luft, die man so leicht atmet. Das hab ich schon manchmal vermisst, irgendwie.«

Lange war es still. Jeder hing seinen Gedanken nach. Hin und wieder klapperte ein Löffel in einer Tasse.

»Sexy Angy?«, fragte Birgit schließlich.

Angel brachte es sogar fertig, leicht zu erröten. »Nicht die schlechteste Art, Kohle zu machen. Wenn du gut bist, kannst du an einem Abend fünfhundert verdienen, ohne einmal die Füße vom Tisch zu nehmen. War Andis Idee, als mein Job weg war. Das Konto lief auch auf seinen Namen, sicherheitshalber. Lilli hab ich erzählt, ich würd in der Stadtbibliothek arbeiten. Sie sollte doch wenigstens einen anständigen Beruf nennen können, wenn sie gefragt wird, was ihre Mutter treibt. Wenigstens ein bisschen Normalität in ihrem Scheiß-Leben und all dem Chaos ... Tagsüber hab ich meistens bei Andi rumgehangen. Und abends ... Na ja ...« Eine Weile starrte sie in ihre leere Tasse. »Wisst ihr was? Der Zufall war gar nicht so groß, dass Lilli bei diesem Überfall dabei war. Andi wollte an dem Tag zu mir. Hat mir am Abend vorher groß und stolz erklärt, er brächte 'ne Riesenüberraschung mit. Ist dann aber nicht gekommen. War nichts mit Überraschung. Vermute, die hatten vor, ihn gleich umzulegen. Die sind nicht so zimperlich, da oben bei uns, und ... Als mir dann klar wurde, was passiert war, hab ich gleich angefangen zu packen. Auf einmal die IRA, praktisch vor der Haustür und –«

»Da irrst du dich«, fiel Birgit ihr ins Wort.

Aber Angel schien sie nicht zu hören. »Und dann ist Lilli weg, und ich steh da auf diesem gottverfluchten Weihnachtsmarkt, mitten im Trubel und Gegröle und Musik«, erzählte sie wie zu sich selbst. »Und auf einmal ist diese Frau da und guckt mich an. Guckt mich einfach nur an, mit diesem Blick wie ein Eisschrank. Und ich bin wie gelähmt, versteht ihr, wie angenagelt, und die zieht mir ganz cool den Ordner unter dem Arm raus und steckt mir einfach 'nen anderen rein dafür. Und da war dieser Hass in ihren Augen, dieser irische Hass, der keine Vergebung kennt und keine Gnade, immer nur Auge um Auge. Und da hab ich gewusst, jetzt ist es passiert. Jetzt ist Lilli tot.« Eine Weile schluchzte sie lautlos hinter ihren Händen. »Verstehst du jetzt, warum ich diesen Hut nicht abgenommen hab? Dieser Blick hat mich ... wie diese Frau ... in der Bibel ...«

»Ist ja okay«, sagte Petzold heiser und fasste sie leicht am Arm. »Alles okay. Beruhig dich. Es ist ja vorbei.«

»Du irrst dich«, wiederholte Birgit leise, aber fest. »Sie hatten belgische Pässe dabei. Habe ich vorhin am Telefon erfahren. Dieser Jacques Martel arbeitet inzwischen vermutlich längst auf eigene Rechnung. Es sind Belgier, keine Iren. Jack Callahan ist tot. Die IRA hat dich längst vergessen.«

Angel musterte sie ungläubig mit offenem Mund.

»Aber die Sprache?«, fragte Petzold, für den das ebenfalls neu war. »Diese Sprache, die kein Mensch kennt?«

»Flämisch, vermute ich. In Antwerpen sprechen sie Flämisch.«

Nach Sekunden klappte Angel den Mund zu. »Würd gerne wissen, was aus Pit geworden ist. Ob's den auch erwischt hat, damals.«

Das Telefon klingelte wieder. Birgit nahm es ans Ohr.

»Die Klinik. Sie sind fertig«, sagte sie nach wenigen Augenblicken. »Es ist gut gelaufen. Keine wichtigen Teile verletzt im Gehirn. Wenn nicht alles schief geht, wird sie wieder ganz in Ordnung kommen.«

»Bei uns geht immer alles schief.« Lange kaute Angel auf ihrer Unterlippe. »Was werdet ihr nun machen? Sperrt ihr mich ein?«

Birgit und Petzold wechselten einen Blick.

»Warum?«, fragte er schulterzuckend. »Ich wüsste nicht, dass du was verbrochen hättest. Okay, ein paar Kleinigkeiten –«

»Und ich denke, du warst lange genug eingesperrt«, fiel Birgit ihm ins Wort. »Was sollte aus Lilli werden?«

Es war nicht zu erkennen, ob Angel sie verstanden hatte.

»Und dein Pit, der lebt. Wohnt jetzt in Husum oben und malt Landschaften. Hab heute mit ihm telefoniert und soll dich grüßen. Er hat ein Haus da. Und er lebt allein drin. Falls du möchtest, soll ich dir ausrichten, er würde sich freuen ...«

Angel sah ihn verwirrt an.

»Husum soll ganz nett sein«, fuhr er fort. »Liegt am Meer. Und einen kleinen Hafen haben sie auch und Schiffe und jede Menge Regen und tief fliegende Wolken und so.«

Es war nicht zu erraten, was Angel dachte. Sie wandte den Blick ab und sah wieder lange Zeit hinaus.

»Seht mal, es hat aufgehört zu schneien«, sagte sie endlich und nahm sich von dem Tee, der inzwischen fast kalt geworden war.